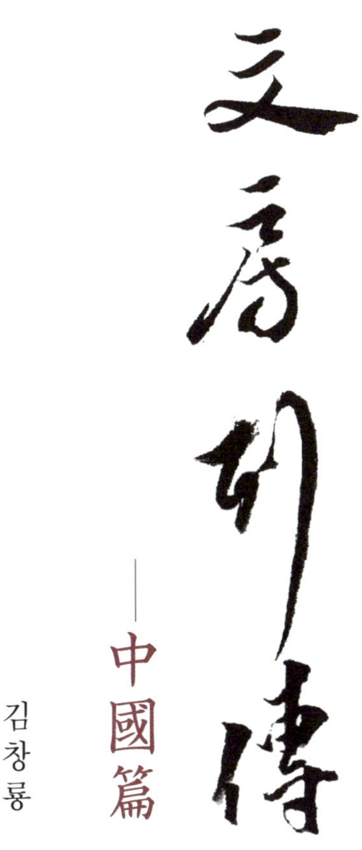

文房四寶傳

——中國篇

김창룡

지식과교양

『문방열전 ─ 중국편』 서문

　'문방文房'은 곧 문인이 글을 다루고 글씨를 쓰는 곳인 '서방書房' 또는 '서재書齋'를 이른다. 이 표현은 당의 시인 두목杜牧이 '形弓隨武庫동궁수무고 金印逐文房금인축문방'이라고 쓴 글귀에 이미 보인다. 또한 지紙, 필筆, 묵墨, 연硯을 지칭해 온 '문방사보文房四寶'는 송 매요신梅堯臣의 '文房四寶出二郡문방사보출이군 邇來賞愛君與予이래상애군여여'에서 등장하며 동시대의 육유陸游는 '문방사사文房四士'라고 표현하기도 하였다. 우리나라에서는 흔히 '문방사우文房四友'라고 통칭된다.

　제목을 『문방열전文房列傳─중국편』이라고 이름한 이 책은 바로 문방사보와 문방용구에서 빼 놓을 수 없는 연적硯滴을 대상으로 하여 이루어낸 것이다. 즉 역대의 중국에서 '열전'이란 형식을 빌려 의인화하여 쓴 한유韓愈의 〈모영전毛穎傳〉을 위시한 13문장을 가려서 폭넓은 고증과 자세한 설명으로 내용마다 그 차서와 전후의 연계성을 명료하게 밝힌 학술 서적이다. 여기에서 지필묵연에 대한 옛 선비들의 완물적정적玩物適情的 고차원적 유희는 물론 문방사보의 제조의 내력과 산지의 규명이 소상히 드러난다. 아울러 이를 뒷받침하는 방계의 자료들을 치밀하게 구비해 놓았고 주注도 상세히 달아 이해를 돕고 있으며 간간히 도판도 곁들여 흥미 유발도 함께 하고 있다.

저자는 근래 수년 동안 월간 서예잡지『묵가墨家』에 수십여 차례에 걸쳐「문방열전」을 연재한 바 있다. 이때 뭇 서가들의 공부 자료에 큰 보탬이 되었고, 아울러 안복을 누릴 기회를 부여해 온 바 있다. 이번의 출간은 그 중에서 중국의 것만을 가려내어 산개刪改과 아울러 일목요연하게 다듬어 상재하기에 이른 것이다.

1. 마침 선비의 문화가 다 쇠해 버린 이른바 '사문소지斯文掃地'한 이때에 실로 쾌거가 아닐 수 없다. 또한 이다지 고마울 수가 없다. 서예가 선비예술의 정수로서 장구한 세월 동안 자리매김 되어 온 것은 주지의 사실이다. 이로 볼 때 서가들 중에서 했어야 할 일을 우리나라의 고전문학을 전공하는 국문학자가 투한지여偸閒之餘에 내놓은 결과물이란 점을 깊이 새겨보지 않을 수 없다. 서예 전공자의 한 사람으로서 마냥 부끄러울 따름이다. 생각할수록 저자 같은 구안具眼이 이미 이러한 처연한 현실을 직시하고 아마도 격세의 느낌을 이에 은우코자 하는 뜻이 있었을 터, 내심 즐거움도 컸겠지만 개탄과 함께 측은지심의 발로가 없지 않았을 것이라는 심증이 더욱 심현을 울린다.

2. 어언 서단에 월당月堂, 일중一中, 하촌夏村 선생들 같이 병필幷筆을 영위하였던 서가들은 다 가시고 저간의 일반 서가들이란 한갓 도묵塗墨의 지경으로 전락한 것이 현실이다. 이에서 한 발짝도 개진될 조짐이 없는 참담함이 중압감으로 다가온다. 아닌 게 아니라 서로 학문과 시

문을 논하면서 서예의 상승을 추구할 수 없는 상황을 극복해내고 하루속히 여택麗澤의 풍토를 조성하는 것이 절실히 요구되는 시점이다. 그렇기에 이 책의 선보임은 더 없이 큰 경종으로서 매우 시의적절함이 있다고 하겠으며 또한 매우 다행스러운 일이 될 수밖에 없다고 할 것이다. 뿐만 아니라 동호제현과 온 누리 문방용구를 아끼는 이들 그리고 방외의 문사들에 이르기까지 읽을거리로서 또 완미玩味의 대상으로서 더 없는 반려가 될 것을 믿어 의심치 않는다.

　이참에 『문방열전-한국편』도 속간되어 이와 합벽을 이룬다면 금상첨화라 하겠기에 간절함으로 기대하면서, 미력한 서가의 한 사람이며 저자의 배재고 한 해 후배인 불초가 감히 무사無辭로써 크나큰 노고에 감하의 뜻을 표하는 바이다.

2012년 불탄절(佛誕節) 다음날
원광대학교 서예과 교수
宣柱善 쓰다

목 차

문방열전 – 중국편

| 프롤로그 |

글의 제목을 '문방열전文房列傳'이라고 했다.

큰 사전인 『중문대사전中文大辭典』 안에서의 '文房'은 "典掌文翰之處也"로 설명되어 있다. 문한文翰, 곧 글을 다루는 곳이라는 말이다. 전통시대 안에서는 안채와 떨어진 사랑채가 문방의 중심 역할을 하였다. 이즘 시대로 말하면 책을 쌓아놓고 글을 공부하는 공간인 '서재書齋'라는 말에 부합된다고 하겠다. 국어사전에서의 '문방' 개념 또한 '서적을 갖추어 두고 책을 읽거나 글을 쓰는 방'으로 되어 있다. 그리하여 문방열전 하면 자칫 문인들의 서재를 전傳의 형식에 맞추어 다룬 기록, 곧 서재 탐방기 쯤으로 오해될 소지도 없지 않다. 하지만 다행히 '문방'에는 다시 '문방구文房具'라는 뜻도 포함되어 있다. 이를테면 '옥문방玉文房'이거나 '문방치레' 등이 좋은 일례라 할 수 있다.

따라서 이제 문방열전이라 했을 때의 문방은 역시 문방의 공간에서 요긴한 역할을 하는 붓과 벼루를 위시하여 먹과 종이 등 이른바 문방사우文房四友는 물론이요, 나아가 연적이 포함되는 문방제구文房

諸具 하나하나를 각각의 주인공으로 삼은 전기傳記라는 의미를 띤다고 하겠다.

한편 열전列傳이란 '여러 사람의 전기傳記를 차례로 벌여서 기록한 책', 혹은 '역사에서 임금을 제외한 사람들의 전기를 차례로 적어서 벌여 놓은 기전체 기록'을 뜻한다고 했다.

본래 열전은 그 연원이 저 중국 한대의 유명한 역사가인 사마천司馬遷(B.C.145경~B.C.85경)의 『사기史記』 안에 있다. 이는 그가 앞 시대 정치사 중심의 편년체編年體 역사 방식에 대한 한계를 극복하고자 고안해 낸 새로운 역사 서술의 양식이다. 사마천의 열전 안에서는 중앙의 정치에는 끼지 못했으나 다른 분야 안에서 이미 성가를 누려 왔던 방외方外의 도덕·사상·예술 분야의 인물 등이 모두 어엿한 자리를 차지할 수 있게 되었다.

그런데 당나라 후반에 이르러 바로 이 사마천이 발명한 열전의 형식을 고스란히 본따서 만든 이가 있었다. 다름 아니라 중국문학사상 산문의 최고 거장이자 당송팔대가唐宋八大家의 선구격인 한유韓愈(768~824)이다. 그는 종래 사람의 일생을 다루기 위해 써왔던 열전을 비인간인 붓을 주인공으로 올리는 파격적인 시도를 감행하였다. 그때까지 그 누구도 시행함이 없었던, 그야말로 일약 발상의 파격이 아닐 수 없었다.

그리고 한유에 의해 시작된 그 문학적 시도는 후대의 문인들 사이에 서서히, 그러나 아주 지속력 있게 이어져 나갔다. 그리하여 중국과 한국에는 일찍부터 지紙·필筆·묵墨·연硯을 인격체로 간주하는 가운데 그들의 삶을 문학적 제재로 삼아 문필을 구사했던 많은 수의 전傳 작품들이 있다. 이제 그들 문방의 전들을 한 자리에 펼쳐 보인다고 했을 때에 그 규모와 풍광은 조금의 손색도 없이 유족裕足가

관可觀한 것이다. 그리하여 이들의 전체를 이제 '문방열전文房列傳'이라 명명하기로 하였다.

애당초 사마천의 열전에는 어느 존재의 행적을 다루는 일에 있어서 인간 이외의 대상을 주인공으로 삼은 예는 없다. 역사상 실재했던 존재에 대한 사실적史實的인 기록만을 다루는 까닭이다.

그러나 열전의 말 앞에는 반드시 사람의 이름만 들어간 것은 아니었다. 고유명사를 통해 사람의 이름이거나 신상을 알리는 표현이 단연 압권을 이루지만, 보통명사를 앞에 두고 있는 경우도 적지 않다. 이를테면 유림열전儒林列傳·자객열전刺客列傳·유협열전游俠列傳 하듯 보통명사로 신분을 알리는 말이 있고, 또한 골계열전滑稽列傳·귀책열전龜策列傳·화식열전貨殖列傳 하듯이 추상명사를 앞에다 붙인 것도 있으며, 조선열전朝鮮列傳·대완열전大宛列傳 하듯 지명을 앞세운 것도 있다. 이 마당에 '문방열전'이라는 표제의 설 자리도 찾을 길 있게 된다. 아울러 만약 『사기史記』의 저자가 역사 기술 외의 여적餘滴으로 비인간의 문방구들조차 열전에 넣었다면 필경 '문방열전文房列傳' 정도로 명명했으리란 생각이다.

비록 사마천이 그와 같은 생심生心을 내지는 못하였던 모양이지만, 이제 그 일을 한유가 처음 대신한 격으로 과감한 시도를 나타내 단연 문방열전의 선두가 된 것이다.

1

토끼털 붓 이야기, 파문을 일으키다.

— 한유韓愈 : 모영전毛穎傳

문방열전 – 중국편

토끼털 붓 이야기, 파문을 일으키다.

– 한유韓愈 : 모영전毛穎傳

최초의 붓의 전기

한유韓愈(768~824)는 당나라의 문인, 정치가이자 유가의 사상가이다. 자는 퇴지退之, 자신의 출생지 명칭을 따서 창려昌黎라고도 하였다. 저서로 『창려선생집』·『외집外集』·『유문遺文』, 이고李翱와의 공저인 『논어필해論語筆解』 등이 있다. 시호는 문공文公이다.

무엇보다 한유는 당나라 산문학의 으뜸 종장宗匠으로 소동파와 더불어 당송팔대가唐宋八大家 중에서도 산문학사상 가장 높은 기치를 떨쳤다.

사상 면에서는 유가 사상을 존중하고 불교와 도교를 배격하였으며, 공맹의 도통道統을 중히 여겨 문자 해석보다 문장 안에 담긴 사상에 중심을 두었다. 한유 문학론도 이것의 연장선상에 있거니와, 이는 크게 주제론과 문체론으로 나누어 보는 일이 가능하다.

우선 그는 문학이 관도지기貫道之器, 즉 도에 통하는 것이라야 한다고 주장했다. 이때의 도는 유가적 윤리 도덕과 교화를 뜻하는 것으로, 문학의 주제론에 해당

한유

한다. 한유의 이러한 발상은 송대 문학의 주류인 문이재도文以載道의 초석이 되기도 했다.

문체론은 유가 사상을 중심으로 한 복고주의 기반 위에서 생성된다. 중국 문학사에서 육조六朝 시대에는 대구對句 위주의 부화浮華한 변려문駢儷文이 처음 유행하였다. 4자구와 6자구를 배열했기에 사륙문四六文이라고도 하는데, 그 대구법이 읽는 이로 하여금 미감을 불러일으켰다. 그러나 한유는 이에 반대하고 삼대三代 내지 전한前漢과 후한後漢의 이른바 양한兩漢다운 질박한 고문古文의 문체를 내세웠다. 산문 문체의 개혁, 이른바 고문운동古文運動이다. 그리고 결국 5년 연하의 글벗인 유종원柳宗元 등과 함께 이를 진작시켜 중국 산문 문체의 모형과 규범이 되었다. 고문운동의 성공인 것이다.

그리하여 저 이름난 〈사설師說〉과 〈잡설雜說〉 등을 남김으로써 산문 장르 가운데 '설說' 양식의 중흥 시조始祖로서의 위상까지도 확보한 셈이 되었다.

또한 한유의 산문 대가로서의 선구자적인 업적으로 전傳 문학의 개창을 들 것이다. 곧 이전까지 사마천 열전에서처럼 역사적 양식

안에만 머물렀던 전傳을 문학적 양식으로 진전시켜 전傳 문학의 새로운 경계를 열었으니, 잘 알려진 〈모영전毛穎傳〉의 창작이 그것이었다.

『한창려집韓昌黎集』 제36권 '雜文' 안에 들어 있는 이 글은 토끼털 붓이라는 문방의 도구를 사람인양 꾸며 인격화시킨 의인문학이다. 작품의 앞 대목은 토끼털 붓이 만들어지기까지 일련의 과정을 흥미롭게 형상화시켰다. 그런데 이 대목이 그만 붓의 기원을 말하는 대목처럼 여겨져 왔다.

붓의 기원에 대해서는 장화張華가 쓴 『박물지博物誌』에 진秦의 장군 몽념이 붓을 만들었다[秦蒙恬製筆]고 했고, 또 순舜이 붓을 만들었다[舜造筆]는 등 일정하지 않았다.

또 『설문說文』이란 책에 보면 붓을 부르는 명칭이 초楚나라에서는 율聿, 오吳나라는 불률不聿, 연燕나라에서는 불弗, 진秦나라는 필筆이라 했다고 한다. 모두 춘추전국 시대를 장식했던 나라들인데, 나라마다 붓에 대한 호칭이 달랐다는 말이다.

최초의 붓에 대해 최표崔豹가 쓴 『고금주古今注』라는 책 안에서 좀 더 자세한 말이 나온다.

우형牛亨이 묻기를,

"옛날 서계書契 시대 이래로 생활의 편의에 맞춰서 필筆이 있었거늘, 세상에서 일컫기를 몽념이 붓을 만들었다고 함은 어찌된 일인가?"

하자, 이에 답하기를,

"몽념은 진秦 나라에 맞는 붓을 시작했을 뿐이다. 무엇인가 하면 산뽕나무로 필관筆管(붓대)을 삼고, 사슴털로 심을 넣고, 양털로 싸서 입혔지. 이른바 '창호蒼毫'라 하는 것이니, 토끼털에 대나무 필관이 아닐세. 이로 본다면 몽념이 만든 것은 양털 붓에 다름 아니라네."

진정 옛 사람들도 붓의 창시자는 몽념이라는 명제를 앞에 두고 과연 그 말이 진실인지 상당한 의문을 품고 고민했던 양하다.

그러나 이상의 모든 사실들을 종합했을 때 쉽게 붓의 첫 기원을 진나라의 몽념으로 단정하기에는 상당한 무리가 따르는 듯싶다.

한유는 스스로가 지금 〈모영전〉을 통해 펼쳐 보인 것처럼 진나라 몽념에 와서야 비로소 붓이란 게 인류의 삶 속에 처음 그 모습을 드러냈다고 생각한 것일까? 그는 당시에 벌써 큰 학자이자 문장가였음에도 이미 그의 시대보다 훨씬 앞서 나왔던 『박물지博物誌』·『고금주古今注』·『설문說文』 같은 책들을 전혀 접한 일이 없었단 말인가?

암만해도 그럴 것 같지는 않다는 생각이다. 그는 어쩌면 여러 시대를 두고 온갖 소재로 만들어진 여러 종의 붓 가운데 굳이 토끼털 붓의 출발을 말하고자 한 뜻은 아니었을까?

이런 의혹을 품으며 여러 문헌을 살피다가 문득 『사문유취事文類聚』 안에서 결정적으로 다음과 같은 흥미로운 이야기를 찾아 내었다. 정태지程泰之 작의 〈시용토필始用兎筆〉이란 글을 옮긴 부분이었으니, 이 글을 통해 마침내 한유와 〈모영전〉 내용이 무슨 영문인지 풀어내는 단계에까지 가까이 접근할 수 있게 되었다.

장자훈張子訓이 언젠가 내게 물어 오기를,
"몽념이 붓을 만들었다 하니 옛날에는 붓이 없었단 말인가?"
"그렇지 않네. 옛날에도 붓이 없지는 않았지. 단지 토끼털은 몽념으로부터 시작됐을 뿐이야. 『이아爾雅』에 보면 '불률不聿은 붓을 말한다' 했고 『시경詩經』에도 '내게 동관彤管을 주었네'라고 했잖은가. 『춘추春秋』에도 애공哀公 14년 봄 서쪽의 사냥 길에 기린을 잡자 공자께서 붓을 꺾으셨다고 말씀했고, 『장자莊子』에도 '붓을 적셔 먹과 아우르다'고 했으니, 그 유래가 멀찌감치 있지. 다만 옛날 붓은 상당수 대나무를 이용했고, 지금도 장인들이 그걸 많이 사용하다 보니 필筆이란 글자 안에 대 죽竹 자가 들어가는 것이야. 또 동물의 털을 사용할 경우에만 먹을 묻혀서 글자를 쓰게 됐는데, 바로 필筆이라 이르는 것이지. 몽념에 와서는 토끼털로 했기에, 〈모영전〉이 그걸 살려서 쓴 것일세."

이 마당에 〈모영전〉에 담긴 내용의 미혹과 궁금증이 한번에 척결되면서 필자의 추측과 처음 합치하였다. 그리하여 한유가 붓의 열전을 쓸 때 붓 만들기의 시작을 몽념으로 하여 쓴 연유 또한 붓 일반이 아닌 토끼털 붓 제작의 시작을 알리는 데 있었다는 쪽으로 견해

공자의 제자들이 죽간에 글씨 쓰는 모습을 그린 寫經故事圖 部分

를 추스리고자 한다.

작품 말미에 "『춘추春秋』를 이룩함에 있어서 비록 공자의 손길을 입지는 못하였다"는 말은 공자 시대에는 아직 세상에 붓과 종이가 발명되기 이전이란 뜻이다. 공자가 주역을 탐독하여 묶은 책이 세 차례나 떨어졌다고 하는 이른바 '위편삼절韋編三絶'은 종이책이 아닌, 바로 대쪽을 소가죽 끈으로 엮어서 만든 죽간竹簡책이었다. 따라서 한유는 공자 시대인 춘추시대 초기 무렵까지는 아직 붓이 발명되지 않았다고 생각했음이 분명하다.

실제로도 현재 가장 오래된 붓은 중국 호남성湖南省 장사長沙의 묘에서 출토된 전국시대 것으로, 필통 속에 완전한 상태로 보존되어 있었다고 한다. 붓의 형태는 오늘날과 달리 탄력 있는 가는 나무 끝을 가른 다음 거기에 토끼털을 끼워 실로 묶었다고 하니, 바로 전국시대를 통합한 진나라의 토끼털 붓과도 온당히 맞아 떨어진다.

파문을 일으키다

한유의 〈모영전〉은 뒷시대 한·중의 문학사에 여러 백 년에 걸쳐 가상嘉尚한 존재로 남았을 뿐이었지만, 아이러니하게도 이것의 초조初肇 개창開創의 무렵에는 벌써 적지 않은 물의를 안고 시작됐다는 진실이 있다.

실제로 한유가 일개 사물을 사람인 양 살려다가 이런저런 사설을 끌어내었던 기획은 중국 산문 문학사상 미증유의 첫 파격적인 시도임에 틀림이 없었다. 그에 따라 당시 문단에서의 한유의 높은 위상에도 불구하고 이같은 낯선 작품이 곧장 수용되기에는 어쩐지 어색하고 미편未便한 국면이 컸었던가 보다. 과연 그 표적이 이 작품이었는지 아닌지 모호한 가운데 공교롭게 하나의 사단이 일고 말았다. 곧 한유와는 동시대 문인이었던 장적張籍(767경~830경)이 한유의 어떤 형태 글쓰기에 대해 부정론적 성조聲調를 나타낸 것이었다. 한유에게 보낸 서한을 통하였으니, 대개 장적이 한유문韓愈文 비판의 근거로 삼은 요체는 '그 어떤 글'이란 게 지니고 있던 오락성 희필戲筆의 개념에서 크게 벗어나지 않는 뜻이었다.

그는 한유의 작문 행위가 군자의 수신修身 및 덕성 함양에 전혀 도움이 안 되는 노름과 다를 바 없고, 실없는 이야기 따위에 불과하니 그만둘 것을 점잖게 충고하였다.

比見執事 多尙駁雜無實之說 使人陳之於前以爲歡 此有以累於令德…且執事言論文章不謬於古人 今所爲或有不出於世之守常者 竊未爲得也 願執事絶博塞之好 棄無實之談 弘廣以接天下士 嗣孟軻揚雄之作 辨揚墨老釋之說 使聖人之道 復見於唐 豈不尙哉.[1]

요사이 집사執事〔한유; 필자주〕를 보노라면 상당히 잡박하고 무실無實한 설說을 높이어, 사람들을 앞에 늘어세움을 즐거움으로 삼으시는데, 이는 훌륭한 덕에 누가 되는 것입니다. … 또한 집사의 언론·문장은 옛사람에 어긋나시지 않는데, 지금 하시는 바는 어쩌면 일반 수준을 유지하기보다 더 나을 게 없어 어딘가 마땅치 못하지요. 바라건대 집사께서는 놀이 취미를 끊고 실없는 이야기를 버리시지요. 널리 천하의 선비들과 접하여 맹가孟軻·양웅揚雄의 작품들을 잇고 양주楊朱·묵적墨翟·노자老子·석가釋迦의 설

---

1. 『한창려전집(韓昌黎全集)』(대만 新文豐出版公司, 민국 66년, 제2책 권14)의 〈답장적서(答張籍書)〉 제목 아래에 주기(注記) 형태로 전문이 소개되어 있다.

을 가려내어 성인의 도가 다시금 당唐에 드러날 수 있도록 한다면 그 어찌 높이 받들 일이 아니겠습니까?

두 사람 사이의 친분 정도2)에서 볼 때 이 글의 취지가 비난이 아닌 충정 어린 권고를 하려는 데 있었던 것이긴 하다. 하지만 일단은 장적이 한유가 행한 어떠한 작문 형태를 두고서 실없는 담설談說 내지 극언하자면 이단적인 창작 행위 쯤으로 간주하였던 사실 만큼 마침내 부인하기 어렵다.

사실 이단을 끊고 유가儒家의 문장에 빛을 내보라는 이 충고는 노老·불佛 이단에 대해 누구보다도 배타적이던 한유3)에게는 별 의미 없는 설득으로 보였을 수 있다. 그리하여 한유는 자신이 남에게 오해를 받는 일이 있을지는 모르지만, 어디까지나 굳건한 의지로 성인지도聖人之道의 기본 궤적을 따르고 노자나 석가 등을 이단으로 배척하고 있음을 재삼 강변하고 있다. 그런 맥락에서 무실無實·잡박雜駁의 말과 박새博塞의 충고에 대하여도 승인하여 따를 수 없음을 차분하게 응수하고 있다.

---

2. 『한창려전집』에는 장적과의 교계(交契)가 도타운 것이었음을 알려주는 상당한 작품들이 보인다. 1책 권5 〈조장적(調張籍)〉·〈병중증장십팔(病中贈張十八)〉, 권7의 〈만기장십팔조교주랑박사(晚寄張十八助敎周郎博士)〉·〈여장십팔동효완보병일일부일석(與張十八同效阮步兵一日復一夕)〉과, 2책 권9의 〈영설증장적(詠雪贈張籍)〉, 권10의 〈하장십팔비서득배사공마(賀張十八祕書得裴司空馬)〉·〈우중기장박사적후주부희(雨中寄張博士籍侯主簿喜)〉, 권14의 〈답장적서(答張籍書)〉·〈중답장적서(重答張籍書)〉, 권16의 〈대장적여이절동서(代張籍與李浙東書)〉 등이 그것이다.

3. 〈논불골표(論佛骨表)〉가 대표적 일례라 하겠다. 〈답장적서〉에, "僕自得聖人之道而誦之 排前二家 有年矣."〔저는 성인의 도를 배워서 외고, 앞에 든 석가·노자의 二家를 배격해온 지 여러 해입니다〕로 자변했다. 또 한유의 제자 겸 사위로서 『한창려집』을 펴내기도 했던 이한(李漢) 역시 〈창려문집서(昌黎文集序)〉에서 한유가 "혹배석씨(酷排釋氏)" 했음을 강조했다.

吾子又譏吾與人人爲無實駁雜之說　此吾所以爲戲耳　比之酒色　不
有閒乎　吾子譏之　似同浴而譏裸裎也　若商論不能下氣　或似有之　當
更思而悔之耳　博塞之譏　敢不承敎.[4]

그대는 또한 내가 사람들에게 실없고 잡박한 얘기나 제공한다
고 나무랐는데, 이것은 나의 희사戲事일 뿐으로, 주색과 견주어
다를 바가 있겠습니까? 그대가 이걸 나무람은 마치 함께 목욕하
고 나서 알몸임을 꼬집는 것이나 같습니다. 사람들과 논의를 하
는 데 있어 심기를 가라앉히지 못한다 하셨으나, 혹 그같은 일
이 있다면 마땅히 다시 생각해서 반성할 따름이겠지만, 놀이에
대한 충고만큼 감히 그 훈교를 받들지 못하겠군요.

자신의 하는 일이 유가의 바른 길과 전혀 상충되지 않는 것임을
스스로 자임하고 있다.

이들 사이 왕래된 두 번째 서신의 대략적 취지는 장적 쪽에서 이
단자들을 깨우쳐 억제하게끔 하는 명저名著를 내보라는 권유에 대
해, 한유는 자신의 능력 바깥으로 돌려 사양을 나타내는 내용이다.

여기서 장적은 역시 잡박·무실에 대한 처음 생각을 접지 않았으
니, 다음 언급에서 역력히 나타나 보인다.

君子發言擧足　不遠於理　未嘗聞以駁雜無實之說爲戲也…或以爲中
不失正　將以苟悅於衆　足戲人也　是玩人也　非示人以義之道也.[5]

군자의 발언과 거동은 이理에서 멀지 않습니다. 일찍이 박잡 무

4.『한창려전집』제2책 권14 잡저(雜著) '서(書)' 〈답장적서(答張籍書)〉.

5.『한창려전집』제2책 권14 잡저 '서(書)'의 〈중답장적서(重答張籍書)〉 표제 아래 전문
　　인용된 장적의 두 번째 편지 글 일부.

실박잡무실實駁雜無實한 말로 즐거움을 삼는다는 얘기는 들어보지 못하였습니다. … 혹 중정中正을 잃은 그것으로 장차 대중에게 구차한 환영을 입는다면 이는 희인戲人이요 완인玩人이니, 사람들에게 올바른 도를 제시하는 일이 아닌 것입니다.

이에 대해 한유는 제2 답신이라 할 〈중답장적서重荅張籍書〉 안에서 오히려 장적의 무실·잡박의 비판에 대해 앞 시대의 전고典故까지 내세워 더욱 적극적으로 논박 대응하고 있다.

駁雜之譏 前書盡之 吾子其復之 昔者夫子猶有所戲 詩不云乎 善戲謔兮 不爲虐兮 記曰 張而不弛 文武不能也 惡害於道哉 吾子其未之思乎.[6]

잡박하다는 비평에 대하여는 앞의 편지에서 다 얘기하였으니 그대께서 되읽어 보시지요. 옛날 공자께서도 오히려 농담하신 바가 있고, 『시경詩經』에서도 "농담과 해학을 잘하되 지나침이 없네"라 하지 않던가요. 『예기禮記』에도, "팽팽히 당기기만 하고 느슨히 풀지 않는 것은 문왕文王·무왕武王도 하지 않으셨다" 하였으니, 어찌 도道에 해가 되리이까? 그대가 거기까진 미처 생각지 못하셨나 보군요.

고문운동가古文運動家로서 문장이 도를 밝히는 도구라는 신념이 강했던 한유이다. 그리하여 소위 "문자 관도지기文者貫道之器"의 원천이자,[7] 송대에 이른바 '문이재도文以載道'의 원조격이기도 했다.[8] 이러

---

6. 『한창려전집』 제2책 권14 잡저 '서(書)'의 소재.

한 그에게 있어 위와 같은 내용은 한유 문학관의 색다른 일면을 엿보게도 하거니와, 이 두 사람 사이에 주고받고 논란거리 되었던 그 "무실박잡지설無實駁雜之說"이란 도대체 한유의 어떠한 창작물을 근거 삼아 그리 일컬었음인가? 크게 궁금한 문제가 아닐 수 없으나, 양자 사이에 주고받은 서한의 내용 가운데는 단 한 차례도 어떻다 할 구체적인 작품명이 나타나지 않아 더욱 막연하기만 하다.

그와 같은 미혹 중에 다만 『한창려집韓昌黎集』 제4책 권36 '雜文'에 들어있는 〈모영전〉 제목 아래의 주기注記에는 이 모든 궁금증을 풀어 줄만한 모처럼의 낭보朗報가 있었다.

公作此傳當時 有非之者 張籍書所謂戱謔之言 謂亦指此 舊史亦從而爲之言曰 譏戲不近人情 是豈有識者哉.

창려공 한유가 이 〈모영전〉을 지었을 당시에 이를 비난하는 이가 있었으니, 장적의 글에 이른바 '회학의 말'이라 함은 바로 이 작품을 지적한 뜻이었다. 『구사舊史』에서도 장적을 따라 말하되, '기롱譏弄인지라 인정에 가깝지 못하니 이 어찌 양식良識을 갖춘 사람이라 하겠는가!' 하였다.

『한창려집』의 주석자와 『구사舊史』의 기록자에 의해 지목된 작품은 그 대상이 다름 아닌 〈모영전〉에 있었던 것이다.

---

7. "文者 貫道之器"는 한유의 제자이자 사위인 이한이 〈창려문집서〉 맨 허두에서 쓴 표현이다.
8. "그는 또 남을 가르칠 때에 도(道)와 문(文)의 이자(二者)를 병중(並重)하였으니, 송대의 제출(提出)된 문이재도(文以載道)의 구호는 실로 이에서 출발되었던 것이다."(이가원, 『중국문학사조사(中國文學思潮史)』, 일조각, 1972, p.134)

또한 〈답장적서〉 가운데 "無實雜駁之說"이라고 한 본문 내용 바로 아래 주석에,

> 駁雜之說 世多指毛穎傳 蓋因摭言 有云韓公著毛穎傳 好駁塞之戲 張水部以書勸之耳.
>
> 잡박지설에 대해 세상에서 〈모영전〉을 지적하는데, 이는 대개 들리는 말에 의한 것이다. 한공韓公이 〈모영전〉을 짓고 잡기놀이를 좋아함에 장수부(장적; 필자주)가 편지로써 권책했음이라.

한 것으로 저간의 사정을 알 만하였다.

더하여, 한유와 같은 시대에 나란히 산문의 거장으로 이름 높았던 유종원柳宗元(773~819)이 양회지楊誨之라는 이에게 보낸 편지인 〈여양회지서與楊誨之書〉[9] 가운데의 다음과 같은 글 역시 〈모영전〉을 지목한 설에 힘을 보태는 자료가 될 수 있다.

> 足下所持韓生毛穎傳來 僕甚奇其書 恐世人非之 今作數百言 知前聖不必罪俳也.
>
> 족하(양회지; 필자주)께서 한생韓生의 〈모영전〉을 갖고 오셨을 때 저는 매우 그 글을 기이하게 여겼으나, 세상 사람들이 비난할까 걱정되어 지금 수백 언言을 지어 앞 시대의 성인도 이를 희작戲作이라고 허물하여 물리치지는 않았을 것임을 알렸습니다.

유종원의 안목으로도 〈모영전〉은 당시 개념에서는 다소 모험적인

---

9. 『유하동전집(柳河東全集)』 권33 '서(書)'의 소재.

글로 보였음이 분명하다. 이로써 역시 잡적이 뒤섞여 순정醇正하지 못한다는 뜻의 '잡박지설'로 보았던 그 해당 문제작일 수 있는 개연성이 한 단계 더 상승된다.

하지만 잡적에 반해서 유종원은 이 〈모영전〉 한 작품에 대해 사뭇 그 존재적 의의를 인정하고 적극 비호하는 방향에 섰으니, 그 취지를 바로 〈독한유소저모영전후제讀韓愈所著毛穎傳後題〉[10]라는 글을 통해 밝혔다. 윗 인용문 중 앞 시대의 성인도 허물하지 않을 것임을 알리고자 지었다는 그 '수백 언'이란 다름 아닌 〈모영전〉에 대한 변론의 글이었으니 그 대강의 요지는 이러하다.

어떤 이가 자신의 임지臨地에 와서 한유가 〈모영전〉 쓴 일을 얘기하면서 그 내용의 설명 대신 그저 크게 웃으면서 진기〔怪〕하다고만 하였는데, 양회지로부터 막상 그 작품을 받아 보니 과연 한유다운 괴문怪文인지라 앞 사람이 크게 웃던 일이 당연함을 알게 되었다는 경위를 우선 적었다.

희학과 골계도 세상에 유익할 수 있음을 『시경』의 위풍衛風 〈기오淇澳〉 편에 "善戲謔兮 不爲虐兮〔농담과 해학을 잘 하되 지나침이 없네〕"라는 구절과, 태사공 사마천의 『사기』 중에 '골계열전滑稽列傳'이 들어 있음을 본보기로 들었다.

또한 배우는 이가 온종일 공부하고 선행을 실천하다 보면 쉬고 노는 때도 있어야 하는데, 이럴 때 긴장하고 구애를 받아서는 안되는 것이니, 이러한 긴장 해소의 역할을 할 수 있는 글이 희학지문戲謔之文이라 하면서 그 필요성을 강변하였다.

유종원은 혁신적 문장의 가능성을 음식에다 비유하기도 했다. 마

---

10. 위의 책 권21 '제서(題序)'의 소재.

치 구태의연하지 않은 새로운 음식이라야 사람들 구미를 즐겁게 해
줄 가능성이 있는 것처럼, 문장 역시도 새로운 시도가 요구된다는
주장을 세웠다.

이상 희학문의 공리성에 대한 변해辯解에 더하여, 또 사실 모영〔붓〕
이야말로 고금의 모든 사상적 문화적 방면에 두루 걸친 공로의 주역
인 것을 거들면서 한유가 〈모영전〉을 창작한 필연적 입지에 대해 십
분 역설하였다. 궁극에 유종원의 이 열성 어린 문변文辯은 뒷시대 가
전 문학 생성을 위한 잠재적 후원자 내지 추진자다운 역조役助를 다
했다 하여도 지나치지 않은 양싶다.

그럴 뿐만 아니라 〈독한유소저모영전후제〉 안의 다음과 같은 부
분은 특별히 〈모영전〉의 창작 동기와 관련해서도 절호絶好의 기사가
아닐 수 없다.

> 韓子窮古書好斯文 嘉潁之能 盡其意 故奮而爲之傳 以發其鬱積 而
> 學者得之勵 其有益於世歟.[11]

한유가 옛 서적을 궁구하고 유학을 좋아하매 모영〔붓〕의 능력을
가상히 여기고 그 의의를 곡진히 캤다. 이에 분발하여 전傳으로
만들면서 자신의 울적을 해결했던 것이다. 그러니 배우는 이가
이것을 받아들여 힘쓴다면 세상에 도움되는 바가 있을진저.

본래 한유의 문집은 사위인 이한李漢이 펴냈다고 한다. 그리고 여
기에 주注가 들어가기 시작한 것은 목판인쇄술의 발달과 더불어 북
송·남송의 때를 타서 가능하였을 것으로 본다. 이 시기에 사부총서

---

11. 『유하동전집』 권21 '제서(題序)'의 소재.

간본四部叢書刊本의 『주문공교창려선생집朱文公校昌黎先生集』이며 사고전서 진본四庫全書珍本 4집의 『오백가주창려문집五百家注昌黎文集』 등이 이루어졌다.12) 그리고 바로 위에 보는 『한창려집』의 주석은 후자인 오백가주본五百家注本이 다수를 차지한다고 했다.13) 이렇듯 한유의 다음 시대인 송 학자의 수적手跡에 의한 것인만큼 거기 담긴 정보 내용을 어느 정도 신빙해야 할지에 대한 일말의 부담은 남는다. 그럼에도 불구하고 장적에 의해 "희학지언戲謔之言"이란 말로써 비난의 표적이 되어 왔던 작품이 다른 어느 것 아닌 〈모영전〉이라고 한 이 메시지가 오랫동안 통념되어 왔던 의례적인 사실도 부인하지 못할 것이었다.

그러나 이상과는 전혀 다른 국면에서, 장적이 지적한 '희학·잡박'의 대상을 〈모영전〉으로 생각하는 일반의 관념은 당치않다는 논지도 일찍부터 마저 없지 않았었다. 다름 아닌, 『한창려전집』의 〈답장적서答張籍書〉에 적힌 각주 내용이 그것이다. 반론의 근거는 한유가 장적과 편지를 교환한 시기와 〈모영전〉 제작의 시기를 서로 대조하는 데 두었다.

有云韓公著毛穎傳 好博塞之戲 張水部以書勸之耳 而不知籍此書乃與公酬答於貞元佐時.

한공이 〈모영전〉을 짓고 잡기 놀이를 좋아함에 장적이 편지로써 권책한 것이라 하였다. 그러나 장적의 이 편지는 바로 한공이 정원 연간貞元年間에 변주汴州의 속관屬官을 할 적에 더불어 주고받

---

12. 이장우, "한창려집", 『중국의 고전백선』, 동아일보사, 1980, p.43.

13. 『한창려전집』 책 말미의 〈서후(書後)〉에, "其注採建安魏仲擧五百家注本爲多 間有引佗書者 僅十之三…"이라 했다.

았던 것임은 알지 못했음이다.

한유가 변주汴州라는 지방장관의 막료에 부임한 시기는 덕종德宗 정원貞元 12년(796), 그의 나이 29세 때의 일이다. 그리고 정원 17년(801), 34세에 사문박사四門博士가 되었으니, 두 사람이 서신 교환을 한 때도 그 무렵의 약 5년 사이에 들 터이다.

그러나 이제, 이 주석의 뒤에는 뜻밖에도 〈모영전〉의 창작 연대를 밝히는 가장 괄목할 만한 기사가 이어진다.

毛穎傳 以呂汲公年譜考之 則元和十年所作.
〈모영전〉은 여급공呂汲公의 연보로 상고하여 본즉 원화元和 10년의 지은 바이라.

원화元和 10년은 당 헌종憲宗 11년인 816년, 한유의 나이 48세에 해당되는 때이다.

더하여, 이것을 뒷받침해 주는 또 다른 증좌를 한유의 지기知己였던 유종원의 다음과 같은 신변 기술 안에서 찾을 수 있다.

自吾居夷 不與中州人通書 有來南者時 言韓愈爲毛穎傳.[14]
내가 이夷 땅에 머문 이후 중주인中州人과는 서로 서신을 통하지 못하였더니, 남쪽으로 어떤 이가 내려왔을 때 한유가 〈모영전〉을 썼다는 말을 하였다.

---

14. 『유하동전집』 권21 '제서(題序)' 〈독한유소저모영전후제(讀韓愈所著毛穎傳後題)〉.

『한창려전집』 〈답장적서〉의 주기注記도 이에 상응을 이루고 있다.

> 子厚以永貞元年出爲永州司馬 凡十年 則毛穎傳誠元和間作 後此書
> 十有餘歲 撫言未可憑也.[15]
> 유자후柳子厚는 영정永貞 원년(805)에 영주사마永州司馬가 되어 10
> 년을 지냈은즉, 〈모영전〉은 진정 원화元和 연간에 지어진 바이
> 다. 〈답장적서〉보다 10여 년 나중이니, 그 주워 챙긴 말을 믿을
> 수가 없다."

자후는 유종원의 자이다. 아닌 게 아니라 유종원은 당나라 순종
順宗 원년에 왕숙문王叔文의 혁신정치에 연좌되어 영주사마永州司馬로
좌천되었다. 이 기록대로라면 장적이 "박잡지설駁雜之說" 운운으로
지적한 작품을 〈모영전〉으로 간주하는 일은 한 순간에 그 타당성
을 잃게 된다.

이렇듯 〈모영전〉이 뒷시대 새로운 장르적 기반을 구축한 동방 가
전의 원조라는 막중한 지위를 차지하게 된 그 위상 만큼이나 진작
부터 이 작품을 둘러싼 그것 창작의 온당성 여부라든지, 지어진 연
대에 대한 논란 등이 흡사 치르지 않으면 안 될 유명세처럼 따라붙
어 있었다.

〈모영전〉의 파급 효과

이제 장적이 과연 이 〈모영전〉까지를 들어 비평한 것인지 아닌지

---

15. 『한창려전집』 제2책 권14 잡저(雜著) '서(書)' 〈답장적서(答張籍書)〉.

에 관계 없이, 또는 유종원이 그 문장의 진기함〔怪文〕 앞에 혹 세상 사람들이 비난할까 우려했던 그 충정과는 상관 없이, 이 작품이 문학사에 끼친 엄연하고 확고한 진실 한 가지가 있다. 곧 본편이 당唐 시대에 처음 만들어지고, 같은 시대 유종원에 의해 적극적인 우단右袒을 받았던 이래, 그 뒤 송宋·원元·명明·청淸 내지는 한국의 고려·조선의 문단에 이세동조異世同調의 엄청난 파급 효과를 야기시켰다는 사실이다. 지금 그러한 일례의 상세한 전부를 다 들기로 하자면 문득 번거롭겠으나, 우선 떠오르는 한두 가지를 곧장 들어 보이는 일이 어렵지 않다.

무엇보다도 〈모영전〉 안에 문방文房의 사우四友로서 등장한 모영毛穎·진현陳玄·도홍陶泓·저선생楮先生 등은 우선 그 이름 설정 만으로도 후세 문방 계통 작품에 허다한 동일 또는 유사 명칭을 유발케 하였다. 이를테면 송대의 동파 소식蘇軾이 지은 벼루 가전인 〈만석군나문전萬石君羅文傳〉에 저선생楮先生과 모영의 후예 모순毛純이 등장하고, 명대의 민문진閔文振이 지은 종이 가전인 〈저대제전楮待制傳〉에 주인

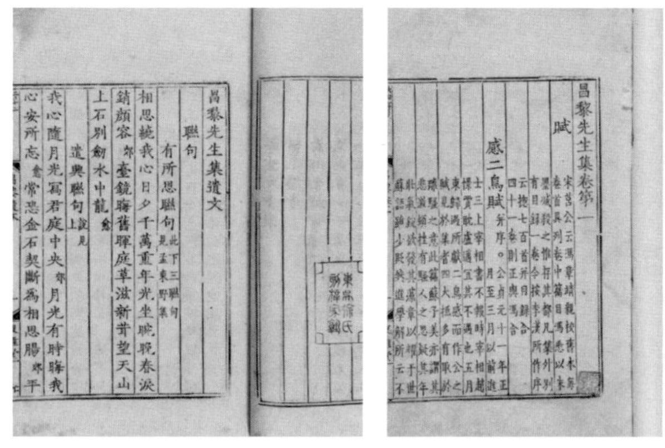

송대각본 〈창려선생집〉

공의 선조 저선생과 중서령中書令 모영이 모습을 드러낸다. 청대의 장조張潮가 지은 종이 가전인 〈저선생전楮先生傳〉에 모영·저선생·진현이 출현하고, 신함광申涵光이 지은 붓의 가전인 〈모영후전毛穎後傳〉에 모영·진현·도홍·저선생이 그 이름 그대로 보인다. 또 시대 미상의 조우신趙佑宸이 지은 물병 연적의 가전인 〈수중승전水中丞傳〉에 역시 중산中山의 모영과 저선생 등이 나타난다.

한국에서도 고려조에 이첨李詹이 지은 종이 가전인 〈저생전楮生傳〉에 중산의 모학사毛學士가 보인다. 조선조에 남유용南有容이 지은 묵墨·연硯·지紙의 가전 〈모영전보毛穎傳補〉에 진현·도홍·저선생 등이 고스란히 등장하고, 박윤묵朴允黙이 지은 먹의 가전 〈진현전陳玄傳〉에 주인공 진현이 나타나는가 하면, 한성리韓星履가 지은 붓의 가전 〈관성자전管城子傳〉에 첫 이름으로서의 모영, 그리고 저선생 등으로 모습을 드러내 있다. 비록 가전假傳 장르의 범주를 떠나 있으나 역시 엄연한 의인 한 문조인 임제林悌의 〈수성지愁城誌〉 중에도 도홍과 모영 등의 고개 내밈이 없지 않았다.

한편 이제 문맥 가운데에서 보더라도 크게 괄목할 만한 일이 벌어진다. 곧 〈모영전〉의 다음과 같은 한 구절,

上召穎 三人不待詔 輒俱往 上未嘗怪焉.
임금이 모영을 부르면 세 사람이 따로 임금의 하명을 기다리지 않고도 어느새 함께 갔던 것이지만, 임금은 이를 한 번도 이상하게 본 적이 없었다.

은 뒷시대 의인 열전 총중叢中에 일대 관용적 유형어가 되기도 하였으니, 송대 진관秦觀(1049~1100)과 당경唐庚(1060경~?)이 똑같이 술을 인

격화한 열전 〈청화선생전清和先生傳〉이며 〈육서전陸諝傳〉 등에 제대로
의 향응響應이 보인다.

每召見先生 有司不請 而以二子俱見 上不以爲疑.
임금이 선생을 불러 보려는 때면 비록 담당하는 관리가 따로 청
하지 않았다 하더라도 그 두 사람이 함께 알현하였지만, 임금 또
한 의아히 여기지 않았던 것이다. 〈청화선생전〉

然上每念諝 輒幷召二人.
그러나 임금이 육서가 생각날 때면 언제든 그 두 사람도 함께
불렀던 것이다. 〈육서전〉

더 나중에 이르러는 조선시대 최연崔演(1503~1549)의 술 의인 가전
〈국수재전麴秀才傳〉 및 박윤묵朴允默(1771~1849)의 종이 가전 〈저백전楮
白傳〉 등에서 더욱 극명한 반영이 나타난다.

上召秀才 則此五子亦不待詔 輒俱往 上未嘗怪焉.
임금이 국수재를 부르면 이 다섯 사람들은 따로 명을 기다리지
않고도 어느새 함께 갔던 것이지만, 임금은 이를 한 번도 이상하
게 본 적이 없었다. 〈국수재전〉

上每有所使 輒與三人者俱 而上亦不之偏住也.
임금이 무슨 일을 시켜 하라는 바가 있을 적마다 어느새 나머
지 세 사람과 함께 움직였던 것이나, 임금 역시 그것을 마음 한
켠에 두지는 않았다. 〈저백전〉

나아가, 후대 한·중 가전사의 흐름 안에는 그 글 가운데에 한유 또는 〈모영전〉에 관련한 아예 직접성 있는 노정露呈도 심심찮게 발견이 된다. 대략 일별해 본다.

조선시대 명종·선조의 무렵 윤광계尹光啓(1559~?)가 절구공이를 의인화한 〈저군전杵君傳〉의 안에, 절구공이와 달에서 방아 찧는 토끼 사이의 연상법을 살려 조사措辭한 부분이 있다.

韓愈氏作毛穎傳有云 明眎八世孫䶂 得神仙之術 騎蟾蜍入月 世傳 當其時 有杵氏一人 亦隨以往 遂爲毛氏用.

한유가 지은 〈모영전〉에, 명시明眎의 8대 후손인 누䶂가 신선술을 터득하여 두꺼비를 타고 달에 들어갔다는 말이 있다. 세상에 전하기는 그 때에 저씨杵氏 한 사람이 역시 그를 따라갔고, 마침내는 모씨毛氏의 쓰임을 받았다고 한다.

한유 및 〈모영전〉의 반영이 여실하게 드러나고 있어 흥미롭다.

그렇지만 〈모영전〉이 어디까지나 붓의 입전이었다는 사실과 함께, '모영'을 내세우는 일은 역시 붓을 둘러싼 문방계文房系 가전 안에서 가장 빈도 있게 나타나는 양 싶었다.

무엇보다도 청대 신함광申涵光(1650경~?)이 붓을 의인화한 〈모영후전〉이라든가, 조선조 남유용南有容(1698~1773)이 나머지 세 대상인 먹·벼루·종이를 의인화한 〈모영전보〉 같은 경우 애당초 그 제목에서부터 한유 〈모영전〉의 후속편임을 내놓고 천명하는 것이었으니 더 이를 나위가 없겠다.

이를테면 조선조 박윤묵의 붓 의인 가전 〈모원봉전毛元鋒傳〉에,

世傳 殷時有靈蠵得神仙之術 能匿光使物 竊姮娥騎蟾蜍入月 昔韓
愈以蠵爲明际八世孫….
세상에 전하기는, 은나라 때 신령스런 누蠵가 신선의 술법을 터
득하여 능히 빛을 감추고 물物을 부리었는데, 항아姮娥를 다루어
변화시킨 두꺼비를 타고 달에 들어갔다고 한다. 옛날 한유는 누
가 명시明际의 8대 손이라 했거니….

하였고, 한성리韓星履(1880경~?)의 붓 의인 가전 〈관성자전〉에도,

初名毛穎也 事載韓昌黎所撰傳中.
처음 이름은 모영이었다. 그 사실이 한창려가 지은 전傳 가운데
실려 있다.

한 것이 보인다. 또 근대에 안엽安曄의 〈문방사우전文房四友傳〉에도 한
유 내지 〈모영전〉에 대한 직접적인 표명이 나타난다.

毛元銳字文鋒 系出宣城 有毛穎者爲秦中書令有功 韓文公傳之 不
須譜也.
모원예毛元銳의 자는 문봉文鋒으로 계통은 선성宣城에서 나왔다.
모영이란 이가 진秦나라의 중서령을 하여 공로가 있었는 바, 한
문공韓文公이 전傳으로 썼으니 굳이 나열해 적을 필요는 없겠다.

한편, 고려조에 이규보李奎報(1168~1241)는 자신의 벗 이윤보李允甫가
'게'를 대상으로 쓴 〈무장공자전無腸公子傳〉에 대해 이렇게 평하였다.

其若無腸公子傳等 嘲戲之作 若與退之所著毛穎下邳相較 吾未知
孰先孰後也.[16)]

그의 〈무장공자전〉 같은 것은 희학의 작품으로, 한퇴지韓退之가
지은 〈모영전〉·〈하비후혁화전下邳侯革華傳〉 등과 서로 비교한대
도 어느 것이 앞서고 어느 것이 처지는지 나는 알지 못하겠다.

이 밖에 가전 계열 이외의 곳에서도 한유 〈모영전〉을 끌어다 비견
한 사례를 반반斑斑히 살펴볼 수 있다. 이를테면 조선시대 생육신의
한 사람이었던 추강秋江 남효온南孝溫(1454~1492)의 몽유록夢遊錄 계통
한 작품인 〈수향기睡鄕記〉 말미 후주後注에,

佔畢齋批 昔韓退之作毛穎傳 王績作醉鄕記 此其流亞歟.
점필재佔畢齋 김종직金宗直이 부전附箋을 달았으되, '옛날 한퇴지가
〈모영전〉을 썼고 왕속王績은 〈취향기醉鄕記〉를 썼는데, 이 〈수향
기〉는 그 아류亞流라 하겠군!' 하였다.

등이 그러한 편영片影이었으니, 전통시대에 한유의 〈모영전〉이 후세
에 끼친 여향餘響의 정도를 짐작할 만하다.

---

16. 이규보, 〈이사관윤보시발미(李史館允甫詩跋尾)〉, 『동문선(東文選)』 권102.

모영전毛穎傳

항아

모영毛穎[1]은 중산中山[2] 사람이다.

그 선조인 명시明眎[3]는 우禹 임금을 도와 동쪽 지경을 다스려서 만물을 양육시킨 공로가 있었기에 묘卯 땅에 봉해졌고,[4] 죽어서는 십이신十二神[5]의 하나가 되었다.

그는 일찍이 이렇게 말하였다.

"나의 자손들은 신명神明의 후예인지라 여느 다른 종족들과 같아서는 아니 될 일, 마땅히 입으로 토해서 낳도록 할 것이리."

이윽고 그것은 사실로 나타났다.

명시의 8대손은 누䨲[6]였다. 세상에 전하는 말로는 그가 은나라 당시 중산에 거처하면서 신선의 술법을 터득하였더란다. 능히 모습을 감추고 물物을 부릴 수 있었더니, 항아姮娥[7]가 넌지시 변화된 두꺼비를 타고 달로 들어가 버리매, 그 다음 대代부터는 결국 숨어 벼슬하지 않게 되었다고 한다.

---

1. 붓의 의인화 별명. 여기서 '穎'은 뾰족한 것[尖] 또는 붓끝[筆頭]의 뜻.
2. 오늘날 안휘성(安徽省) 선성현(宣城縣) 북쪽과 강소성(江蘇省) 표수현(漂水縣) 남쪽의 산 이름으로, 정교한 토끼털 붓의 명산지.
3. 토끼의 별명. 눈이 밝다는 뜻이니, '明視'로도 쓴다.
4. 십이지(十二支) 가운데 넷째 지지(地支)인 묘(卯)는 토끼를 상징하고, 방위상으로는 이십사방위(二十四方位) 중 동쪽에 해당한다.
5. 재액을 쫓는 십이지(十二支)의 열두 주신(主神).
6. 어린 토끼.
7. 『회남자(淮南子)』 등에 나오는 전설상의 여인. 남편 예(羿)가 서왕모(西王母)에게서 얻은 두 개의 불사약을 훔쳐 달로 달아났다가 두꺼비가 되었다고 한다.

동곽東郭8)에 살던 자는 준狻9)이라 했다. 민첩하고 뜀박질을 잘 하였거니, 한로韓盧10)와 솜씨를 겨루었는데 한로가 따르지 못하였다. 그러자 한로는 노한 나머지 송작宋鵲11)과 짜고 준을 죽인 다음 그의 집안을 도륙내고 말았다.

진시황 시절 몽념蒙恬12) 장군이 남으로 초楚나라를 쳤는데, 중산에 주둔하던 차에 바야흐로 크게 사냥하여 초를 두렵게 한 바 있었다. 좌우의 서장庶長13)들과 군위軍尉14)들을 불러다가 연산連山15)으로 점 쳤더니 천문天文과 인문人文의 조후兆候를 얻었다. 이에 점치는 이가 축하를 드렸다.

"오늘 노획하실 것은 뿔도 아니 나고 어금니도 없는, 털옷 두른 무리이나이다. 입은 비뚜름한 언청이에 기다란 수염, 여덟 개 구멍이 나 있고 오그려 앉지요. 각별히 그 터럭을 취하면 간독簡牘16)에 쓰임새가 있어 온 천하가 다 함께 글을 쓸 수 있사온즉, 우리 진나라가 결국은 제후들을 아우를 수 있겠나이다."

드디어 모씨毛氏의 거레를 찾아 에워싼 다음, 그 중에 잘난 자들을 가려냈다. 이때 모영도 함께 수레에 태우고 돌아와 장대궁章臺宮17)에

---

8. 동쪽의 외성(外城). 외성은 성 밖에 겹으로 둘러 쌓은 성.
9. 약빠른 토끼. 즉, 교토(狡兔). '東郭狻 天下之狡兔也.'[戰國策].
10. 중국 한(韓)나라 산(産)의 명견(名犬).
11. 중국 송나라 산의 양견(良犬). 한로(韓盧)와 더불어 준견(駿犬)의 대명사.
12. 진시황 때 흉노를 정벌한 명장으로, 그가 붓을 처음 만들었다는 설이 있다.
13. 진(秦)·한(漢) 시대 무관의 작위로서, 좌서장(左庶長)·우서장(右庶長)·사거서장(駟車庶長)·대서장(大庶長) 등 20급이 있었다.
14. 서장(庶長) 휘하의 장교.
15. 역(易)에는 연산(連山), 귀장(歸藏), 주역(周易)의 세 가지가 있었으니, 그 가운데 하나, '掌三易之法 一曰連山 二曰歸藏 三曰周易.'[周禮, 春冠, 大卜].
16. 대쪽과 나뭇조각. 종이 발명 이전에 글씨를 적어 넣는 수단이었다.
17. 진나라 때 함양(咸陽)에 세웠던 궁전. 위수(渭水)의 남쪽 언덕에 자리했다.

왼쪽부터 몽념, 부소, 조고, 호해

서 포로로 바쳤고, 그의 일족들 역시 한군데 모아 결박을 지었다.

진나라의 황제는 몽념으로 하여금 모영을 탕湯에다 목욕시키도록 허락하였다. 그리고는 모영을 관성管城[18]에 봉해 주고 관성자管城子[19]라 부르면서 매일같이 데려다 보며 친히 총애하는 가운데 일을 맡기었다.

모영은 타고난 됨됨이가 기억력이 강하고 기민해서, 저 결승結繩 시절[20]부터 진나라에 이르기까지의 사적들을 묶어 기록하지 않음이 없었으니, 음양陰陽·복서卜筮·점상占相·의방醫方·족씨族氏·산림山林·지리地理·문자 관련의 책·도화圖畫 및 구류九流[21]·백가百家[22]와 특출한 인물에 관한 글, 나아가 불교 승려와 노자老子, 외국의 변설을 상세히 다 망라하였다. 또한 시사時事의 정무政務에도 통하여서, 관청의 문서거나 시정市井 화폐에 관한 기록을 오로지 명하는 대로 바쳐 올리니, 진시황제 및 태자인 부소扶蘇[23]와 호해胡亥,[24] 승상 이사李

---

18. 붓대[管]를 성(城)에 비의(比擬)하였다.
19. 붓[筆]의 의인화 명칭. 붓대 성(城)의 관할자란 뜻.
20. 새끼끈을 매듭지어 메시지를 주고받던 태고(太古) 시대.
21. 중국 한나라 때에 구분해 이르던 아홉 종류의 학파. 유가류(儒家流)·도가류(道家流)·음양가류(陰陽家流)·법가류(法家流)·명가류(名家流)·묵가류(墨家流)·종횡가류(縱橫家流)·잡가류(雜家流)·농가류(農家流).
22. 제자백가(諸子百家). 또는 유가(儒家) 이외 제가(諸家)의 총칭.

斯,²⁵⁾ 중거부령中車府令²⁶⁾ 조고趙高²⁷⁾로부터, 아래로는 나라의 일반 백성에 이르기까지 사랑하며 소중히 여기지 않는 이가 없게 되었다.

게다가 다른 이의 뜻을 잘 따랐다. 정직正直과 사곡邪曲, 교巧와 졸拙을 막론하고 한결같이 그 당사자만을 좇으니, 비록 밀려나 버림을 받더라도 끝끝내 침묵하면서 누설하는 법이 없었다.

다만 그가 무인을 좋아하지는 않았지만, 부름을 받으면 다름 없이 때맞춰서 가곤 하였다.

여러 차례 승진으로 중서령中書令²⁸⁾ 벼슬을 제수 받은 덕분에 임금과 더욱 허물 없이 되었으며, 임금도 진작부터 그를 중서군中書君²⁹⁾으로 불러 왔다. 임금이 몸소 어떤 사항을 결정지을 때에는 저울을 재듯이 혼자서 헤아려 상량하였다. 따라서 아무리 궁인宮人이라도 곁에 모실 수가 없었으되, 오직 모영하고 촛불 밝히는 자만은 늘 시종하였으니, 임금이 쉴 때가 되어서야 일을 놓았던 것이다.

모영은 강주絳州³⁰⁾ 출신인 진현陳玄,³¹⁾ 굉농宏農³²⁾ 땅의 도홍陶泓³³⁾

---

23. 진시황의 장자(長子). 진시황 사후에 조고(趙高)와 이사(李斯)가 조작해 낸 가짜 조서에 의해 죽임을 당하였다.
24. 진시황의 둘째 아들. 조고(趙高) 등의 추대로 진나라의 2세 황제가 되었다.
25. 진시황 천하 통일의 최고 공신(功臣). 법가 사상의 승계자이다.
26. 진의 벼슬 이름으로, 승여(乘輿)와 노거(路車) 등 탈것에 관한 일을 맡았다.
27. 진시황의 환관. 진시황 사후에 대권을 농락하여 승상까지 하였다가 피살되었다.
28. 임금의 조명(詔命)·기무(機務) 등을 맡은 중서성(中書省)의 우두머리.
29. 붓의 의인화 미칭(美稱).
30. 산서성(山西省) 소재로, 춘추시대에는 진(晉)나라 땅이었는데, 북주(北周) 때 이 이름으로 설치되었고, 그 전후간 시대에 따라 많은 명칭 변화를 겪었다.
31. 먹의 별명.
32. 지금 하남성 소재의, 한(漢)나라가 세웠던 군(郡) 이름. 벼룻돌의 명산지.
33. 벼루의 별명. 흙을 구워서 만든 도제(陶製)에, 오목 패인 곳[泓]을 살려 쓴 말.

및 회계會稽[34]의 저선생楮先生[35]들과 가까운 벗을 삼았다. 서로가 밀어주고 끌어주고 하는 가운데 그 나아가고 물러남을 반드시 함께 하였다. 그리하여 임금이 모영을 부르면 세 사람이 따로 임금의 하명을 기다리지 않고도 어느새 함께 갔던 것이지만, 임금은 이를 한 번도 이상하게 여긴 적이 없었다.

뒤에 임금께 알현하러 갔을 때, 임금이 장차 어떤 맡기고자 할 일이 있어 각별히 그에게 선택의 특혜를 베풀었다. 이에 그가 관冠을 벗고 사례하였는데 임금이 그의 머리가 다 벗겨진 모양을 보게 되었다. 게다가 글자의 획을 베껴 옮기는 바가 임금 뜻에 맞지 못하였다.

그러자 임금은 억지 웃음을 띠면서,

"중서군이 늙어서 민머리가 되었으니, 나의 소용所用에 맞춰 일을 맡기지 못하겠구려. 내 일찍이 그대가 글 쓰는 일에 적합하다 여겼거니와, 지금에 와선 거기 맞지 않은 건가?"

그러자 모영이 대답을 드렸다.

"신은 이른바 마음을 다 바친 자이옵니다!"

이 일로 말미암아 다시는 불리지 않은 채 봉읍封邑으로 돌아가 관성管城에서 생을 마치었다.

그의 자손이 대단히 많아서 중국 및 동이東夷·북적北狄 등지에 흩어져 살았다. 하나같이 관성 출신임을 자처했지만 중산에 사는 이들만이 부조父祖의 업을 잘 계승하였다.

태사공太史公은 이르노라.

「모씨毛氏에는 두 겨레가 있다. 하나는 원래 희씨姬氏 성이던 문왕

---

34. 지금 강소성 소재의, 진(秦)나라가 세웠던 고을 이름.
35. 종이의 별칭. 닥나무 껍질로 만드는 종이에 대한 존칭 활유어(活喩語)임.

文王[36)의 아들이 모毛[37) 땅에 봉하여졌거니, 이른바 노魯[38)·위衛[55)·모毛·담聃[56)이라 하는 그것이요, 전국 시절에는 모공毛公으로 불리었던 모수毛遂[57)가 있었다.

다만, 중산의 족속만큼은 그 본래의 근원은 알 수 없어도 자손이 가장 번창하였다. 『춘추春秋』[42)를 이룩함에 비록 공자의 손길을 입지는 못하였지만, 이것이 그들 잘못은 아니었다.

몽념 장군이 중산의 빼어난 자들을 발탁하고, 진시황이 그들을 관성에 봉해준 데 이르러 그 집안이 여러 대에 걸쳐 이름을 얻을 수 있었으나, 희씨 성으로서의 모씨는 이름이 들리지 않았던 것이다.

모영이 처음에는 포로의 몸으로 황제를 알현하였지만, 드디어는 벼슬의 임명을 받게 되었고, 진나라가 제후들을 멸함에 있어서 모영도 더불어 공로가 있었다. 그랬거늘, 그 수고로움에 값하는 상賞은 커녕 늙었다고 하여 물리침을 당하고 말았으니, 진나라는 참으로 은정恩情을 가볍게 여기었구나!」

---

36. 은(殷)의 폭군 주(紂)에 맞서 주(周) 왕조의 초석을 다진 인물. 이름은 희창(姬昌).
37. 주(周) 문왕의 여덟째 아들이 봉해 받은 나라. 지금 하남성 의양현(宜陽縣) 소재.
38. 주(周) 문왕의 세자 무왕(武王)이 아우인 주공(周公) 단(旦)에게 봉해 준 나라. 지금 산동성 곡부현(曲阜縣) 소재.
39. 주 무왕이 아우인 강숙(康叔)에게 봉해 준 나라. 지금 하남성 기현(淇縣) 소재.
40. 문왕의 아들 중 한 사람이 봉해 받은 열여섯 나라 중 하나. '管·蔡·郕·霍·魯·衛·毛·聃·陵·雍·曹·藤·曄·原·酆·郇 文之昭也.' [左氏, 僖, 二十四]. '十六國皆文王之子也.'[注]. 지금 호북성 형문현(荊門縣) 소재이다.
41. 전국시대 신릉군(信陵君)의 식객(食客)을 하던 조(趙)나라 현사(賢士). [史記, 信陵君傳]에, '公子聞 趙有處士毛公 藏於博徒.'
42. 공자가 찬술한 노나라 12공(公) 242년 간의 편년체 역사서.

毛穎傳

毛穎者 中山人也 其先明眎 佐禹治東方土 養萬物有功 因封於卯
地 死爲十二神 嘗曰 吾子孫神明之後 不可與物同 當吐而生 已而果
然 明眎八世孫䨲 世傳當殷時 居中山 得神仙之術 能匿光使物 竊姮
娥 騎蟾蜍入月 其後代遂隱不仕云 居東郭者曰䨲 狡而善走 與韓盧
爭能 盧不及 盧怒 與宋鵲謀而殺之 醢其家 秦始皇時 蒙將軍恬南伐
楚 次中山 將大獵以懼楚 召左右庶長與軍尉 以連山筮之 得天與人
文之兆 筮者賀曰 今日之獲 不角不牙 衣褐之徒 缺口而長鬚 八竅而
趺居 獨取其髦 簡牘是資 天下其同書 秦其遂兼諸侯乎 遂獵 圍毛
氏之族 拔其毫 載穎而歸 獻俘於章臺宮 聚其族而加束縛焉 秦皇帝
使恬賜之湯沐 而封諸管城 號曰管城子 日見親寵任事 穎爲人强記而
便敏 自結繩之代 以及秦事 無不纂錄 陰陽卜筮占相醫方族氏山經地
志字書圖畵九流百家天人之書 及至浮屠老子外國之說 皆所詳悉 又
通於當代之務 官府簿書 市井貨錢注記 惟上所使 自秦皇帝及太子扶
蘇胡亥丞相斯中車府令高 下及國人 無不愛重 又善隨人意 正直邪曲
巧拙 一隨其人 雖見廢棄 終嘿不洩 惟不喜武士 然見請亦時往 累拜
中書令 與上益狎 上嘗呼爲中書君 上親決事 以衡石自程 雖宮人不
得立左右 獨穎與執燭者常侍 上休方罷 穎與絳人陳玄宏農陶泓及會
稽楮先生友善 相推致 其出處必偕 上召穎 三人者不待詔 輒俱往 上
未嘗怪焉 後因進見 上將有任使 拂拭之 因免冠謝 上見其髮禿 又所

摹畫不能稱上意　上嘻笑曰　中書君老而禿　不任吾用　吾嘗謂君中書
今不中書耶　對曰　臣所謂盡心者焉　因不復召　歸封邑　終於管城　其子
孫甚多　散處中國夷狄　皆冒管城　惟居中山者　能繼父祖業

　太史公曰　毛氏有兩族　其一姬姓　文王之子封於毛　所謂魯衛毛聃者
也　戰國時有毛公毛遂　獨中山之族　不知其本所出　子孫最爲蕃昌　春
秋之成　見絕於孔子　而非其罪　乃蒙將軍拔中山之豪　始皇封諸管城
世遂有名　而姬姓之毛無聞　穎始以俘見　卒見任使　秦之滅諸侯　穎與
有功　賞不酬勞　以老見疏　秦眞少恩哉.　　　　　　　　　　『韓昌黎集』

液兆歲大穰仙者非求於人主人主者求之豈妄也哉

毛穎傳　　韓愈

毛穎者中山人也其先明眎佐禹治東方土養萬物有功因封於卵地死
為十二神嘗曰吾子孫神明之後不可與物同當吐而生已而果然明眎
八世孫䵎世傳當殷時居中山得神仙之術能匿光使物竊姮娥騎蟾蜍入
月其後代遂隱不仕云居東郭者曰䝟狡而善走與韓盧爭能不及盧
怒與宋鵲謀而殺之醢其家秦始皇時蒙將軍恬南伐楚次中山將大獵以
懼楚召左右庶長與軍尉以連山筮之得天與人文之兆筮者賀曰今日
之獲不角不牙衣褐之徒缺口而長鬚八竅而趺居獨取其髦簡牘是資
天下其同書秦其遂兼諸侯乎遂獵圍毛氏之族拔其毫載穎而歸獻俘
於章臺宮聚其族而加束縛焉秦皇帝使恬賜之湯沐而封諸管城號曰
管城子日見親寵任事穎為人強記而便敏自結繩之代以及

한유의 〈모영전〉-『古今滑稽文選』에서

2

명문가의 어진 인물 관성후

– 문숭文嵩 : 관성후전管城侯傳

문방열전 – 중국편

명문가의 어진 인물 관성후

− 문숭文嵩 : 관성후전管城侯傳

평 설

이제 소개하려고 하는 문방의 전기는 문숭文嵩이란 이가 지은 《사후전四侯傳》이다. 네 사람 제후의 전기란 말이다. 네 명 제후란 다름 아닌 붓의 관성후管城侯, 벼루의 즉묵후卽墨侯, 종이의 호치후好畤侯, 먹의 송자후松滋侯이다.

이 작품들은 북송北宋 시대 초기 소이간蘇易簡이 편찬한 『문방사보文房四譜』라는 책 안에 들어 있다. 그리고 그 순서 배열은 붓[筆]의 〈관성후전管城侯傳〉, 벼루[硯]의 〈즉묵후석허중전卽墨侯石虛中傳〉, 종이[紙]의 〈호치후저지백전好畤侯楮知白傳〉, 먹[墨]의 〈송자후역현광전松滋侯易玄光傳〉으로 되어 있다.

그러나 애석하게도 작가인 문숭이 누구인지 고증할 만한 문헌상의 기록은 그 어디에도 보이지 않는다. 처음에 필자는 대강의 짐작으로 당대에서 송대로 넘어가는 시기의 인물로 추정해 놓았었다. 막연한 가운데도 당송 어간이라고 한데는 나름의 이유가 있었다. 대개 문숭이란 인물이 당나라 말엽을 살면서 최초의 문방열전인 〈모영전〉을 쓴 한유韓愈(768~824)보다 앞에 있지는 못한 듯싶고, 동시에 북송 초기의 인물인 소이간이 문숭의 작품들을 일일이 자신의 저서인 『문방사보文房四譜』 안에 담았으니 당연 소이간보다는 먼저일 밖에 없기 때문이다. 따라서 그 중간 시간대에 존재하였던 인물로 유추하였음이다.

한편 그 규모만 보더라도 문방사우 전체를 총괄하는 실적을 남긴 데다가, 또 소이간의 눈에 작품들이 괜찮다 싶게 보였기에 자신의 편저 가운데에 넣었을 터이다. 그런 정도의 작가였음에도 불구하고 크고 작은 그 어떤 문학사 언저리에조차 인물 추적을 위한 어떠한 단서도 남아 있지 못한 이유가 사뭇 궁금하였다.

그리하여 최후로는 아주 극단의 억측마저 해 보았다. 이를테면 문숭文嵩이란 이름은 혹 소이간 자신이 『문방사보』의 구색을 그럴듯하게 갖춰 보기 위한 방편으로 비밀히 쓰던 자나 호, 혹은 그만의 필명은 아니었을까? 하지만 작품 군데군데에 글자의 누락을 알린 것을 보면 그런 것 같지는 않다. 아무튼 별별 의심을 다 자아낼 만큼 문숭이란 존재는 종당 막연할 뿐이었다. 문숭은 두 글자 이름만이 존재하는 그야말로 얼굴 없는 작가였다.

그런 혼미 중에도 천만다행으로 최소한 그가 당나라 시대를 살았던 사람이라는 확증을 잡을 만한 결정적 단서 하나를 발견하게 되었다. 다른 어느 곳 아닌 바로 그의 네 작품 중 세 번째 작인 〈호치후저지백전〉에 있는 다음의 구절에서이다.

晉宋之世 每文人有一篇一詠 出於人口者 必求之繕寫 於時 京師聲
價彌高 皆以文章貴達 歷齊梁陳隋以至今 朝廷益甚見用之.

진송晉宋 시대에 시문 작품이 사람들 입 언저리에 두드러지는
문인들의 것은 반드시 구해다가 깔끔히 베꼈는데, 이 마당에 경
사京師에서 더욱 그 성가가 높아 문인들 모두 문장으로 귀해지
고 이름이 알려졌다. 그리하여 제齊·양梁·진陳·수隋의 시대를
거치고 오늘날에 이르기까지의 조정에서 이루 말할 수 없을 정
도로 활용을 나타냈다.

'수隋의 시대를 거치고 오늘날'이란 다름 아닌 수隋나라 다음 시대
인 당唐 시대를 일컬음이 아니겠는가. 이렇게 해서 그가 당나라 문인
이라는 사실까지 알 수는 있었지만, 역시 더 이상의 자료를 찾기 난
감하니 나머지는 여전히 오리무중이었다.

다만 그의 작품을 옮긴 당사자인 소이간蘇易簡이란 인물 및 그의
문방사우 관련 저술에 대한 대략적인 소개 쯤으로 애오라지 위안
삼을 뿐이다. 가장 큰 자료라 할 만한 『송사宋史』 열전에 비친 그의
모습은 이러하다.

蘇易簡

소이간은 10세기 말경 북송北宋 동산銅
山 사람, 자는 태간太簡이다. 어려서부터
돈독히 공부하여 글재주가 있었다. 태평
흥국太平興國 시절에 진사에 오르고, 한림
학사 승지에까지 올랐다. 송 태종이 그에
게 명주明紬에다가 '옥당지서玉堂之署', 즉
한림원에 임명한다는 뜻을 담은 네 글자

를 비백飛白으로 써서 하사하였다고 하니 그가 송조宋朝로부터 받은 총애를 알 수 있다.

소이간이 일찍이 궐 안에서 숙직할 때 한쪽으로 기울어진 그릇에다 물을 부으려 하였다. 황제가 은근히 그 일을 듣고는 물었다.

"경이 완상하는 것이 한쪽으로 비스듬히 기운 그릇이 아니오?"

"그러하나이다. 강남의 서막이 만든 것입니다."

그리고 가져와 시험하게 했는데, 그때 이간이 아뢰었다.

"제가 듣기로는 해가 정 중앙에 있으면 기울기 마련이고, 달도 차면 이지러집니다. 그릇도 차면 넘치고, 물物도 성하면 쇠하는 법이지요. 바라옵건대 폐하께서는 가득 찬 것을 유지하여 수성守城하시고, 삼가 시작과 끝을 일관되게 하시어 기틀을 굳건히 하소서. 그러면 천하가 큰 다행으로 여길 것입니다."

그는 술을 좋아해서 처음 한림에 들었을 때 술을 마다키로 한 날에도 벌써 어느 정도 취한 상태였고, 그 외의 날은 흠뻑 취해 있어

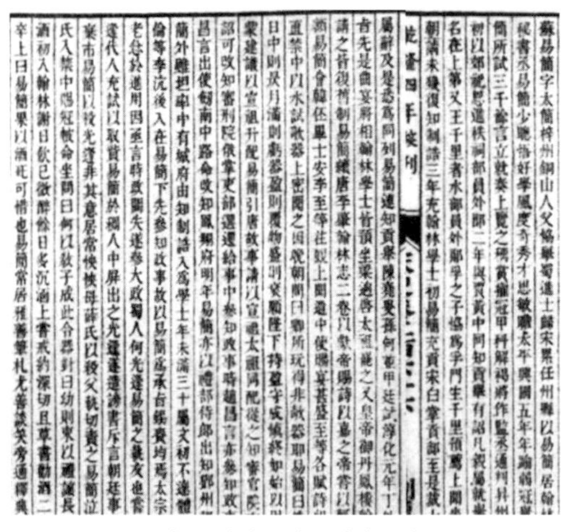

『宋史』에 수록된 소이간 열전

진작부터 임금의 경계와 단속이 심각할 정도였다. 그러자 황제가 다시금 두 편의 짤막한 〈권주勸酒〉 장章을 써주면서 그것을 자기 어머니 앞에서 읽으라고 시켰다. 그때부터 들어가 숙직할 때엔 감히 술을 마시지 못하였다.

급기야 이간이 생을 마치는 날에 임금은 "이간이 결국 술로 가다니, 애석한 일이로고!" 하였다 한다. 그는 평상시에 붓과 종이로 기록과 서한을 잘했고, 또한 우스개 소리를 잘했으며, 불교 책에 널리 통했다고 한다. 『문방사보文房四譜』·『속한림지續翰林志』·『문집文集』 등의 저서가 있다.

『문방사보文房四譜』는 지필묵연의 여러 종류 및 원류·고사·제조법·문학작품 등에 대해서 기술하고 있다. 전체 5권으로 되어 있는 바 1권과 2권에 걸쳐 〈필보筆譜〉 상·하, 3권에 벼루의 〈연보硯譜〉, 4권에 종이의 〈지보紙譜〉, 5권에 먹의 〈묵보墨譜〉로 각각 구분하여 실었다.

바로 이 『문방사보文房四譜』 권2 〈필보〉·下에 소이간이 '문숭사후전文嵩四侯傳'이라고 붙인 표제가 보인다. 문숭文嵩이 문방사우 각각을 인격화시켜 쓴 전기를 소개하겠다는 것이다. 소이간은 바로 이 제목 밑에다 '各附諸譜之末'(각기 모든 항목의 끝에 붙여 둔다)이라고 작은 글자로 각주하여 놓았다.

소이간이 이렇게 수탐搜探하고 채록한 데엔 어쩌면 그 특유의 의인 취향도 한몫 한 결과는 아닐까? 차茶의 여러 별칭 가운데 '청우淸友'라는 표현이 있다. '맑은 벗'이라는 뜻이니, 바로 이 별명을 처음 붙인 이가 소이간이다. 그는 또 이 호칭 외에 별도로 '옥천선생玉川先生'으로 존대하여 부른 일도 있다.

소이간이 의인적 재치를 발휘한 일단一端이지만, 그는 의인법에 대한 관심이 남달랐던 것 같다. 원나라 문인 철애鐵崖 양유정楊維楨의 문집인『동유자집東維子集』(권28)에 〈빙호선생전氷壺先生傳〉이란 의인작 한 편이 있다. 이때 작가 양유정이 작품에 들어가기 전에 잠깐 서문 형식으로 적은 글이 문득 눈길을 사로잡는다.

宋蘇易簡撰氷壺先生傳而不果.
송대의 소이간이 〈빙호선생전〉을 지었으나 끝을 보지 못하였다.

〈빙호선생전〉은 십자화과十字花科 채소인 '무'〔蘿蔔, 菁〕 내지 '동치미'를 인격화한 의인 열전이다. 중국에 명明대 사조제謝肇淛의 〈빙호선생전〉, 그리고 원대 양유정의 〈빙호선생전〉이 있고, 한국에는 조선 광해조 때 장유張維의 〈빙호선생전〉이 있다. 그런데 바로 양유정의 이 제보 덕분에 누구보다 가장 앞서 송대 소이간이 〈빙호선생전〉을 지으려다 미완未完에 그쳤던 사실과 함께, 그의 의인적 관심이 여하했는지도 알 수 있게 되었다. 하물며 각별 동치미를 의인화를 시도했던 일은 그의 별스런 음주벽과 크게 관련 있어 보인다.

장유의 〈빙호선생전〉에서도 소이간이 숙취로 괴로워하다가 눈 덮인 정원에서 빙호선생을 만나자 숙취의 괴로움이 대번에 사라졌고, 황제에게 추천했다는 대목이 나온다. 이렇듯 장유도 소이간의 음주벽에 대한 정보를 호재好材 삼아 무와 동치미 전기를 썼던 것이다.

『문방사보文房四譜』가 전체 5권으로 되어 있고, 그 서술의 편차編次는 筆(권1, 권2), 硯(권3), 紙(권4), 墨(권5)으로 되어 있으니, 네 편의 전기들 또한 이 순서를 따라 배열되어 있음이 당연하다.

이제 차례로 열람하고자 함에 그 첫 번째는 붓의 전기인 〈관성후전〉이다. 붓의 기원에 대해서는 거의 예외 없이 진晉나라의 장화張華가 쓴 『박물지博物志』의 기록을 언필칭하게 된다. 그에 따라 기원전 3세기에 진秦나라의 장군 몽념이 붓을 처음 발명하였다고 전해졌지만, 문헌의 분석과 출토된 유물들로 말미암아 실제로는 그 훨씬 이전부터 붓을 사용해 왔던 것으로 인지되고 있다.

「필보」 첫 번째의 고사故事 소개인 '一之敍事일지서사' 중에는 흥미로운 기사가 하나 눈에 띈다. 다름 아니라 진晉나라 최표崔豹의 저술인 『고금주古今注』 출전 글로, '진秦 시절에 육국六國을 병탄하고 앞 시대의 훌륭한 점들을 말살시킨 까닭에 몽념이 시대 속에서 홀로 칭송을 받았다(秦之時 倂呑六國 滅前代之美故 蒙恬獨稱於時)'는 내용이다. 소이간 역시 진나라가 천하를 통일하고 나서 그 업적을 자국의 것으로 하기 위해 붓 발명설을 조작했다는 주장에 동의하는 뜻으로 보인다.

여하간에 최소한 몽념이란 존재가 부각된 만큼 그가 붓과 관련해 아무 일도 없었다고 보기는 어렵고, 무언가 업적 하나라도 남겼을 가능성은 생각해 볼 수 있다. 말하자면 그가 기존의 붓에 대해 어떤 형태로든지 개량을 가한 당사자는 아니었을까 하는 추리가 가능하다. 실제로 진나라 이전의 붓이 대개 자연에서 재료를 취해 만든 원시적 형태의 것이었던 반면, 오늘날처럼 동물 털과 대나무를 이용한 붓은 바로 진나라 몽념 이후에 만들어졌다는 설도 있다.

그럼에도 더 나중인 한나라 때의 붓조차 짐승의 털을 가지런히 모아 묶어서 가느다란 대나 나무 끝에 끼우고 실로 동여매어 고정시킨 원시적인 형태 안에 있었다고 한다. 저 영하성寧夏省의 거연居延과 낙랑樂浪 유허에서 출토된 실물이 증거라고 하는 바, 이 무렵엔 자호紫毫가 압용壓用되었다고 한다. 자호는 야생토끼의 목과 등의 털에서

골라 만든 것으로 붓촉이 불그레한 흑자색으로 되기에 붙여진 이름이다. 그 값이 비싸고 털길이가 길지 못하다. 이후 진晉나라 때 왕희지王羲之가 쥐의 수염으로 묶은 서수필鼠鬚筆로 〈난정서蘭亭序〉를 썼다는 이야기는 유명하다.

붓촉이 길어지기 시작한 것은 9세기 무렵부터로 알려져 있다. 당나라의 정치가이면서 해서로 명성이 높은 서예가인 유공권柳公權(778~865)은 장봉長鋒을 즐겨 썼다고 한다. 장봉이란 붓털의 길이가 붓털 지름의 7배 이상이 되는 것을 말한다고 한다.

이 시대에 붓을 잘 만들었던 필장筆匠으로 선주宣州 출신의 진씨陣氏와 제갈씨諸葛氏 등이 유명했다고 하니, 바로 이 당나라 때야말로 붓에 있어서의 획기적인 변환의 시대로 볼 만하였다. 덧붙여 한유韓愈(768~824)의 붓의 열전인 〈모영전〉도 바로 이 어간에 나왔다는 사

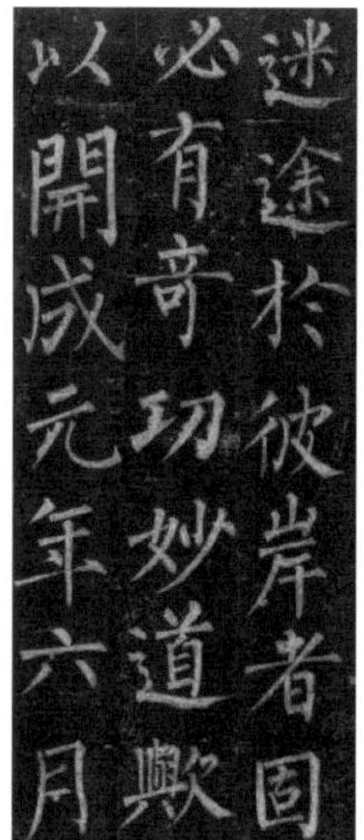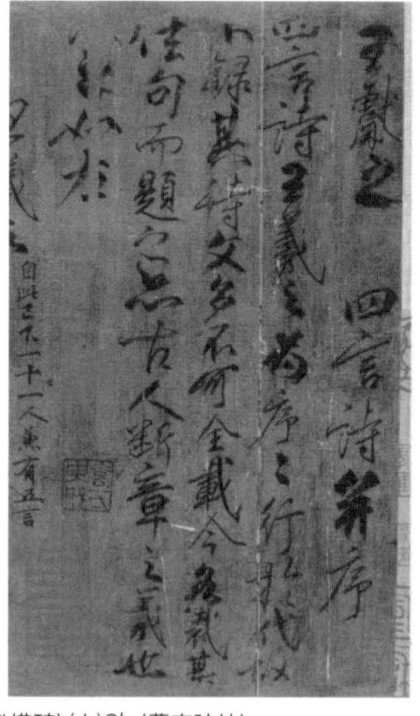

유공권의 〈玄秘塔碑〉(左)와 〈蘭亭詩帖〉

실 또한 예사롭게 보이지 않는다.

그러면 이제 문숭이 문방의《사후전》을 쓴 계기 또한 당나라 시절에 이루어진 문방 문화의 진흥과 관계 있을 법하다. 곧 이 시대 안에서 지필묵연 문방도구의 제조술이 비약적인 발전을 이루었고, 또 이 시대 안에서 구양순歐陽詢·안진경顏眞卿·저수량褚遂良·유공권柳公權 등 서법의 대가들이 연속적으로 등장하여 서단을 번화롭게 장식하던 분위기가 있었다. 하물며 앞에 밝힌 대로 붓을 주인공 삼은 한유의 문방 전기도 잘 알려져 있는 마당이었으니, 바로 이 설레고 끓는 모든 여건들이 어우러져 문숭의《사후전》창작에 고무적인 역할을 했을 것으로 사료된다.

다만 지금《사후전》의 선두 작품인 〈관성후전〉이 〈모영전〉과는 같은 의인 열전 장르인 데다가 똑같이 붓을 제재로 한 작품이지만, 궁극 똑같게 쓰지 않으려 노력한 흔적이 보인다.

한유의 〈모영전〉이 선계先系를 소개한 다음에는 몽념과 진시황의 진秦나라 때 시점에만 한정하여 이야기를 마감시켰던 데 반해, 여기 〈관성후전〉에서는 선대의 소개 뒤에 몽념과 진시황의 진秦으로부터 한漢, 위진魏晉과 남북조南北朝 시대에까지 걸쳐 이야기를 펼쳐 나갔다. 남북조시대는 특히 남조에 6왕조(吳·東晉·宋·齊·梁·陳)가 있었다고 해서 육조시대六朝時代라고도 한다.

〈모영전〉에서 주인공 모영이 황제에게 버림 받고 다시 쓰이지 못했다고 원망의 어조로 마무리했던 반면, 이 작품에서는 오히려 늙게 되자 황제가 너그러운 위로의 말과 함께 큰 벼슬로 예우했다는 온화한 설정으로 끝맺음하고 있다. 다르게 나간 사례이지만, 그럼에도 전반적인 기축은 여전히 〈모영전〉의 윤곽 안에 있다.

〈모영전〉에 대한 의방依倣은 평결에 이르러서 단적인 양상을 띤다.

문숭은 〈관성후전〉과 〈즉묵후석허중전〉에서 역사 속 실재 인물의 성씨인 모씨와 석씨를 슬그머니 끌어들여 이야기 속에 넣는다. 그와 동시에 주인공 모원예와 석허중이 비록 그들과 동일한 성씨인 것 같지만 같은 겨레가 아니라는 식으로 문장을 구사하고 있다.

그런데 바로 이와 같은 글쓰기 방식은 한유의 〈모영전〉에 이미 나타나 있던 수법이었다. 즉 모영이 본래 희씨姬氏 성인 문왕의 한 아들이 모毛 땅에 봉해지면서 시작된 모씨毛氏 겨레와 같은 성씨인 듯하지만 실은 완전히 계통을 달리한다고 서술했던 한유의 수사 방식과 나란히 닮아 있다.

뿐만 아니라 〈관성후전〉의 선계 부분에서 진의 몽념이 토끼를 노획하는 장면은 어느새 한유 〈모영전〉의 선계부에서 몽념이 토끼를 노획해 들이는 대목과도 방불한 양상을 띠고 있다.

〈관성후전〉이 비록 한유와 다르게 간 부분적 특징에도 불구하고, 궁극에는 한유의 테두리를 완전히 벗어나는 데 이르지는 못하였다. 이로써 이미 같은 당唐 시대 때부터 이 시대 산문의 종장宗匠이자 의인 열전 분야의 원조인 한유를 의식하며 존중하는 분위기적 기반이 형성되어 있었음을 알 수 있다.

작품 중간중간에 □□ 표시와 함께 원전 자체에 '闕'이라고 표기된 것이 있다. '闕'은 궐루闕漏·결루缺漏의 뜻이다. '죽 늘어 놓인 가운데에 같이 들어 있던 것이 새어서 없어지는 것'이란 말이다. 빠졌다는 말이니 그렇게 결락缺落된 부분은 원전을 따라 비워 두었다.

관성후전管城侯傳

모원예毛元銳의 자는 문봉文鋒으로, 선성宣城 사람이다. 동쪽 농막에서 □□□□□□□□□□□□□□□□□□□□□□□ 하는 기운을 타고 태어났다. 묘수昴宿[1]는 일명 모두旄頭[2]라 하기에 결국은 모씨 성이 되었다. 대대로 토□兔□에 살았는데 소호少昊[3] 때에 농사의 씨뿌리기를 망쳐놓은 일이 빌미가 되어 상구씨鵝鳩氏[4]한테 잡혀 죽고 말았다. 이에 멸족을 우려하여 양자강 남쪽으로 숨은 이들은 선성宣城[5]과 율양溧陽[6]의 산속에 머물러 살았는데, 종족이 아주 번성하였다.

원예의 시대를 기준으로 2대 조는 율丰[7]이었다. 진시황 때에 대장군인 몽념蒙恬[8]을 보내어 남으로 오나라와 초나라를 치던 계제였다. 몽념은 삼굴三窟[9]의 계책을 지닌 율이 자기 꾀를 믿고 승복해 따르지 않을 것이라 생각하고 선봉으로 하여금 포위케 하여 율의 일족을 모조리 잡아냈다. 이제 그 우두머리들 중 굳건한 자들을 가려내어 꽁꽁 묶어서 대장군 휘하에 바치었다. 이때 대장군 몽념이 율의 능력에 대해 묻자, 그는 이렇게 대답하였다.

---

1. 이십팔수의 하나. 한의 승상 소하가 묘수의 정기를 받고 태어났다고 한다.
2. 旄=기. 여우의 꼬리로 장식한 지휘용 기. 늙은이 모(耄)와 통용.
3. 상고시대의 임금. 태호(太昊)의 법을 수행했기에 소호라 했다 함. =小皞.
4. 매의 일종. 상구(爽鳩).
5. 지금 안휘성(安徽城) 선성현(宣城縣)의 옛 군(郡) 이름. 양자강과 회하(淮河) 유역.
6. 지금 강소성(江蘇省) 선흥현(宣興縣) 서쪽의 현(縣) 이름. 양자강과 회하(淮河)의 하류에 위치해 있다.
7. 모율(毛聿). 붓의 형상화. '聿' 자체가 모필의 뜻이다. '毛律'로도 표기한다.
8. 진시황 때 흉노 토벌의 명장으로, 붓을 처음 만든 인물이라는 설이 있다.
9. 교토삼굴(狡兔三窟)의 준말. 꾀가 많은 날랜 토끼[狡兔]는 세 개의 은신처[三窟]를 가지고 산다는 의미.

"간책簡册[10]을 묶어 기록하는 일을 잘 합지요. 저 문자가 생겨난 이래 기록해 넣는 일에 관한 한 빠뜨린 일은 거의 없을 것입니다."

대장군이 특이하게 여겨 속관屬官의 일을 맡으라 명하여 기록을 관장하게 했다.

몽념이 개선하는 마당에 임금께 알리고는 성을 쌓아 그 겨레붙이를 살도록 하니, 급기야 문필로 이름이 드러나게 되었다.

그 아들 사재士載[11]는 한나라 때 태사공太史公[12]을 도와 역사를 편수함에 있어서 굳세고도 곧다는 칭송이 있었다. 천자가 앞 시대의 역사를 살피다가 그의 서술이 기릴 만한 사적과 혐오스러운 사적을 감추지 않을 뿐 아니라, 문장이 간결하면서도 사실史實 또한 가지런히 정돈됨을 가상히 여겨 좌우사左右使를 제수하였다. 그리고 거듭 공로가 늘어나자 관성후管城侯를 봉해 주었다.

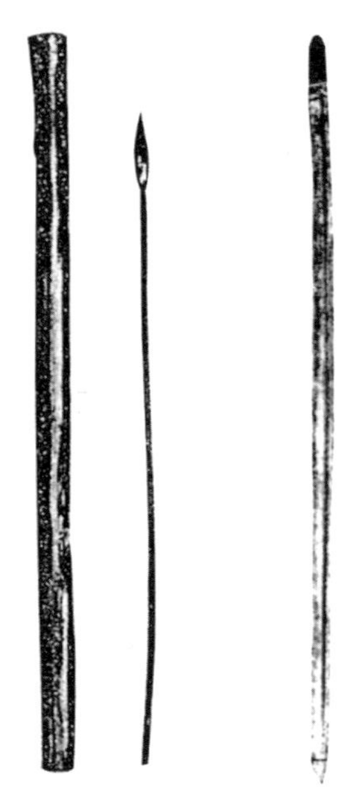

기원전 316년 전국시대 중기의 붓과 필통(左). 오른쪽은 한나라 때의 居延縣에서 발견된 붓 –『文房淸玩』에서

자손들이 대를 이어 그 직책을 맡아 관리했고, 그 벼슬 그대로 여러 대에 걸쳐 작위를 이으면서 끊이지 않게 되었다. 자손들마다 이름난 현자거나 큰 덕을 지닌 이들, 이를테면 장백영張伯英·위백옥衛伯玉·삭

---

10. 서적 일반에 대한 명칭.
11. '載'에는 기록. 책 또는 문서란 뜻이 있으니, 선비의 기록 또는 서책을 뜻하는 듯.
12. 『사기(史記)』의 저자인 역사가 사마천을 지칭한다.

유索幼·안종安鍾·원상元常·위중장韋仲將·왕일소王逸少·왕자유王子猷 등13)과 함께하면서 뜻을 같이 하는 친한 벗이 되었다.

송宋과 제齊를 거치면서 조정은 그들을 더욱 중하게 여겼다. 모원예의 증조부인 연掾14) 같은 이는 왕순王珣15)과 신계神契의 사귐을 맺었고, 할아버지인 율聿 같은 이는 강문통江文通16)·기소유紀少瑜17) 등과 어울리면서 몸에 고운 채색을 받는다든지 문양을 새겨 받는 은택을 누리기도 했으니, 하나같이 문장을 사이에 두고 만난 벗들이었다.17)

예銳는 사람됨이 매우 총명하고 재주와 슬기가 뛰어났다. 태도를 반듯하게 할 때는 끝까지 캐내는 양하고, 원만한 상태일 때는 동그람하게 그리는 양하였다.18) 그가 필요한 일을 받들 때 의사가 통하면 가만히 마음 가는 대로 손을 놀렸으니, 그때 흡사 풍우가 소리하는 것과 같았고, 난새나 학이 선회하며 나는 형세와 같았으며, 용과 뱀이 바삐 달리는 형상19)과도 같았다. 글쓰기에 능숙하여 많은 글을

---

13. 장백영은 한나라 때 장초(章草)로 유명한 서예가인 장지지(張芝之). 백영은 자. 위백옥은 사사명(史思明)을 진압했던 당나라의 장군. 삭유와 안종은 미상. 원상은 삼국시대 위나라 대신이자 서예가인 종요(鍾繇)의 자. 위중장은 삼국시대 문장과 글씨로 유명한 위탄(韋誕)을 자로 이름한 것이다. 왕일소는 진나라의 왕희지. 일소는 자. 왕자유는 왕희지의 아들로 대나무 벽이 있던 서법가인 왕휘지(王徽之). 자유는 자. 열거된 인물들이 한나라부터 위진시대와 당나라에까지 걸쳐 있다.

14. 아전. 하급관리, 속관(屬官). =掾史.

15. 진(晉)의 정치가·문장가. 어떤 이로부터 거대한 붓을 받는 꿈을 꾸고 '큰 문장을 지을 일이 있으리라' 했는데, 과연 무제(武帝)의 승하 때 애책(哀册)을 짓게 되었다.

16. 남조 양(梁) 출신의 문인 강엄(江淹). 자가 문통(文通)임. 젊어 문명을 날렸고, 송(宋), 제(齊), 양(梁)에서 벼슬했다.

17. 남조 양(梁)나라의 문인. 일찍 고아가 되었으나 나이 열 셋에 글을 지었다 한다.

18. 앞의 것은 방필(方筆), 붓을 댄 곳과 뗀 곳이 각을 이루는 필법, 뒤의 것은 원필(圓筆), 곧 붓의 자취가 둥근 형태를 이루는 필법을 암시한 표현이다. 『장자』에 '圓者中規 方者中矩.'

19. 용사비등(龍蛇飛騰). 용이 날고 뱀이 오르는 것같이 매우 활기있는 필력을 비유적으로 이르는 말.

기록하는 데 게으르지 않음으로 물결이 적셔 나가듯 조상의 덕을 빛냈다. 집안을 일으켜 교서랑校書郎 직관直館을 하다가 중서령中書令으로 옮겨져 관성후管城侯 벼슬을 세습 받으니, 거룩한 조정에 모든 정치가 잘 정비되었다. □□□□□□□□□□□□□□□□□□□□ 역현광이 함께 어안禦案을 항상 곁에서 모시라는 명을 받았고, □□□□□□□□□□□□□□□□□□□□□□□□ 등이 서로 기다리는 벗이 되었다.

천자는 천지 사방이 편안해지자, 고대의 전적典籍에 뜻을 두었고, 이에 원예에게 수찬하는 일을 도맡으라 명하였다. 원예는 오랫동안 위임받아 쓰이면서 심력을 다하다 보니 그만 피로하고 지쳤다. 서찰이 점점 거칠고 엉성해지면서 임금의 뜻에 맞지 않을까 하는 조바심마저 생겨났다.

이제 그는 임금에게 간절히 늙음을 고백하는 상소를 드렸다. 그러자 임금이 보시고는 가상하다면서 탄식하였다.

"이른바 도에 이른 선비가 족한 것을 알고 그치는 그러한 일이로고!"

너그러운 조서로 윤허하면서 말하였다.

"한창 왕성할 땐 온힘을 다해 일하고, 늙으매 쉬고자 함은 옛 맹세의 글귀 가운데에도 있는 바른 계책이라. 훌륭한 덕으로 간주돼 왔던 일이니, 경은 앞 시대의 철인哲人을 우러러 흠모하였도다. 마땅히 더욱 예를 두터이 갖추어 공부상서工部尙書로 사직토록 함이 나라의 위광威光을 세우고 현자를 우대하는 길이 되리라!"

말미암아 그 벼슬을 이어가도록 하였다.

사신史臣은 이르노라.

「관성후 모씨의 선조는 묘수昴宿의 정기를 받았음과 붓의 맨 끝 부

분 명칭을 가져다가 그것으로 성씨를 삼았던 것인가 한다. 원래는
희성姬姓이었던 모백毛伯과 함께 정鄭나라 후예이지만, 모씨는 그들과
는 겨레의 갈래를 달리한다. 오히려 이들 자손이 모백의 후예보다 번
성했으니, 그릇 역할이 해와 달이 비치는 땅에는 두루 다 미치었다.
위로는 천자로부터 선비 계층, 서민들에 이르기까지 사랑하여 중하
게 여기지 않는 이가 없었고, 조정 내지 온 세상 관청의 조직 안에
서 크고 작은 역할을 수행하여 하나같이 높은 벼슬에 처하니, 공덕
은 드높았고 종족은 번창하였더라!」

玄堂 金漢永의 〈器皿折枝圖〉

管城侯傳

毛元銳字文鋒　宣城人　□□□□□□□□□□於東墅而生　昂
宿一名旄頭　遂姓毛氏　世居兔□　少昊時　因少暴農之稼　爲鶪鳩氏所
擒誅之　以爲乾豆其族　有竄於江南者　居於宣城溧陽山中　宗族毫盛
元銳之世　二代祖聿　因秦始皇時　遣大將軍蒙恬　南征吳楚　疑其有三
窟之計　恃狡而不從　使前鋒圍而盡執其族　擇其首領酋健者　縻縛之
獻於麾下　大將軍問聿之能　曰善　編錄簡册　自有文字已來　注記略無
遺漏　大將軍奇之　用命爲掾掌管記　及凱旋　聞於上　爲築城而居　其
族遂以文翰著名　其子士載　漢時佐太史公　修史有勁直之稱　天子因覽
前代史　嘉其述美惡不隱文簡而事脩　拜左右史以積勞　累功封管城侯
子孫世修厥職　能業其官　累代襲爵不絶　皆與名賢碩德如張伯英衛伯
玉索幼安鍾元常韋仲將王逸少王子猷並爲執友　歷宋齊已來　朝廷益
以爲重　銳之曾大父如椽　與王珣爲神契之交　大父如聿　與江文通紀
少瑜有綵毫鏤管之惠　皆文章之會友也　銳爲人穎悟俊利　其方也如鑿
其圓也如規　其得用也　稱旨則默默而作　隨心應手　有如風雨之聲者
有如鸞鶴迴翔之勢　龍蛇奔走之狀者　能爲文多記不倦　濤梁光祖德也
起家校書郎直館　遷中書令　襲爵管城侯　聖朝庶政修　□□□□□□
□□□　易玄光同被詔　常侍禦案　□□□□□□□□□□□須之友
天子以六合晏然　志在墳典　因詔元銳　專職修撰　銳久蒙委用　心力以
殫　至於疲憊　書筍粗疎　懼不稱旨　遂懇上疏告老　上覽之嘉歎曰　所

謂達士知止足矣　優詔可之曰　壯則驅馳　老則休息　載書方册　有德可觀　卿仰止前哲　宜加厚禮　可工部尙書致仕　就國光　優賢之道也　仍以其嗣職焉

史臣曰管城毛氏之先　蓋昴宿之精　取筆頭之名以爲氏　以與姬姓毛伯鄭之後　毛氏不同族也　其子孫則盛於毛伯之後　其器用則編及日月所燭之地也　天子至於士庶　無不重之者也　朝廷及天下公府曹署　隨其大小　皆處右職　功德顯著　宗族蕃昌雲.　　　　『文房四譜』

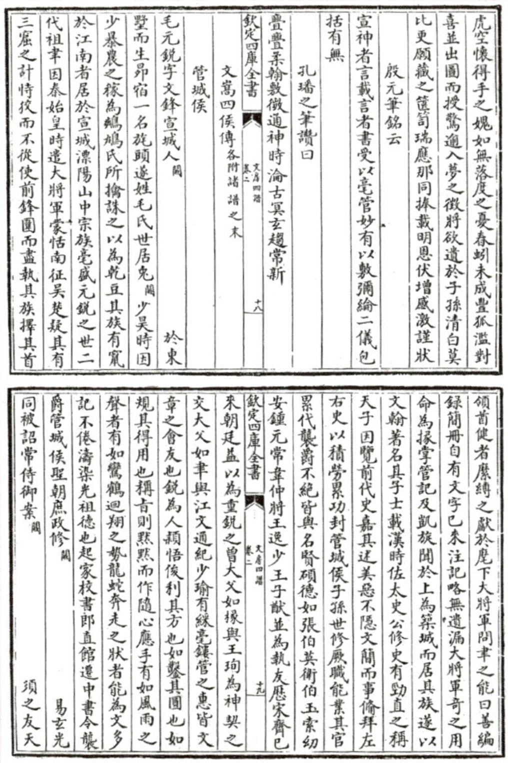

『文房四譜』 소재의 〈管城侯傳〉

3

남월南越의 은둔자 단계연의 출세기
― 문숭文嵩 : 즉묵후석허중전卽墨侯石虛中傳

문방열전 – 중국편

남월南越의 은둔자 단계연의 출세기
– 문숭文嵩* : 즉묵후석허중전卽墨侯石虛中傳

평 설

송태종宋太宗(939~997)은 송 황조의 2대 황제로, 976년부터 997년까지 21년 간 재위했다. 바로 그 송태종의 가장 측근이었던 소이간蘇易簡은 이 황제의 태평흥국(976~984) 연간에 진사에 올랐고, 987년에는 전임자인 이방李昉·송백宋白 등의 뒤를 이어 『태평어람太平禦覽』을 완성했다고 한다. 더하여 송태종이 소이간보다 오래 살아 그의 죽음을 애도했다는 사실史實 기록 등을 감안할 때 생몰 연대는 대략 958년에서 996년 사이로 보인다.

---

* 文嵩(? ~ ?). 당(唐) 후기의 문인. 지(紙)·필(筆)·묵(墨)·연(硯) 각각을 인격화한 의인 열전이 북송 초기의 문관인 소이간(蘇易簡)이 쓴 『문방사보(文房四譜)』에 수록되어 있다. 종이를 의인화한 〈호치후저지백전(好時侯楮知白傳)〉 안에 '歷齊梁陳隋以至今'이란 대목으로 당나라 때의 문인임이 자명해졌다.

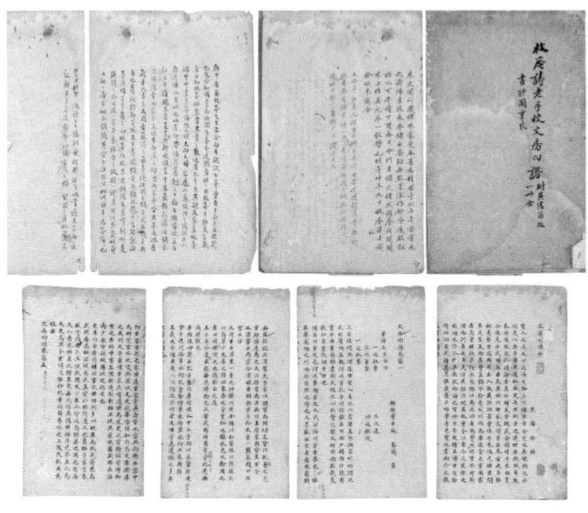

소이간의 『文房四譜』

　그러한 소이간이 생전에 『문방사보文房四譜』를 편했고, 지필묵연 각 보譜의 말미에 당나라 말엽의 작가로 추정되는 문숭의 전기傳記들을 실었다. 작가인 문숭이 직접 그렇게 불렀는지, 아니면 그것을 수록한 소이간이 붙인 말인지 명확치는 않지만, 작품들을 합하여 《사후전四侯傳》이라고 칭했다.

　지필묵연 문방의 네 가지 자구資具를 부르는 여러 별칭 중 '문방사후文房四侯'란 말이 있다. 문방사우 각각에 호치후好畤侯〔종이〕, 관성후管城侯〔붓〕, 송자후松滋侯〔먹〕, 즉묵후卽墨侯〔벼루〕 같이 벼슬 이름을 붙여 표현한 것이다. 바로 이 '사후四侯'라는 별호의 탄생과 정착도 그 연원이 대개 벼슬 이름을 타이틀로 앞세워 창작을 가한 문숭의 《사후전》에서 유래된 것으로 본다.

　이 중 두 번째인 〈즉묵후석허중전卽墨侯石虛中傳〉은 벼루를 주인공으로 한 작품이니, 벼루 전기로서는 중국 최초의 것으로 간주된다.

붓의 경우는 이미 한유가 불후의 〈모영전〉을 남겨 놓았기에 원조가 될 수는 없었지만, 그 나머지 벼루와 종이·먹에 관한 한 문숭보다 선수를 써서 창작에 임한 경우가 아직 발견되지 않은 까닭이다.

이렇게 문숭이 벼루를 제재로 전傳을 지은 것은 당대 말엽에나 가능한 일이었지만, 그 이전에도 벼루를 상대로 한 여타 장르의 문학적 자취는 제법 구색이 갖춰져 있었다. 지금 『문방사보』 「묵보墨譜」 안의 '四之辭賦'에 있는 것만 나열한대도, 부현傅玄의 〈연부硯賦〉, 장소박張少博의 〈석연부石硯賦〉, 여봉黎逢의 〈석연부石硯賦〉, 오융吳融의 〈고와연부古瓦硯賦〉, 왕숭악王嵩嶽의 〈공자석연부孔子石硯賦〉 같은 부賦 작품들과, 이우李尤의 〈연명硯銘〉, 위왕찬魏王粲의 〈연명硯銘〉, 부현傅玄의 〈수귀명水龜銘〉, 한유韓愈의 〈예연명瘞硯銘〉 같은 명銘 류, 그리고 양사도楊師道의 〈영연시詠硯詩〉, 승관휴僧貫休의 〈영연시詠硯詩〉, 유우석劉禹錫의 〈증당수재자석연시贈唐秀才紫石硯詩〉 같은 시詩 류, 그리고 이하李賀의 〈청화자연가靑花紫硯歌〉, 장남걸莊南傑의 〈기정작첩석연가寄鄭碏疊石硯歌〉 같은 가歌 류, 위번魏繁의 〈흠연송欽硯頌〉 같은 송頌 류, 이기李琪의 〈사주양조대연장謝朱梁祖大硯狀〉 같은 장狀 류 등, 다양한 문학 작품들이 목접目接된다.

그런데 전傳이 가장 나중에나 나온 데는 역시 전통시대에 문학 장르들에 대한 인식과 관련이 있다. 옛 사대부 지식인들의 문학관이라 할 수 있는 바로, 문학 장르에는 보다 비중 있는 것과 덜한 것 사이에 우선순위가 주어져 있었다. 요컨대 시詩·부賦 등의 운문 장르가 보다 우위의 장르이고 산문 장르는 그 아래에 처하였다. 그리고 산문 가운데서도 전傳이라는 양식은 별로 비중이 크지 않은 문학 형태로 인식되었던 사실이 있다.

제목에 나타난 즉묵후卽墨侯란 즉묵 땅의 제후란 말이다. 원래 즉묵은 제齊나라의 읍邑 이름, 또는 지금의 산동성에 속하는 현縣 이름이다. 그러나 여기서는 그러한 지명으로써 보다는, '가까이 한다'는 뜻의 즉卽과 '먹'이라는 뜻의 묵墨, 두 글자 합성의 자의字意를 그대로 반영한 것이 아닌가 싶다. 곧 '먹을 가까이 한다'라는 의미로서 합당하다.

한유의 〈모영전〉에 등장하는 벼루는 홍농弘農 땅의 도홍陶泓으로 설정되어 있다. 그런데 여기서 한유는 도자기로 구운 벼루인 도연陶硯을 세울 수밖에 달리 방법이 없었다. 단계연端溪硯이나 흡주연歙州硯의 처음 발견이 이루어진 당나라 때보다 훨씬 이전인 진시황 시대를 작품 배경으로 잡았기 때문이다. 이렇게 돌 제재의 벼루가 아닌 도자기 제재의 도연陶硯인지라, 애당초 단계연인지 흡주연인지 따질 나위가 없이 되었다.

그러나 〈즉묵후석허중전〉에서는 글 첫머리에 주인공이 남월 고요高要 출신이고, 채방사採訪使가 단계端溪에서 그를 만났다고 했으니, 단계석을 석재로 한 단계연임을 쉽게 알 수 있다.

원래 단계연의 원재료가 되는 단계석의 발견은 당나라 초대 황제인 당고조唐高祖의 무덕武德(618~626) 연간에 이루어졌다. 광동성廣東省 조경부肇慶府에 있는 부가산斧柯山 일대에서였는데, 이 산은 더 이전에는 단주端州 고요현高要縣 소속 땅이었다. 이 산꼭대기에서부터 산수가 솟으면서 계류를 형성하니, 바

단계 紫石硯의 한 종류인
松鶴文靑花硯―『文房淸玩』에서

로 이 부가산의 계곡 또는 계류溪流를 단계라고 부른다. 그에 따라 이 일대에서 산출되는 돌을 단계석으로 칭하게 되었다.

그 다음에 '생긴 모습이 불그레한 기운을 띠고 있고 윤택하고 맑은 기를 토하여 자못 재기才器를 내세울 만하다'고 했다. 단계석의 기조가 되는 빛깔이 자색紫色이기에 이렇게 말한 것이다. 또한 먹물이 흘러나는 하묵下墨과 먹색을 일으키는 발묵潑墨의 뛰어남을 윤택하고 맑은 기를 토한다고 묘사하였다.

단계석과 더불어 중국의 2대 명석에 들어가는 흡주석의 발견은 당나라 개원開元(712~756) 연간에 이루어졌다. 단계연의 발견 이후 약 100년 뒤가 된다. 따라서 〈모영전〉을 쓴 한유(768~824) 및 당대에 해서로 이름을 떨친 유공권(778~865)의 무렵에는 이미 이 두 종의 벼루가 세상에 알려진 다음이다. 그러면 지금, 같은 당나라 때의 사람이면서 이들보다는 나중인 문숭이 흡주연의 존재를 몰랐을 리 없다. 다만 그가 단계연을 주인공으로 취택하여 다룬 것은 다른 이유 아니라 시대적 분위기상 광동 고요현의 단연端硯 쪽이 훨씬 대세였던 때문일 것이다.

당나라 시절에 단계연이 어느 정도로 유행했는지는 이 시대 문필가인 이조李肇의 다음과 같은 말로도 명백히 그 분위기를 알 만하다. 그는 자신이 편저한 『당국사보唐國史補』라는 책 안에서 이렇게 증언하였다.

內丘白瓷盂 端溪紫石硯 天下無貴賤 通用之.

내구內丘의 백자 그릇과 단계의 자석연紫石硯은 신분의 귀천을 가릴 것 없이 온 세상에 통용되었다.

단계 자석연紫石硯과 관련한 문학으로는
만당晩唐 시절에 몽환적인 시를 잘 쓰기로
이름난 이하李賀(790~816)의 〈양생청화자
석연가楊生靑花紫石硯歌〉 한 작품이 크게 괄
목할 만하다. '양 선비의 청화자석연을 노
래하다'라는 뜻의 원 제목을 줄인 〈청화자
연가靑花紫硯歌〉라는 이름 하에 「묵보」 '四
之辭賦'에도 수록되어 있다. 이는 당시 석
공들의 교묘한 벼루공예 솜씨를 찬송한
작품이다.

李賀

이하는 주색의 탐닉과 병약함으로 인해
당나라의 이름난 시인들 가운데 가장 이
른 나이인 27세에 요절하였다. 성격이 유달라 사람들과 잘 맞지 않
았다고 한 만큼, 시의 풍격 또한 괴벽怪僻하고 어렵다는 평이 있다.
하지만 상상력의 기발함을 높이 평가받아 송경문宋景文으로부터는
'시귀詩鬼', 곧 시의 귀재란 소리를 들었다. 항시 비단주머니[錦囊]를
가지고 다니면서 시상이 떠오를 때마다 종이에 써서 그 안에 담아
간직했다는, 이른바 '금낭시인錦囊詩人'이란 별명의 당사자이기도 하
다. 궁체시宮體詩를 주로 한 유미주의적 성향을 주조로 하는 가운데
시대 풍자시도 있고, 발분의 서정시 및 신선과 요정을 제재로 한 시
작들과 함께 영물시로도 호평을 얻었다. 지금 이 벼루 영물편 역시
〈이빙공후인李凭箜篌引〉, 〈신호자필률가申胡子觱篥歌〉, 〈은영사탄금가
听穎師彈琴歌〉, 〈나부산인여갈편羅浮山人與葛篇〉 등과 더불어 자주 운
위되는 유작 가운데 하나이다.

제목의 '청화靑花'란 벼루 바닥의 감파른 작은 반점으로, 물에 담갔

을 때 잔무늬 아른대는 물풀과도 같은 문양을 말한다. 자연紫硯이란 단계연 돌의 여러 빛깔 중에서 자색 빛깔이 나는 돌로 만든 벼루를 말한다. 지금 전체 10행을 옮겨 보이면 이러하다.

端州石匠巧如神	재주가 귀신같은 단주의 석공들은
踏天磨刀割紫雲	하늘 지르밟고 세련된 칼로 자운석 잘라낸다.
傭刓抱水含滿脣	고르게 깎아 물 채우면 입안 그득 머금은 듯
暗灑萇弘冷血痕	어쩜 옛 흩뿌려진 장홍의 차디찬 핏자국일까.
紗帷晝暖墨花春	비단 휘장에 따뜻한 낮 햇살 속 봄꽃다운 먹
輕漚泡沫松麝薰	거품 살짝 피어날 제 솔향긴가 사향인가.
乾膩薄重立脚勻	마른 곳 젖은 곳, 얇게 두껍게 발치 고른 태는
數寸秋光無日昏	저물 줄 모르는 자그만 가을의 풍광 같기만.
圓毫促點聲淸新	붓 끝에 고이 먹물 찍는 그 소리 청신하니
孔硯寬頑何足雲	묵직하다는 공자의 벼루에 비할 길 있으랴.

공자가 장홍에게 음악을 묻다

　　장홍萇弘은 주周나라 경왕敬王의 대부로 왕실 음악의 전문가였다고 한다. 일찍이 공자가 찾아가 음악에 대해 묻기도 했다는 인물이다. 나중에 진晉나라 범씨范氏와 중행씨中行氏의 난에 연루된 바 주나라가 희생양으로 그를 죽이고 말았다. 이처럼 억울하게 죽어간 한 인물의 최후를 연상지어 장홍의 핏자국이라 표현한 듯싶다.

　　마지막 행의 '頑'은 '碩'으로 된 판본도 있다. 공자의 벼루, 공자연孔子硯·공연孔硯은 일명 지성연至聖硯이라고도 한다. 이에 대해서는 오즙지伍緝之가 『종정기從征記』 안에 담은 다음의 기록을 근거 삼은 것으로 보인다.

　　魯國孔子廟中 有石硯一枚 製甚古樸 蓋夫子平生時物也.
　　노나라의 공자 사당 안에는 석연石硯 하나가 있는데 그 만든 품이 예스럽고 질박하다. 대개 공자 생전에 사용한 물건인가 한다.

　　이 역시 소이간이 「연보硯譜」의 첫 번째 기사인 '一之敍事' 란에다 빠뜨리지 않고 실어 놓았다. 아울러 왕숭악王嵩嶽의 〈공자석연부孔子石硯賦〉 한 작품도 공자의 벼루와 관련하여 한몫했을 가능성이 있다. 이것은 '四之辭賦' 중에 들어 있다.

　　하지만 공자연에 대해 신뢰하기 어렵다는 설도 있다. 다름이 아니라 공자 시대에는 대쪽에 옻으로 글씨를 쓰던 때인지라 벼루가 있을 수 없다는 것이다.

　　한편 『단계연사端溪硯史』의 저자인 오난수吳蘭修는 단계연 빛깔의 등급을 백색, 청색, 자색, 회창황갈灰蒼黃褐 색의 순서로 책정한 바 있다. 백색을 제일로 친다는 것은 백단계白端溪를 말함이 아니라, 이른바 훌륭한 단계석의 조건으로 꼽히는 어뇌동魚腦凍 초엽백蕉葉白 등

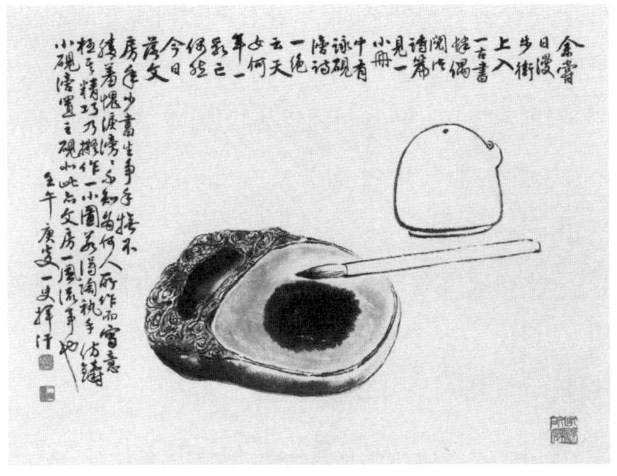

—史 具滋武 硯滴圖 안의 단계연

이 많아 흰 기운이 도는 것을 말하는 것이다. 이 기준에서 본다면 자색의 연은 단계연 중에 으뜸은 못되는데도 이와 같이 극찬하였다.

아무튼 당나라 이조李肇의 증언 덕분으로 단계석이 당의 한 시대에 얼마만큼 높은 호응도와 함께 크게 풍미되었는지 확지할 수 있게 되었다. 동시에 단계연의 빼어난 감각성을 실감나게 묘사한 이하의 작품에 힘입어, 이 무렵에 이 분야 명장名匠들이 벼루를 지어내는 수준이 이미 상당한 경지에 달했음을 십분 헤아릴 수 있게 되었다.

작품의 결말부는 주인공의 성씨에 대해 밝혔다. 이는 한유가 〈모영전〉에서 주인공 모영毛穎이 인간의 모씨毛氏와는 구별된다는 식의 표현 수법을 그대로 잉용仍用한 것이다. 그리하여 석허중은 석작石碏과는 다른 계통이라고 했다. 물건인 벼루가 사람과는 같은 계통일 수 없다는 당연하고 뻔한 것을 진지하고 심각하게 말했으니, 이 곧 골계滑稽인 것이다.

또한 시간 배경을 진시황 시대로 한정 지었기에 도연陶硯을 인격화해야만 했던 한유의 〈모영전〉에서 벼루의 성씨는 '도씨陶氏'였다. 그러나 시간적 배경을 당대唐代까지로 넓혔기에 단계석 벼루에 대한 인격화가 가능해진 문숭의 이 작품에 이르러 문방열전 사상 최초로 '석씨石氏' 성이 부여되었다.

단계연이 우선하던 당唐의 다음 시대인 송宋 대에는 소동파가 벼루의 전기인 〈만석군나문전萬石君羅文傳〉에서 흡주연을 주인공 삼으면서 둘 사이에 균형이 이루어졌다.

이후 공교롭게도 중국의 문방열전들이 소동파가 선택한 흡주연을 따랐음에 반해, 한국의 문방열전들은 하나같이 흡주연을 뒤로 하고 단계연을 앞세웠던 사실 또한 나름 재미있는 현상이라 하겠다.

그런데 문숭이 처음 '석허중石虛中'으로 이름 붙인 이래, 단계연을 선택한 이들은 저마다 석씨 주인공을 따랐으니, 조재도의 〈진현전陳玄傳〉에서는 '석허중石虛中', 박윤묵의 네 편 전기 안에서는 '석탄중石坦中', 한성리의 〈관성자전管成子傳〉에서는 '석향후石鄕侯 연硯', 최현달의 〈연적전〉에서는 '석홍石泓'이다. 이로써 문방열전에서 단계연에 대한 석씨 성이 공고히 정착되었다.

소이간이 시작한 『문방사보』를 계기로 문방 관련의 취미가 확립되었던지, 이후에 같은 송대 안에서만 상당량의 문방 관계 저술이 이루어졌다. 사우 중에서도 벼루가 단연 압권을 이루었다 하겠으니, 미불米芾(1051~1107)의 『연사硯史』를 필두로 당적唐積의 『흡주연보歙州硯譜』, 지은이 미상의 『흡연설歙硯說』, 『단계연보端溪硯譜』와 『연보硯譜』, 고사손高似孫의 『연전硯箋』, 이효미李孝美의 『묵보법식墨譜法式』, 조관지晁貫之의 『묵경墨經』 등이 연속하여 나왔다.

　　그리고 이러한 현상은 하필 문방 관계의 저서에만 국한되지 않았으니, 여타 청완淸玩에 관련된 전문 저술이 지속성 있게 간행되어 독서인 사회에 그 취미가 정착되었다. 역시 송대에 나온 것만 추린다 해도 주익중朱翼中의 『북산주경北山酒經』, 두관杜綰의 『운림석보雲林石譜』, 채양蔡襄의 『다록茶錄』과 『여지보茘枝譜』, 진경陳敬의 『향보香譜』, 조시경趙時庚의 『금장난보金障蘭譜』 및 왕귀학王貴學의 『난보蘭譜』 등이 있었다. 이들은 각기 술과 돌, 차와 과물果物, 향香, 난蘭에 관한 전문 에세이집이라 하겠다. 이렇게 사람의 오관五官을 즐겁게 하는 것이라면 최대한 찬록纂錄하였으니, 이 모두 당대唐代 후반 이후로 그 성가聲價를 높였던 문방사후의 창달과 무관해 보이지 않는다.

素筌 손재형의 문방도

즉묵후석허중전卽墨侯石虛中傳

석허중石虛中의 자는 거묵居黙[1]으로, 남월南越[2] 고요高要[3] 사람이
다.

천성이 산수를 좋아하여 은둔한 채 벼슬에 나아가지 아니했기에,
채방사採訪使[4]가 단계端溪에서 그를 만났다.

"그대는 질박하고 침착 중후한 덕이 있는 데다가 겸하여 기이한
외모마저 지녀있구려. 모양새가 불그레한 기운을 띠어 있고, 윤택하
고 맑은 기를 토하니 자못 재주와 기량을 내세울 만하지만, 단지 뛰
어난 장인匠人으로부터 탁마琢磨를 받지 못하였네그려! 왜 『예기禮記』
에 그러지 않던가요. '옥도 다듬지 않으면 그릇이 될 수 없고, 사람도
배우지 아니하면 도를 알지 못한다'고. 바로 그대를 두고 하는 말인
가 하오. 요사이 천자께서 세상 천지 모든 것을 어거하시와, 기용이
안 된 재목감과 성취하지 못한 그릇감이 없어졌지요. 나는 지금 황
명을 받들어 세상의 유행과 관습을 돌아보며 나라 안의 숨은 인재
들을 수소문한다오. 어찌 한 순간인들 감히 직책을 망각해 어진 이
를 보고도 추천하지 않을 수 있겠소? 그러니 그대 또한 산수에만 연
연하면서 스스로를 침체에 빠뜨려 포기하는 일이 없도록 하오!"

그러자 석허중이 말하였다.

"저는 여기 남쪽 땅에 나서, 멀찌가니 골짜기 한 모퉁이에 있노라

---

1. 침묵으로 처신한다는 뜻.
2. 옛 백월(百越)로, 지금 광동성(廣東省)과 광서성(廣西省)을 아우르는 땅.
3. 지금 광동성에 속한 현(縣) 이름. 한나라 때 처음 설치했다.
4. 채방은 모르는 곳을 물어가며 찾는다는 뜻. 또 그러한 사신. 당나라 개원(開元) 중에
   채방처치사(採訪處置使)를 만들어 각 도(道) 관인들의 치적을 조사했다.

보니 저한테 그릇이 될 만한 자질이 있는 줄을 알지 못했지요. 하지만 외람되게도 이같은 채용으로 돌아봐 주시니 감히 명을 따르지 않으리까?!"

이에 채방사를 따라갔고, 드디어 박사博士 김점지金漸之[5]로 하여금 법도에 맞춰 연마토록 하였다. 그랬더니 몇 달 몇 날이 안 되어 과연 성과가 드러났다.

허중은 그릇과 도량이 모난 듯 둥근 듯, 모두를 그 언저리에 지니고 있었다. 성격이 신중하고 말이 없는 데다 마음 한가운데가 탁 트인 것이 넘실대는 창파와도 같은 국량局量이 있었다.

石氏의 원조인 石碏

채방사가 그러한 허중을 성省에 알리니, 담당하는 관리가 그의 재능을 시험하여 쓰게 되었다. 이 마당에 연燕 출신의 역원광易元光과 함께 갈고 닦으면서 밝혀 가는 길이 합치하여 운수雲水의 사귐[6]을 맺게 되었다.

관리가 임금에게 천거를 드렸고, 임금이 문장 및 역사 담당의 대성臺省[7]에 진출케 하여 높은 직책에 처하게 하였다. 임금은 그의 그릇과 쓰임새를 이롭게 여겼을 뿐 아니라, 그가 근실하고 말이 없음

---

5. 여기서의 박사(博士)란 마공(磨工)을 말한다. 김점지(金漸之)는 당대의 이름난 석공(石工)인 듯하나 미상.

6. 운수(雲水)는 원래 떠도는 나그네란 뜻이나, 여기서는 물을 벼루에 부어 먹을 갈 때 구름처럼 피어오르는 형상을 나타낸 말이다.

7. 당나라 때 중대(中臺)를 상서성(尙書省), 동대(東臺)를 문하성(門下省), 서대(西臺)를 중서성(中書省)이라고 한 바, 이들을 총칭해서 대성(臺省)이라고 한다.

을 가상히 여겨 항시 임금 책상의 오른편에서 시종할 것을 명하면서 업무가 익숙해질 수 있도록 대비케 하였다. 그리고 점점 실적을 쌓아가매 즉묵후卽墨侯에 봉하였다.

허중이 여러 직위를 겪으면서 항상 선성宣城의 모원예毛元銳, 연燕 출신 역원광易元光, 화음華陰의 저지백楮知白 등과 항상 임금의 좌우에 모시면서 진퇴를 이루 함께 하였기에 당시 사람들이 서로 기다리며 따르는 벗이라고 불렀다.

사신은 이르노라.

「춘추시대 위衛나라에 석작石碏[8]이라는 대부가 있었는데, 그의 선조는 옛 전욱顓頊[9] 제왕의 후예이다. 정백靖伯의 뒤에 태어난 이가 보甫요, 보는 석중石仲을 낳았다. 석중의 후예가 석작이니, 춘추시대에 위나라에 벼슬하여 대대로 대부가 되었다.

하지만 즉묵후 석씨는 위나라 대부인 석작과는 같은 거레가 아니다. 대개 오행五行과 팔음八音[10]의 정령精靈이 일어나 큰 산이 엉겨붙은 기운으로 태어났고, 그 바탕을 받아 이름을 얻었다. 보배를 품으면 옥이 되고, 기운을 토하면 구름이 되며, 숫돌의 구실에 들면 칼날을 날카로이 하나니, 천지와 더불어 영원히 존재하는 이로구나!」

---

8. 춘추시대 위나라의 대부로 장공(莊公)에게 벼슬하였다. 아들 후(厚)가 공자 주우(州旴)와 결탁하여 환공(桓公)을 죽이는 등 횡포를 부리자 주우와 아들을 죽여 위나라를 안정시켰다. 이 일로 '대의멸친(大義滅親)'이라는 칭송을 들었다.

9. 고대의 제왕. 이름의 전(顓)은 '專', 욱(頊)은 '正'의 뜻이니, 오직 성인의 도를 바르게 한다는 의미이다. 황제(黃帝)의 손자이자 창의(昌意)의 아들. 10세에 소호(少昊)를 보좌하고, 20세에 즉위하니 재위 78년이라고 한다.

10. 오행은 우주 사이에 쉬지 않고 운행하는 기본 원소인 수(水)·화(火)·목(木)·금(金), 토(土). 팔음은 금(金)·석(石)·사(絲)·죽(竹)·포(匏)·토(土)·혁(革)·목(木)의 재료를 근간으로 하여 만든 여덟 종의 악기.

卽墨侯石虛中傳

石虛中字居黙 南越高要人 天性好山水 隱遁不仕 因採訪使遇之於 端溪 謂曰 子有樸質沉厚之德 兼有奇相 體貌紫光 噓呵潤澈 頗負材 器 但未遇哲匠琢磨耳 禮不云乎 玉不琢不成器 人不學不知道 子其 謂矣 今明天子 御四海六合之內 無不用之材 無不成之器 我今奉命 巡察天下風俗 採訪海內遺逸 安敢輒忘厥職 見賢不薦者歟 子無戀 溪泉自取沉棄耳 虛中曰 僕生此南土 遠在峽隅 自不知材堪器用 旣 辱採顧 敢不唯命 是從採訪使 遂命博士金漸之 規矩磨礱 不日不月 果然業就 虛中器度方員 皆有邊岸 性格謹黙 中心坦然 若汪汪萬頃 之量也 採訪使以聞於省 有司考試之 與燕人易元光硏覈合道 遂爲 雲水之交 有司以薦於上 上授之文史登臺省 處右職 上利其器用 嘉 其謹黙 詔命常侍御案之右 以備濡梁 因累勛績 封之卽墨侯 虛中自 歷位 常與宣城毛元銳燕人易元光華陰楮知白 常侍上左右 皆同出處 時人號爲相須之友

史臣曰 衛有大夫石碏 其先顓帝之苗裔也 出靖伯之後曰甫 甫生石 仲 仲之後 曰碏 春秋時仕衛 世爲大夫焉 卽墨侯石氏 與衛大夫 族 不同也 蓋出五行之精 八音之靈 岳結而生 禀質而名 懷寶爲玉 吐氣 爲雲 發硎利刃 與天地常存者也.   『文房四譜』

如探禹穴披峥嵘心骨驚坐中髣髴到蓬瀛

李琪詠石硯

能濡大筆何事別秋山

遠來何嶺外近到玉堂間乍琢文猶澁新磨墨尚慳不

劉禹錫贈唐秀才紫石硯詩

端溪石硯人間重贈我因知正草玄關里廟中空舊物

開方竈下豈天然玉蜍吐水霞光淨彩翰搖風絳錦鮮

此日傭工記名姓因君數到墨池前

欽定四庫全書　　卷三　文房四譜　十八

文嵩即墨侯石虛中傳

石虛中字居黙南越高要人天性好山水隱遇不仕因

採訪使遇之於端溪謂曰子有樸質沉厚之德兼有奇

相體貌紫光嘘呵潤澈頗負材器但未遇哲匠琢磨耳

禮不云乎玉不琢不成器人不學不知道子其謂矣今

明天子御四海六合之内無不用之材無不成之器我

今奉命巡察天下風俗採訪海内遺逸安敢輒忘厥職

見賢不薦者歟子無戀溪泉自取沉棄耳虛中曰僕生

此南土遠在峽隅自不知材堪器用既辱採顧敢不惟

命是從採訪使遂命博士金漸之規矩磨礲不日不月

果然業就虛中器度方員皆有邊岸性格謹黙中心坦

然若汪汪萬頃之量也採訪使以聞于省有司考試之

與燕人易元光研叢合道遂為雲水之交有司以薦于

上上授之文史登臺省處右職上利其器用嘉其謹黙

詔命常侍御案之右以備濡染因累勳績封之即墨侯

虛中自歷位常與宣城毛元銳燕人易元光華陰楮知

欽定四庫全書　　卷三　文房四譜　十九

白常侍上左右皆同出處時人號為相須之友

史臣曰衛有大夫石碏其先顓帝之苗裔也出靖伯之

後曰碏春秋時仕衛世為大夫

即墨侯石氏與衛大夫族不同也蓋出五行之精八

音之靈岳結而生稟質而名懷寶為王吐氣為雲發硯

利刃與天地常存者也

文房四譜卷三

『文房四譜』에 실린 〈즉묵후석허중전〉

4

팔방의 선행을 편 곧은 관리

– 문숭文嵩 : 호치후저지백전好時侯楮知白傳

문방열전 - 중국편

팔방의 선행을 편 곧은 관리
— 문숭文嵩* : 호치후저지백전好畤侯楮知白傳

평 설

단계연을 의인화한 문숭의 〈즉묵후석허중전〉에서 주인공의 이름은 '석허중石虛中'의 석씨石氏였는데, 소동파가 흡주연을 의인화한 〈만석군나문전〉에서는 '나문羅文'의 나씨羅氏로 달라졌다. 이후 중국의 문방열전들이 소동파의 나씨를 따랐음에 반해, 한국의 문방열전들은 문숭의 발상인 석씨 성을 따랐다는 점이 흥미롭다.

---

* 文 嵩(? ~ ?). 당(唐)나라 후반기의 문인. 지·필·묵·연 각각을 인격화한 의인 열전이 북송 초기의 문관인 소이간(蘇易簡)이 쓴 『문방사보(文房四譜)』에 수록되었다. 특히 종이를 의인화한 이 〈호치후저지백전(好畤侯楮知白傳)〉 안에 '歷齊梁陳隋以至今'이란 대목으로 인해 당의 문인임이 명백해졌다.

먹의 경우는 어떠한가. 한유의 〈모영전〉에서 '진현陳玄'의 진씨陳氏로 책정된 이래, 민문진의 〈저대제전〉, 장조의 〈저선생전〉, 신함광의 〈모영후전〉에서 각각 '진원陳元', '진현陳佉', '진현陳玄'이라 하였다. 이와는 달리 문숭의 〈역현광전〉에서는 '역현광易玄光'의 역씨易氏로 하였고, 소동파의 〈만석군나문전〉에서는 '묵경墨卿'의 묵씨墨氏로 달라졌다. 명대 초횡의 〈적도후전〉 안에서는 '칠조유漆雕黝'로 복성複姓 칠조씨漆雕氏도 등장하였다.

조선조 권벽의 〈관성후전〉과 남유용의 〈모영전보〉와 조재도의 〈진현전〉, 박윤묵의 문방사전文房四傳에서는 '진현陳玄'이고 한성리의 〈관성자전〉에서는 '즉묵후 규圭'이다. 또 신홍원의 〈사우열전〉에서는 '묵진광墨眞光', 안엽의 〈문방사우전〉에서는 '현광玄光'이다. 부여된 성씨가 진씨, 역씨, 묵씨, 칠조씨, 현씨 등으로 먹의 성보姓譜가 문방사우 중에 제일 다채로웠다.

붓에 이르러 성씨의 단일화가 성사되었다. 한유의 〈모영전〉에서 주인공은 당연 '모영毛穎'이다. 문숭의 전에서도 주인공의 원 이름은 모씨 성의 '모원예毛元銳'이다. 그리고 훗날의 문방사우 안에서 주인공 붓의 본명이 비록 다양한 중에도 모씨 성을 벗어난 경우를 찾기는 어렵다. 우선 중국에서 소동파의 〈만석군나문전〉과 초횡의 〈적도후전〉 안에서는 '모순毛純', 민문진의 〈저대제전〉과 장조의 〈저선생전〉과 신함광의 〈모영후전〉에서는 '모영毛穎'이다.

한국도 예외는 아니다. 최초의 붓 의인 열전인 권벽의 〈관성후전〉에서는 '모기毛記', 박윤묵의 〈모원봉전〉을 포함한 네 편의 문방전에서는 '모원봉毛元鋒', 한성리의 〈관성자전〉에서는 '모영毛穎'이다. 신홍원의 〈사우열전〉에서는 '모미생毛尾生', 조재도의 〈진현전〉과 안엽의

〈문방사우전〉에서는 '모원예毛元銳'로 되어 있다.

모씨 성으로 통일을 보였지만, 붓 주인공 작품의 표제에 들어가면 그 판도가 '管城~傳'과 '毛~傳'의 둘로 나뉜다. 문숭의 네 작품 중 가장 선두로서 붓을 인격화한 〈관성후전管城侯傳〉은 그 제목부터가 선행 작품인 한유의 〈모영전〉과는 다르게 가려는 의지가 엿보였다. 모영은 붓의 뾰족한 부분이고, 관성은 필관筆管 곧 붓대를 의인화시킨 표현이다. 한유가 표제의 포인트를 '붓끝'에 두었던 반면, 문숭은 '붓대'에다 맞췄으니 나름 독창을 발휘한 셈이다. 또한 모영은 주인공의 본명을 옮겨 적은 데 반해, 관성자는 역임한 벼슬명에 초점을 맞췄다. 그 뒤 조선의 신함광은 〈모영후전〉, 박윤묵은 〈모원봉전〉이라 했다. 반면 권벽은 〈관성후전〉, 한성리는 〈관성자전〉으로 했거니 문숭의 경우처럼 벼슬 이름을 표제로 삼았다. 우연한 현상인지 몰라도 권벽의 경우 그 제목에서조차 문숭과 동일한 모습을 취하였다.

하지만 이제 종이로 가면 이러한 명칭의 난맥 현상은 한 순간에 불식되고 만다. 한유 〈모영전〉에서 '저선생楮先生'이요, 소동파 〈만석군나문전〉, 장조의 〈저선생전〉, 신함광의 〈모영후전〉, 한성리의 〈관성자전〉에서 '저선생楮先生'이었다. 문숭의 본 작품과 권벽의 〈관성후전〉, 신홍원의 〈사우열전〉, 안엽의 〈문방사우전〉에서 '저지백楮知白'이요, 이첨의 〈저생전〉, 초횡의 〈적도후전〉, 박윤묵의 〈저백전〉에서 '저백楮白', 민문진의 〈저대제전〉에서 '저등楮藤'이었다. 하나같이 저楮라는 성씨 안에서만 움직이고 있다.

그리고 종이 주인공이 작품의 제목으로 나서는 경우에조차 하나같이 '楮~傳' 하는 식으로 표제 면에서 통일성을 보여 주고 있다.

소이간蘇易簡(958~996)이 편찬한 『문방사보文房四譜』의 세 번째 순서는 종이의 「지보紙譜」이다. 여기의 맨 끝에 실려 있는 문숭의 종이 열전인 〈호치후저지백전好畤侯楮知白傳〉은 현재까지 알려진 바에 최초의 종이 열전이라 할 수 있다.

호치후好畤侯란 종이의 여러 의인화 별명 중의 하나이다. 명칭의 유래는 대개 '畤'와 '紙'의 발음이 유사한 데서 차용해 온 것으로 보는데, 이로써 종이를 일컫는 또 다른 이름이 되었다.

주인공 저지백의 선조를 소개하는데 후한의 채륜부터 하지를 않고 그보다 훨씬 이전 B.C. 16세기의 은나라 9대 황제인 태무太戊 시절부터 얘기를 꺼냈다. 훗날 종이의 원료가 된 닥나무와 뽕나무를 강조하기 위한 의도이다.

닥나무와 뽕나무가 서로 제휴했다고 했는데, 여기엔 그럴 만한 필연성이 있다. 다름 아닌 사마천 『사기』 '은기殷紀'에 나오는 이야기를 바탕으로 삼은 까닭이다. 은나라 8대 임금인 옹기雍己가 죽자 아우인 태무가 왕위에 오르면서 이척伊陟과 무함巫咸 같은 어진 재상들을 기용했다. 그런데 뽕나무와 닥나무가 대궐 뜰에 나서 하룻밤 사이 두 손아귀에 가득 찰 정도로 커지는 괴변이 발생했다. 임금인 태무가 놀라서 묻자 이척이 올바른 덕을 닦아야 한다고 권유하였고, 태무가 그 말을 따라 힘쓴 결과 불길의 징조인 뽕나무와 닥나무가 말라 죽어버렸다고 한다. 이른바 '상곡생조桑穀生朝' 및 '요불승덕妖不勝德'의 고사이다.

나아가 채륜의 임금인 화제和帝가 주인공의 22대 조상인 지인支因으로 하여금 이전에 쓰던 간책簡册 대신 처음 일을 시켰다고 했으니, 작가인 문숭은 당연히 『후한서後漢書』의 말을 따라 종이 기원의 채

「후한서」 권78에 있는 〈채륜전〉

륜설을 수용한 것으로 판단된다. 하지만 이는 후대에 갖가지 물의를 빚은 부분이기도 했다.

원래 채륜 기원설은 남북조시대 송宋나라 범엽范曄이 찬한 『후한서』 권78, 환자열전宦者列傳 권68 안의 〈채륜전蔡倫傳〉 안에서 처음 언급된 것으로 보이니, 바로 다음의 내용이다.

自古書契多編以竹簡 其用縑帛者 謂之爲紙 縑貴而簡重 並不便於
人 倫乃造意 用樹膚 麻頭及敝布 魚網以爲紙 元興元年奏上之 帝
善其能 自是莫不從用焉 故天下咸稱蔡侯紙.

자고로 옛날의 글자인 서계는 대부분 죽간으로 엮었다. 비단을 사용했을 경우 지紙라고 하였다. 하지만 비단은 귀하고 죽간은 무거워 둘 다 사람들에겐 불편했다. 채륜이 이에 생각을 짜내어 나무껍질, 삼베 결, 해진 천과 어망 등으로 종이를 만들었다. 원홍 원년(105)에 황제께 올리자 임금이 그 기능을 좋게 여기면서 이때부터 여기저기 쓰이게 되었다. 그리하여 세상 사람들 모두 이것을 채후지蔡侯紙라고 불렀다.

범엽范曄(398~446)이 『후한서』 편찬에 착수한 때가 424년이라고 하니, 정작 채륜이 화제 앞에 종이를 만들어 바쳤다는 시점(105년)과는 약 320년 정도의 간격이 있다. 당연히 이전의 어떤 기록에 의지해 쓴 것이겠는데, 『후한서』는 이 기사를 어디서 가져온 것일까?

이 마당엔 으레 후한 대에 유진劉珍이 편술한 『동관한기東觀漢紀』가 거론된다. 이 책 안에 채륜 발명의 채후지에 대한 최초의 기록이 들어있기 때문이다. 그 내용은 매우 간략하였다.

黃門蔡倫典作尙方作紙 所謂蔡侯紙也.
환관인 채륜이 상방으로 있으면서 종이를 만들었는데 이를 채후지蔡侯紙라고 한다.

그런데 실상 『동관한기』가 '최초'라는 말을 쓴 것은 아니었다. 단지 『후한서』에 '倫乃造意', 곧 채륜이 마침내 조의造意했다고 서술하였다. '조의造意'란 지금까지 없는 일을 새로 생각해냄, 고안考案의 뜻이다. 창의성을 발휘하여 죽간과 비단 기록의 시대를 제대로 마감시킨 당사자처럼 되었기에, 채륜이 최초의 종이 발명자로 인식된 것은 아닌가 싶다.

공교롭게도 20세기에 들어서면서 문방사우 전 방면에 걸쳐 눈부신 발굴이 이루어졌다. 이 가운데 종이는 붓, 먹, 벼루에 비하면 보존상 가장 취약한 조건임에도 거의 유감이 없는 면모를 드러냈다. 1933년, 신강新疆에서 전한前漢 선제의 황룡 원년(B.C. 49)이란 연대가

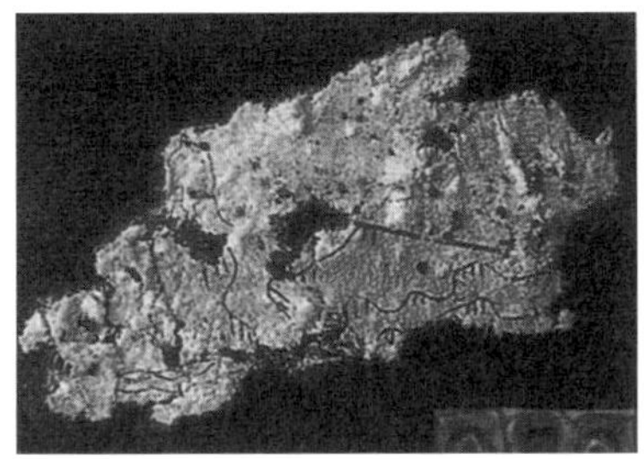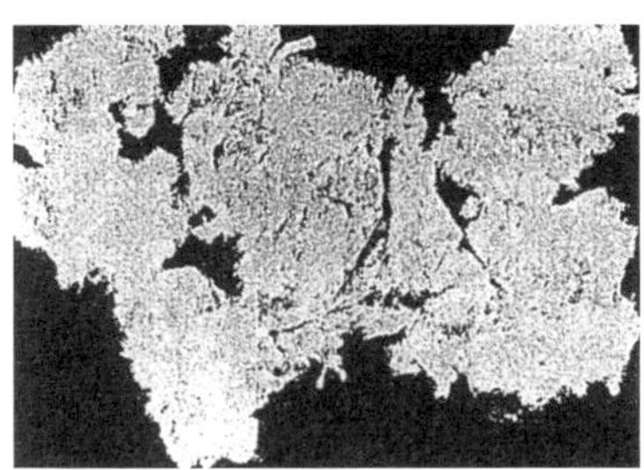

발굴된 전한시대의 마지들. 오른쪽은 방마탄지
- 권도홍의 『文房淸玩』에서

적힌 백지 한 장이 발견됨으로 하여 채륜의 종이 발명설에 첫 제동이 걸렸다. 1957년, 서안西安 파교진灞橋津에서 대마와 저마 재질로 된 88매의 전한시대 초기 마지麻紙인 이른바 '파교지灞橋紙'가 출토되었다. 1973년, 감숙성 견수肩水에서 두 장의 전한 시대 마지인 '금관지金關紙'가 출토되었다. 1979년, 하서회랑河西回廊의 한대 봉수유적지에서 전한시대의 종이가 출토되었다. 1986년, 감숙성 천수시天水市 방마탄放馬灘에서 전한시대 문제文帝와 경제景帝 연간(B.C. 179~141)쯤의 것으로 추정되는 종이 지도인 소위 '방마탄지放馬灘紙'가 발굴되었다. 1990년에서 1992년 사이, 감숙성 돈황敦煌의 현천치懸泉置 유적지에서 한나라 우편물로 간주되는 약 2만 점의 간백簡帛 문서와 함께 수백 점의 마지麻紙가 대량으로 발굴되었다. 이래저래 갖가지 명칭으로 발굴된 실물 마지들의 출현으로 인해 채륜이 종이의 창시자라는 설은 그만 설 자리를 잃고 말았다. 그리하여 중국의 종이 연구가로 유명한 반길성潘吉星 같은 이도 〈중국조지기술사고中國造紙技術史考〉에서 채륜의 종이 발명설을 극구 부인하였다.

그럼에도 역사 속에서 채륜이 대서특필된 데는 나름의 이유가 있을 것이다. 그가 궁중의 검과 집기什器 등을 제작 감독하는 책임자인 상방령尙方令으로 있을 때 매사에 정밀함이 후세의 본보기가 되었다고 『후한서』는 적고 있다. 미루어 이미 앞의 전한시대(B.C. 202~A.D. 220) 이래, 중국 각지에 흩어져 있는 마지麻紙들을 수집·분석한 정보들을 바탕으로 105년 경, 새로운 종이를 개발하는 데 성공했다고 봄이 무난하다. 요컨대 기술의 개량과 혁신, 나아가 대량생산에 대한 가능성을 열어준 당사자가 다른 누구 아닌 바로 채륜이라고 했을 때 제지사製紙史에 있어서 그의 공헌은 무시되기 어렵다.

돌이켜 보면, 종이 기원의 채륜설이 꾸준한 의혹을 받아 수용되기 어려웠음은 마치 붓 기원의 몽념蒙恬 설이 의심 받아왔던 사실을 연상시키는 바 있다. 동시에 설령 기원의 당사자가 아닐지언정 몽념이 붓의 발전 과정에 아무런 역할이 없다고 보기 어렵고 무슨 업적이든 남겼을 가능성이 있듯이, 채륜 역시 나름의 일정한 역할과 업적이 있었으리라 유추되는 바가 있다.

종이의 도약적인 발전은 위진魏晉 및 남북조南北朝의 시대에 들어서 가능했을 것으로 보고 있다. 반길성의 『중국제지기술사』에 보면, 한대의 종이는 백도白度가 낮고 촘촘하지 못하며, 표면에 섬유속纖維束이 많고 문양이 선명치 못하며, 지질은 두껍고 거칠다고 적고 있다. 반면, 위진남북조 시대의 종이는 백도가 높고 촘촘하며 섬유속이 적고 문양이 선명하며, 지질은 보다 얇고 매끄럽다고 밝히고 있다. 그 가운데도 각별히 진晉의 시대야말로 종이의 역사에서 일대 혁신기라 해도 지나치지 않을 것이다.

이제 새로운 종이의 체험을 몸소 실감한 일부의 문인들은 바로 이 종이를 소재로 적지 않은 시詩·부賦·사辭 등 문학 작품들을 창출해 내기도 했다. 그러한 명작들 가운데 한 가지 사례를 이 무렵의 문인

인 부함傅咸(239~294)의 〈지부紙賦〉라는 작품 안에서 생생히 확인해
볼 수 있다.

蓋世有質文	대저 세상엔 실 바탕과 겉모양이 있은즉
則理有損益	다루는 솜씨 따라 밑짐과 보탬도 달라지네.
故禮隨時變	그러게 예禮도 수시 변하는 것이고
而器與事易	사물 또한 형편을 따라 바뀌는 것.
旣作契以代結繩兮	원시 글자로 매듭짓기 대신했나 했더니
又造紙而當策	다시금 종이 만들어 대책을 세웠어라.
夫其爲物	그렇게 한 번 물질로 타고나면서
厥美可珍	그예 보배다운 훌륭함을 드러냈네.
廉方有則	예리하고 반듯한 원칙 지닌 데다
體潔性眞	몸체는 깨끗하고 품성은 진실하네.
含章蘊藻	좋은 글 머금고 고운 말 쌓여 있어
實好斯文	진정 유학의 길을 좋아한다 하겠네.
取彼之淑	그의 맑음을 배워다가
以爲己新	내 자신 새롭게 하리라.
攬之則舒	손 붙들면 죽죽 펼쳐지고
捨之則卷	손 놓으면 돌돌 말아진다.
可屈可伸	폈다가 굽혔다 할 수 있고
能幽能顯.	보였다 감췄다가 너끈하다.

부함의 시는 주로 4언 형태의 고작 10여 수가 현존하는데 비해, 부
賦 작품은 30편을 헤아린다. 특히 매미를 읊은 〈점선부粘蟬賦〉, 파리를
읊은 〈청승부靑蠅賦〉, 반딧불을 읊은 〈형화부螢火賦〉 등 서정 영물이

큰 부분을 차지한다. 동시에 미미한 자연 생물들의 이야기를 빌어서 인간 삶의 지혜를 일깨우는 우의寓意가 특징을 나타낸다. 지금 〈지부〉에서도 '그의 맑음을 배워다가 나 자신을 새롭게 하리라' 같은 부분이 거기 해당된다고 하겠다.

위의 작품 역시 소이간의 「지보」가 수록을 놓치지 않은 경우였다. 소이간은 한림학사翰林學士·승지承旨를 지냈기에 비부秘府에의 출입이 가능했고, 그 연유로 거기 소장된 각종 도서들을 열독閱讀할 수 있었던가 싶다. 그 덕에 『문방사보』를 펴낼 수 있었노라고 책의 후서後序에서 고백하고 있다.

因閱書秘府 遂檢尋前志 幷耳目所及 交知所載者 集成此譜 聞之通識者 識者亦曰 可 故不能棄 其冠序則有騎省徐公述焉 敢以胸臆之志 復書於卷末.

비부秘府에서 책들을 열람할 수 있었기에 앞 시대의 기록들을 점검하여 살필 수가 있었다. 아울러 이목이 닿는 대로 여기저기 실려 있는 내용들을 변별하여 이 보譜에 모아 완성하였다. 그 내용들을 전문가에게 알렸더니, 그 역시 괜찮다고 하기에 못내 버려 두지 못하였다. 서문은 기성騎省의 서공徐公이 써주었지만, 책의 말미에다가는 멋대로 내 마음 속 생각들을 거듭하여 적게 되었다.

서문을 썼다는 기성騎省의 서공徐公이란 북송 당시의 문장가로, 『기성집騎省集』의 작자인 서현徐鉉을 말한다. 그의 벼슬이 산기상시散騎常侍에 이르렀기에 벼슬 명으로 문집의 표제를 삼은 것이다.

소이간이 자신의 저술인 『文房四譜』 뒤에 첨부한 後序

아울러 소이간이 책 만드는 과정에서 앞 시대의 기록들을 참고하였다고 했는데, 그 출처가 대강 어딘지 짐작 가는 바가 없지 않다. 다름 아닌 소이간의 시대 바로 직전까지 만들어진 유서類書 류가 그것이다. 예컨대 구양순歐陽詢(557~641)의 『예문유취藝文類聚』, 우세남虞世南(558~638)의 『북당서초北堂書抄』, 서견徐堅(659~729)의 『초학기初學記』 등이 해당될 터이다. 그렇다면 소이간의 편저 속 내용들은 바로 이 유서들의 갈피에서 이모저모로 발췌된 제3의 정화精華로 이해한다 하면 어긋나지 않겠다.

앞서 「지부紙賦」의 경우도 소이간의 『문방사보』 이전에 구양순이 625년에 편찬한 『예문유취』 권58 雜文部 4 '紙' 門에 이미 자리하고 있었다. 그런데 이 공간에는 양梁나라 유효위劉孝威가 쓴 〈사뇌궁지계謝賚宮紙啓〉라는 작품이 하나 더 있었음에도 불구하고 소이간이 이것은 자신의 편술에다 포함해 싣지는 않았다. 역시 그가 앞 시대의 자

紙

東觀漢記曰黃門蔡倫典作上方作紙所謂蔡侯紙也
董巴記云東京有蔡侯紙即倫也故麻名麻紙木皮名
穀紙故綱紙也
三輔決錄曰韋誕奏蔡邕自矜能兼斯籀之法非紈素
不妄下筆夫工欲善其事必先利其器用張芝筆左伯
紙及臣墨皆古法兼此三具又得臣手然後可以盡徑
犬之勢方寸之言
王隱晉書曰陳壽卒詔下河南尹華澹遣吏賫紙筆就
壽門下寫三國志
東宮舊事曰皇太子初拜給赤紙縹紅紙麻紙勅紙法
紙各一百
抱朴子曰洪家貧伐薪賣之以給紙筆晝畫營園田夜以
柴火寫書坐此之故不得早涉藝文常乏紙每所寫皆
反覆有字人少能讀
文士傳曰楊脩為魏武主簿嘗白事知必有反覆教豫
欽定四庫全書

『예문유취』 권58의 '紙' 門

료에 대한 주관적 취사선택 하에 편집했음을 거듭 실감케 하는 대목이다.

〈호치후저지백전〉 중에 '진송晉宋 시대에, 문인들이 작품을 세상에 내놓을 때마다 사람들 입에 회자되는 것이 있으면 반드시 지백의 선조들을 찾아 다듬어 베껴 받았다'고 함도 바로 종이의 비약적인 발전이 있었던 진晉 시대의 풍속 세태를 고스란히 그려낸 말이라 하겠다. 이 무렵 좌사左思(字; 太沖)가 지은 〈삼도부三都賦〉의 인기가 얼마나 높았던지 당시의 풍류 호사가들이 다투어 베끼는 통에 종이가 귀해져서 '낙양의 지가紙價를 올리다'는 유명한 고사까지 남겼다.

그 다음 시대인 '제齊·양梁·진陳·수隋, 그리고 당唐에 이르면서 더욱 조정에서 쓰임을 받았다'는 것 역시 종이의 활용이 대거 증진되었음을 나타낸 말에 다름 아니다. 남북조 시대인 6세기 후반에 후량後梁의 선제宣帝가 지었다는 다음의 〈영지詠紙〉 한 작품도 이 무렵의 편

린이다.

皎白猶霜雪	희디흰 빛깔은 눈서리답고
方正若布碁	반듯한 모습은 포석을 놓은 양.
宣情且記事	속마음 펼쳐내고 일 자취 옮기는 품
寧同魚網時	어망 쓰던 시절과로 함께 두어 말할손가.

이 또한 소이간의 「지보」에도 실려 있거니와, 발전을 거듭하여 눈부시게 변신한 종이의 자태를 먼 상고시대와 견줘 보는 격세의 감회가 잘 나타나 있다.

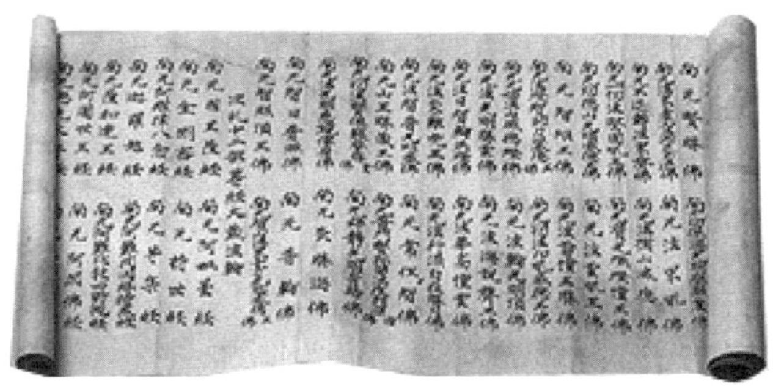

당나라 때의 寫經紙

호치후저지백전好畤侯楮知白傳

채륜

저지백楮知白의 자는 수현守玄[1]으로, 화음華陰 사람이다.

그 선조는 상산常山에 은거하였다가 백화百花가 만발한 골짜기로 들어갔던 일이 계기가 되어 곡씨谷氏가 되었다. 그는 어려서부터 글을 많이 다루어 높은 선비 중의 으뜸이 되었으나, 스스로는 여러 곳에 옮겨 살면서 벼슬에 나아가지 않고 있었다.

그러던 중 은殷나라의 태무太戌[2]가 실덕하자, 벗인 상동생桑同生[3]과 조정에 들어가 직간을 하였다. 조정에서 두 손으로 읍揖하기를 이레 만에 태무가 그 직간을 수용, 덕을 다스려 성聖과 경敬이 일취월장하는 데 이르렀다. 이 일로 임금이 그에게 저楮 땅을 봉읍으로 하사하였고, 그 후 마침내 저씨楮氏가 되었다.

22대 선조는 지인支因[4]이다. 후한 화제和帝 원흥元興[5] 연간에 암혈巖穴 사이에 은일하는 이들을 불러 현량방정賢良方正[6]에 천거하라는 조서를 내렸다.

---

1. 종이가 깊은 이치를 담아 지킨다는 뜻.
2. 은나라의 태경자(太庚子). 즉위하면서 어진 재상들을 기용, 쇠퇴해 있던 은나라를 다시 부흥케 하여 주위 여러 나라가 찾아오게 했다고 한다. 재위 75년.
3. '뽕나무'의 의인화. 뽕나무 껍질로 만든 종이를 상피지(桑皮紙)라고 한다.
4. 사물이 일어난 연유를 받쳐 준다는 뜻으로 쓰인 듯.
5. A.D. 105년이 원흥 원년으로, 채륜이 화제 앞에 종이를 올려 바친 해이다.
6. 한나라 때의 제도로 얼마간의 문묵(文墨)과 재학(才學)이 있으면 충당하여 뽑았던 인재 선발의 방식.

이때 중상시中上侍로 있던 채륜蔡倫이 지인을 수소문하여 찾은 바 뇌양耒陽7)에서 신병을 확보하여 천자에게 올렸다. 천자는 그가 희고 반듯한 데다 재능의 드러남과 감춰짐, 평편함과 곧음을 두루 갖춘 품이 『시경』에 이른바 '주도여지周道如砥 기직여시其直如矢'8)한 사람이 라고 여겼다. 사관史官을 불러다가 죽간으로 엮은 책을 대신하게 하 더니, 얼마 후에 치서시어사治書侍御史9)의 벼슬을 내렸다. 직책을 받 들어 부지런히 공경하고 공로와 업적도 밝게 드러나니, 황제가 가상 히 여겨 호치후好畤侯를 봉해 주었다.

그 자손들이 대대로 그 직책을 이어가매 여러 대에 걸쳐 작위의 세습이 끊어지지 않았다. 널리 책을 간직하는 일을 좋아하고, 빠짐 없이 편찬 기록하는 일에도 능했다. 그리하여 문적이 생겨난 이래 『시경詩經』·『서경書經』·『춘추春秋』 및 석가모니의 도와 제자백가의 서적에 이르기까지 싣지 않음이 없었다. 명주 바탕 위에 그려진 그림 도 이해하는 당사자를 만나면 펴서 보여 주었고, 아는 사람이 아닐 것 같으면 자기 안에 감추어 간직하였을 뿐, 끝내 스스로 해박함을 내세우는 일은 없었다.

진송晉宋 시대에 문인들이 작품을 하나씩 세상에 내놓을 때마다 세상 사람들의 입에 자주 오르내리는 것은 반드시 구해다가 잘 다 듬어 베껴 놓았다. 이 마당에 경사京師에서 그 성가가 더욱 높아져

---

7. 진한 시대에 설치된 호남성에 속한 현 이름. 뇌수(耒水)의 북쪽에 있다는 뜻.
8. '큰 길이 숫돌처럼 평평하고, 화살처럼 곧구나.' 『시경』 소아(小雅)의 곡풍지십(谷風 之什), 〈대동(大東)〉 7장 중 제1장에 들어 있는 구절이다. 원래는 부역하는 생민의 고 통을 나타내기 위한 표현이지만, 탄탄대로가 지니고 있는 평직(平直)의 이미지를 종 이의 형용에 끌어다 썼다.
9. 한의 선제(宣帝)가 선실재(宣室齋)에 들어 기무의 결제를 했을 때 시어사(侍御史) 두 사람으로 하여금 시중들게 했던 일을 계기로 하여 만들었다는 벼슬 이름.

자손들이 모두 문장으로 귀해지고 이름이 알려지니 제齊·양梁·진陳·수隋의 시대를 거쳐 오늘날에 이르기까지 조정에서 그들을 대거 활용하였다.

지백은 사람됨이 어진 이를 천거하고 능력 있는 이를 끌어 올리기를 좋아했다. 문필의 일에 몸담으면서 사람들과 도를 행하거나 물러나 숨고 하는 일에 대해 펼쳐 보이기도 했다. 원통한 일이며 치욕 당한 일을 풀어 없애 주기도 하며, 재주를 발휘하여 자신의 생각을 표출해 보이기도 했다. 공경 재상들과 천자에 이르기까지 고스란히 밝혀 말하되, 말하기 곤란한 부분일망정 한 번도 흐지부지하거나 덮어 감추는 일이 없이 자신의 진정을 그대로 펼쳤으니, 어찌 팔행八行[10]의 정도에 그치는 사람이 있겠는가!

지백의 집안은 대대로 한漢 왕조로부터 지금까지 일천 년이 넘도록 같은 벼슬로 봉직하면서 그 공적이 융성하였다. 장부와 서적, 그림과 시집 등을 온 세상에 전파하였지만, 소위 항상 있기 때문에 별로 알아주지 않는 존재가 되었다. 그러나 앞서 이룬 이들의 직책을 놓쳐서는 안 된다는 생각으로 한 번도 자신의 공로를 내세운 적이 없었다.

선성宣城의 모원예毛元銳, 연燕 출신의 역현광易玄光, 남월南越의 석허중石虛中과 서로 받쳐주는 벗을 하였으니, 직임을 거칠 때마다 함께 하지 않은 적이 없었다.

지백은 공경대부의 자제로부터 문서 담당의 주부主簿[11] 자리를 받아 홍문관弘文館에서 숙직하던 중 서리書吏[12]로부터 뇌물을 받고 더

---

10. 여덟 가지 선행. 효(孝)·제(悌)·목(睦)·인(婣)·임(任)·휼(恤)·충(忠)·화(和).
11. 문서와 장부를 관장하는 벼슬. 또는 그러한 관리의 우두머리.
12. 문서 및 기록을 맡은 벼슬아치, 서기(書記).

낮게 꾸며 올리다가 위상이 실추되었다. 하지만 요긴한 자리에 있을 때도 검소함을 지켜 청렴과 결백을 나타냈기에, 어여삐 여겨 죄를 추궁받지 않았다. 이후 그 일을 경계로 삼아 처신하니, 이 때문에 그의 도가 더욱 빛이 나게 되고 어쩌다가라도 그런 쪽으로는 얼굴을 돌린 적이 없었다.

여러 차례 중서사인中書舍人[13) 벼슬을 하였고, 사관史官 자격으로 책을 편집하여 펴냈는데 그 어디에도 영향을 받지 않고 사실 그대로를 적어 잘잘못을 감추는 일 없이 천자의 다스림을 명백히 밝히니 세상에 문제될 일이 없었다.

그는 경전 도서에 뜻을 두고 명을 받들어 집현전集賢殿 안에 있는 황제의 책들을 간행 교정하는 일도 했다. 책이 완성되어 이를 아뢰

王維가 그린 〈伏生授經圖〉. 絹本設色─일본 대판시립미술관 소장

올리자, 천자는 책을 받아들어 손수 읽어 보고는 가상히 여기며 칭찬해 마지않았다. 이를 계기로 천자가 집무하는 책상 가까이에 있을 수 있게 되었고 이에 거듭 호치후의 작위를 이어나갔다.

사신은 이르노라.

「춘추시대에 저사씨楮師氏[14]는 위衛나라의 대부가 되었거니, 그는 바로 중국의 귀족이었다. 호치후 저씨는 상고시대 산림에 은일한 선비로 보이지만, 그 근본 출생은 알 수가 없다. 그러나 공적이 환하게 드러나고 그 겨레가 자못 융성해져 세상 사람들한테 이롭게 쓰여졌다. 그러니 대대로 후侯에 봉해져 작위와 봉록俸祿을 얻은 것은 어찌 사리 당연한 일이 아니겠는가!」

---

13. 중서성(中書省)에 속하면서 조고(詔誥)와 제칙(制勅)을 맡은 벼슬. 중서성은 궁중의 기무(機務)·조명(詔命)·비기(秘記) 등을 관장하는 부서.

14. '褚師氏'의 오류로 보인다. 복성(複姓)이다. 원래 '저사(褚師)'는 춘추시대 송(宋)·정(鄭)·위(衛)나라가 두었던 벼슬 이름인데, 이 시대의 어떤 이가 이 벼슬 경력으로 인해 성씨를 삼았다 한다.

好時侯楮知白傳

楮知白字守玄　華陰人也　其先隱居商山　入百花谷　因谷氏焉　幼知
文多　爲高士之首冠　自以村散不仕　殷太戊失德　於時　與其友桑同生
入朝直諫　拱於庭　七日太戊納其諫　而修德以致聖敬日躋　因賜邑於楮
其後逐爲楮氏　二十二代祖支因　後漢和帝元興中　下詔徵岩穴隱逸　擧
賢良方正之士　中常侍蔡倫搜訪　得之於耒陽　貢於天子　天子以其明
白方正舒卷平直　詩所謂周道如砥　其直如矢者也　用造史官　以代簡册
尋拜治書侍御史　奉職勤恪　功業昭著　帝用嘉之　封好時侯　其子孫世
修厥職　累代襲爵不絶　博好藏書　尤能徧繕　自有文籍以來經誥典策
及釋道百氏之書　無不載之　素幅遇其人　則舒而示之　不遇其人　則卷
而懷之　終不自矜其該博　晉宋之世　每文人有一篇一詠　出於人口者　必
求之繕寫　于是　京師聲價彌高　皆以文章貴達　歷齊梁陳隋　以至今　朝
廷益甚見用之　白爲人好薦賢汲善能　染翰墨　與人鋪舒行藏　申冤雪恥
呈才述志　啓白公卿台輔　以至達於天子　未嘗有所難阻　隱蔽歷落　布
在腹心　何祗於八行者歟　知白家世　自漢朝迄今千餘載　奉嗣世官功
業隆盛　簿籍圖詩　布於天下　所謂日用而不知也　知白以爲不失先人之
職　未嘗輒伐其功　與宣城毛元銳燕人易元光南越石虛中爲相須之友
每所歷任　未嘗不同　知白自國子受牒補主簿　直弘文舘　爲書吏所賂
因潤而墜之　當軸素　知廉潔　憐而不問　他日方戒而用之　是以其道益

光 曾無背面 累官中書舍人 史館修撰 直筆之下 善惡無隱 明天子御宇 海內無事 志於經籍 持命刊校集賢御書 書成奏之 天子執卷躬覽 嘉賞不已 因是得親御案 乃復嗣爵好時侯

史臣曰 春秋有楮師氏爲衛大夫 乃中國之華族也 好時侯楮氏 蓋上古山林隱逸之士 莫知其本出 然而功業昭宣 其族大盛 爲天下所用利矣 世世封侯爵食 不亦宜乎. 　　　　　　　『文房四譜』

『文房四譜』所收의 〈호치후저지백전〉

5

소나무 가家의 도인道人 탄생

– 문숭文嵩 : 송자후역현광전松滋侯易玄光傳

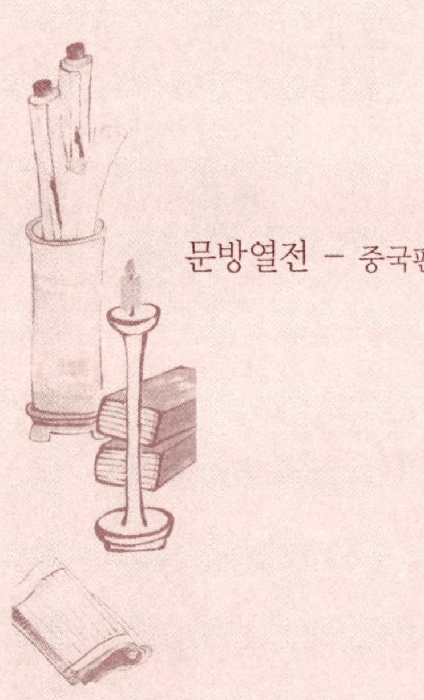

문방열전 – 중국편

소나무 가家의 도인道人 탄생
－ 문숭文嵩 : 송자후역현광전松滋侯易玄光傳

당나라 문인 문숭이 지은 《사후전四侯傳》은 소이간蘇易簡의 『문방사보文房四譜』 안에 들어있는 네 편의 문방의인 열전이다. 붓·벼루·종이 의인화의 순서로 배치되어 있고, 가장 최종 마무리에 드는 작품이 먹 의인화의 〈송자후역현광전松滋侯易玄光傳〉이다.

우선 먹의 별명 중 하나인 '송자후松滋侯'란 말은 문숭의 이전에는 찾아 볼 길이 막연하다. 아마도 문숭의 이 작품을 빌어 처음 쓰이기 시작한 듯하며, 그랬을 때 역시 그가 이 표현의 원조인가 한다. '松滋'를 어휘 자체로 풀면 소나무에서 벋어나왔다는 뜻이다. 먹의 근원인 소나무가 불길에 의해 소나무 그을음인 송연을 자아냄을 강조함과 동시 제후로 높여 인격화했다.

'역현광易玄光'이란 말은 역수易水 땅의 현광玄光을 줄인 말 정도로 해석 가능하다. 현광은 천부적 영감靈感, 내적인 총명을 뜻한다.

1989년에 이겸노李謙魯가 펴낸 『문방사우』(대원사)는 책의 작은 규모 마련해선 자못 박흡博洽하고 변변히 요익饒益한 저술이다. 책 안에는 아주 짧게나마 소이간의 '문방사보文房四譜' 및 '사후四侯'에 대한 언급까지 나와 있다. 이것만 보더라도 저자가 지닌 문견聞見의 해박한 정도를 알 수 있다. 그리고 지금 송자후와 관련해서도 먹에 대한 다양한 화보와 함께 간요肝要한 정보들을 꽤 제시해 주고 있다.

다만 천려일실이었던지 '松滋侯 易玄光'을 소개한 부분에는 약간의 오자와 오독이 보인다. 이를테면 '松滋侯'가 '松滋候'로 되어 있고, 또 이어서 '이현광'으로 읽고 있지만, 사실은 '역현광'이 맞다. 역현광의 '易'은 원래 중국에서 으뜸가는 먹의 원조격 명산지가 '역수易水'[1]인 데서 따온 성씨이다. 문숭의 작품 중에도 '그가 역수易水 위에서 도를 완성하여 역씨易氏가 되었다'로 이야기를 끌어 갔고, 동시에 '현묘의 도에 참여하여 신기롭게 변화한 이는 역수 위에서 비롯하였으니 뒷세대가 그에 연유하여 성을 삼았다고 한다'고 했으니, 다름 아닌 역묵易墨을 서술해 보인 것이다.

이렇게 역수는 송연묵의 메카Mecca로서 일찌감치 그 발판을 굳힌 상태였다. 문방사文房史에서 먹의 명장名匠으로 그 이름이 가장 선두에 있는 이초李超와 이정규李廷珪 부자가 먹 제조를 위한 첫 근거

---

1. 하북성(河北省)에 있는 강 이름으로, 그을음의 재료인 소나무가 빼어난 송연묵의 명산지. 당말에 이초(李超)가 터전을 잡고 '역수진정(易水眞精)'이라 하는 송연묵을 만든 곳이다. 자객인 형가(荊軻)가 연나라의 태자인 단(丹)과 헤어진 역사적 공간이기도 하다.

易水湖

지로 삼았던 역사적 현장도 바로 '역수易水'였다. 그러나 역수는 이
들 부자가 이곳으로 옮겨오기 전부터 이미 송연묵의 중심 지대로 자
리잡고 있었다. 이 지역에서 자라는 낙락장송, 창울蒼鬱한 삼림이 그
어느 곳보다 발월發越하다는 사실이 진작부터 세상에 전포傳布 돼 있
었기 때문이었다.

〈송자후역현광전〉은 소이간의 『문방사보』 권5 「묵보墨譜」 가운데
'네 번째, 문학 작품들'을 실은 '四之辭賦'에 들어 있다. 편자의 자작
서문인 〈문방사보후서文房四譜後序〉를 끝으로 책은 마감을 알리는데,
본 작품은 바로 그 앞 페이지에 있으면서 소이간이 펼친 문방사우
메시지의 최종을 장식한다.

작품 전반부는 문방의 역사에서 송연묵이 출현하기 이전과 이후
에 대한 설명적 은유의 언어로 나열되어 있다. 뒷시대 먹의 열전들
이 대개 먹이 닳아 없어지는 속성에 맞춰 이야기를 펼쳐 나갔던 사

실과 비하면 상당한 격세지감을 느끼게 한다.

무릇 송연묵 제조의 직접적인 소재가 소나무인지라, 작품은 역시 이것을 핵심의 화두로 삼고 있다. 그리하여 본문에서 소나무가 먹 만드는 원료로 활용되기까지의 과정이 당연히 펼쳐진다. 하지만 그 같은 문방의 용도 뿐 아니라, 보다 원초적으로 사람이 자연의 소나무를 어떻게 인식하고 대우하는지에 대해서도 설정을 가하고 있다. 본문 중 '산골짜기에 깊이 은둔하여 벼슬하지 않으면서 아지랑이와 달을 읊조리며 스스로 즐기었다'라고 하여 소나무의 탁월한 풍광과 빼어난 미관을 나타낸 대목이 그것이다. 그리하여 얘기가 나온 김에 소나무의 또 다른 효험들에 관해서 내쳐 형상했을 법한데도, 오히려 바로 뒤가 아닌 맨 뒤 평결부 쪽에 추가하여 넣었다. 다름 아닌 '청송靑松씨 가운데 천하의 이름난 산에 은둔한 이들은 모두 물러나 마룻대와 들보같은 재목이 되었다'고 했으니, 소나무가 집짓기 자재로 활용되는 보람을 암시한 말이다.

뒤미처 '태산泰山에 살던 자는 진시황이 순수巡狩 중에 동쪽 산을 지나다가 마침 그가 은둔해 있는 것을 알고 그 형제 다섯에게 벼슬을 내려 대부가 되었다'고 한 바, 옛 진시황의 고사를 취용해 온 것이다. 곧 진시황이 태산에 올랐다가 갑작스런 큰 비바람을 만나 다섯 그루의 소나무 밑에 피신하여 쉴 수 있었고, 이 인연으로 그 소나무들을 오대부五大夫에 봉할 것을 명했다는 일화가 그것이다. 진시황 기준에서 말하면 '진봉대부秦封大夫'요, 소나무들 기준에서는 '진대부송秦大夫松'으로 불리는 바로 그 이야기이다.

인류의 삶 속에서 소나무는 이렇게 운치를 알고 풍류를 즐기는 수많은 이들에겐 관상의 대상이었고, 튼실한 건축의 재목이 되었으며, 또 진시황의 고사에서처럼 비바람을 긋게 해주는 대피처의 구실도 하였다. 그 뿐이랴. 진시황에 앞서 춘추시대 공자가 남긴 불후의 명구, '추운 계절에야 소나무와 잣나무가 시듦을 멀리함을 알지니〔歲寒然後 知松柏之後凋〕'라는 구절로 말미암아 적잖이 '절조節操'의 정신적 지표 노릇도 하였다.

이처럼 소나무가 인간에 끼친 덕업德業은 진정 크다 하지 않을 수 없다. 사실은 소나무의 이러한 종종의 큰 역할 외에도, 역사 흐름의 더 나중 단계에선 급기야 문방사에 빛나는 '먹'이라는 것을 창출해내는 또 하나의 공효功效를 이룩했다. 그처럼 어위큰 공덕에 따른 작은 보답이라고 할까, 소나무는 마침내 먹을 주인공 삼은 문숭의 열전에서도 영예로운 이름을 남기게 되었다.

이 마당에 인류가 처음 먹을 발명했던 시점이 언제였는지 궁금해진다. 또한 먹의 기원 이래 문숭이 먹의 열전을 썼던 시점인 당나라 시기의 먹은 어떤 단계의 것이었는지 또한 관심이 가지 않을 수 없다.

하지만 곧장 먹의 발명에 대해 접근하기 전에 그 앞 시대의 양상부터 살펴 둘 필요가 있다. 먹이 발명되기 이전에는 문자를 거북의 등껍질이거나 소의 넓적다리뼈 등에 새겼던 바, 구갑수골龜甲獸骨 문자, 줄여서 갑골문자甲骨文字라 한다. 1899년에 하남성河南省 안양현安陽縣의 소둔小屯에서 출토된 은殷 시대의 갑골문 중에는 비록 소수이기는 하나 액태液態의 검정 및 붉은 글씨 흔적도 발견되었다고 한다. 이로써 기원전 2500년 이전에 벌써 먹이 사용되었을 것으로 추정하기도 한다.

하지만 이것은 소나무의 그을음을 추출하여 만든 인공적인 먹이 아니라, 축양산筑陽山의 묵산墨山 돌처럼 먹빛을 내는 자연산의 석묵石墨으로 봄이 타당하다. '옛날엔 석묵과 송연묵을 사용했는데 …

갑골과 **墨書**로 된 **陶片**

석묵은 위진시대 이후로는 전해지지 않는다'던 송나라 때의 저술인
『묵경墨經』의 기록도 그것을 뒷받침한다.

은殷 및 주周의 시대에 걸쳐 갑골문과 병행하여 쇠나 돌에 새기는
금석문金石文이 성행하였다. 그 후 인지人智가 발달함에 따라 문자의
사용 범위가 넓어지고, 갑골문이나 금석문만으로는 기록이 어려워
지면서 대쪽[竹簡]이나 나뭇조각[木簡] 등에 문자를 쓰게 되었다. 이른
바 죽간竹簡 시대의 도래이다. 그런데 죽간에 쓰던 도구는 붓이 아니
라 죽정竹挺이었다. 대꼬챙이 같은 것이니, 바로 여기에 옻[漆]을 묻혀
썼다. 공자나 맹자가 쓴 글씨도 다름 아닌 대쪽에 새겨 옻칠을 한
글씨, 이른바 칠서漆書였다.

칠서漆書 뒤에 비로소 단서丹書 및 묵서墨書의 시대로 진입한다. 의
외로 보일 수도 있겠으나, 명주 천인 견백絹帛의 발명이 종이의 발명

보다 앞에 있다. 그런 마당인지라 죽간 시대가 진행되는 기간 안에서 그와 동시 명주에다가도 글씨를 쓰고 있었다. 글씨는 붉은 광석이나 돌가루를 반죽하여 붓에 묻혀 쓴 단서丹書거나 검정의 묵서墨書였다. 이때 묵서의 원료는 자연산 석날石朝이라는 흑연黑鉛 비슷한 광물 즉 석묵石墨이었던 듯하며, 거기에 옻을 섞어 썼던 것으로 보인다.

한漢 대에 들어서면서 점차 물질이 불에 탈 때 연기에 섞여 나오는 먼지 모양의 검은 가루가 옻을 대신하기 시작했다. 이 검은 그을음 가루, 탄소의 분말을 연매煙煤라고 한다. 여기에 아교가 가세하게 되면서 묵서 시대에 일약 새로운 장이 펼쳐진다. 바야흐로 제묵製墨의 시대가 열린 것이다.

그리하여 진정한 먹의 비롯됨은 한대漢代 초라는 설이 우세하다. 붓의 발명은 진나라 몽념蒙恬, 종이의 발명은 한나라 채륜蔡倫 설이 자못 진작振作되어 온 바 있고, 먹의 발명에 대해서도 위탄魏誕 설이 있기는 하지만, 웬일인지 앞의 두 경우처럼 크게 부각되지는 못했다. 다만, '구름 가는 데 용 가고 바람 가는 데 범 간다[雲從龍 風從虎]'라는 말처럼 종이 가는 데 붓이 가기 마련이지만, 먹 또한 붓·종이와는 떼어놓을 수 없는 긴밀한 관계 안에 있다. 곧 그것의 발명 역시 지필 사용의 때에 즈음하여 이루어졌을 것으로 짐작이 가능하다. 따라서 붓과 종이가 어떤 모양으로 진전되었는지를 보면 먹의 비롯됨도 대략 가늠해 볼 길 있다.

하지만 전한前漢(B.C.206~A.D.8) 대에 만들어진 먹은 아직 오늘날과 같은 형태와는 다르다는 것이 고고학적 정설이다. 한대漢代 남월왕南越王의 고분과 낙랑樂浪 채영총彩塋塚 등에서 출토된 실물들을 통해 얇고 편편한 벼루에 마묵구磨墨具를 이용하여 작고 둥글납작한 형상의 묵환墨丸을 갈아 썼으리란 추정이 가능해졌다.

한나라 때 남월국의 왕묘에서 출토된 묵환
– 권도홍의 〈文房淸玩〉에서

남월은 한나라 때에 지금의 광동성·광서성과 베트남 북부 지역에 걸쳐 있던 나라이다. B.C. 203년에 한나라의 관료였던 조타趙佗가 독립하여 세웠다. 뒤에 한고조漢高祖에 의하여 왕으로 책봉된 후 93년간 지속되다가 B.C. 111년에 7대 황제인 한무제漢武帝에게 멸망했다. 바로 이 기간 안에서 만들어진 묵환이 발견됨으로 말미암아 전한 초기에 벌써 원시적 형태의 먹이 존재했음이 밝혀지는 중요한 계제가 되었다.

또한 20세기에 이루어진 전한시대 마지麻紙들의 대량 발굴로 조악하기는 하나 이미 종이의 사용이 있었다고 했다. 이 마당에 원반형 작은 묵환을 갈아 만든 먹물을 바야흐로 거친 마지 위에 써 내려가는 당시의 풍경이 그려진다.

1세기 초에서 3세기 초 사이인 후한後漢(25~220) 대에 이르러 소나무의 그을음을 이용한 송연묵松煙墨의 생산이 이루어진다. 뿐만 아니라, 비로소 오늘날과 유사한 장방형長方形의 먹이 만들어진 것으로 추짐推斟되고 있다.

이 기간 안에 먹의 괄목상은 한대에 채질蔡質이 편한 『한관의漢官儀』 안에서 엿볼 만하니, 내용 중에 '상서령尙書令 복승랑僕丞郎 앞으로 다달이 크고 작은 유미묵隃糜墨 2매 씩을 주었다'는 증언으로도 짐작이 간다. 이 기사는 『북당서초北堂書鈔』·『태평어람太平御覽』·『사문유취事文類聚』 등에도 실려 있다. 유미묵은 섭서성 견양현汧陽縣 동쪽에 있는 유미현에서 생산하는 먹인데, 지금 이 〈송자후역현광전〉

안에서 '유미처사隃糜處士'로 형상화 되었다. 그가 녹각鹿角과 단사丹砂, 사향麝香 등 여러 가지 맛을 가미했다고 함도 대개 귀족들 사이에서 수수되던 유미묵의 뛰어난 방향성芳香性을 특필하기 위한 표현이었다.

바로 후한 말 삼국시대에서 위魏나라로 건너가는 즈음에 저명한 서법가 위탄韋誕(179~253)이 등장한다. 자字가 중장仲將이기에 위중장魏仲將으로도 잘 알려졌다. 각종 서체에 뛰어났을 뿐만 아니라, 『사체서세四體書勢』에서도 밝혔듯 '위나라 보물이나 그릇의 제명題銘은 위탄의 글씨 아닌 것이 없다'고 할 정도로 제서題書에조차 탁월한 솜씨를 발휘했다고 한다. 바로 그가 먹을 처음 발명했다는 설이 있다. 실제로 『태평어람』(권 605, 文部 21, 墨)과 『사문유취』(별집 14, 文房四友部, '墨' 門)에는 각각 '필묵방筆墨方'과 '중장묵법仲將墨法'이라는 표제로 그 특유의 제묵술製墨術을 소개한 것이 있다. 아마도 그의 다양한 재주가 먹 만드는 기술에까지 미쳤다는 뜻으로 이해되지만, 앞에서 언명했듯 먹은 이미 한대 이전에 요연瞭然한 사용의 자취가 나타나 있던 마당이다.

뒤미처 서진西晉의 명필 중에 육기陸機(261~303)가 있었다. 초서의 별체인 장초章草를 잘 썼다는 인물이다. 자가 사형士衡이라 육사형으로도 많이 알려졌다. 그에게도 먹 관련의 일화가 있으니, 아우인 육운陸雲이 보낸 편지 〈여형평원서與兄平原書〉에 보인다. 육운이 석묵石墨 수십만 편片을 저장하고 있다는 조공曹公이라는 이름을 만났는데, 열을 가해 녹이면 다시

육기

먹의 갖가지 일화가 수록된 『사문유취』의 '墨' 門

먹으로 사용할 수 있다는 말을 들었다고 했다. 그러면서 형님이 이런 걸 본 적이 있는지 모르겠다면서 두 편을 보낸다는 얘기이다. 『사문유취事文類聚』 '墨' 門에도 〈증석묵이라贈石墨二螺〉라는 제목 하에 소개되어 있다. 여기서의 '라螺' 또한 먹이라는 뜻이니 형제 간에 주고받았다는 그 석묵은 대개 먹의 한 종류인 나자묵螺子墨이 아닌가 싶다. 바로 위진 시대에 처음 묵환墨丸의 등장과 함께 나온 묵환 먹의 한 종류이다.

이때는 송연묵의 사용이 공식화된 지 꽤 지난 시기였다. 그럼에도 주로 서예 종사의 근묵자近墨者들 사이에 먹 만드는 기술을 개발하려는 노력 내지는 별도의 대체품 모색에 대한 시도가 엿보이기에 재미난 사례라 할 만하다.

먹의 발전 과정은 종이의 발명과도 밀접한 관계가 있음이 물론이다. 후한시대는 전한시대의 마지麻紙보다 훨씬 개량된 채륜지도 출현하는 등, 종이도 한 단계 더 진화된 마당이었다. 그리하여 지금과 별반 다를 것 없어 보이는 먹을 평평한 벼루에 갈아 훨씬 부드러운 종이 위에 쓰던 광경이 눈에 선하다. 먹의 발명과 정착이 이루어진 한나라 426년 간, 위진남북조와 수나라(581~618)의 약 400년 간, 그리고 당나라(618~907)의 약 300년 간을 합친 대략 1100여년 간의 축적과 함양의 바탕에서 북송 초에 소이간의 「묵보墨譜」가 등장한 셈이다.

그런데 백과사전 격인 유서들에서 문방사우 관련의 기사를 찾아 들어가면 우선 분량 면에서 붓과 벼루에 비해 종이와 먹 쪽이 상대적으로 약소하다. 문학을 대거 수용한 유서인 『사문유취』 안에서도 후자 쪽이 단연 열세이다. 가장 희한한 일은 당나라 초기의 유서인 『예문유취』에서 '紙'·'筆'·'硯' 門이 다 갖춰 있는데, 뜻밖에 '墨' 門만 빠져 있다는 사실이다. 지금 북송 초기 소이간의 『문방사보』 안에서도 붓·벼루의 넉넉한 문조文藻와 비교하여 종이와 먹 관련부는 사뭇 초름하다. 게다가 먹은 배열의 순서에서도 종이의 다음, 문방사우 중 가장 뒷전에 자리해 있다.

시에서조차 예외는 아닌 듯싶다. 당나라의 시선詩仙 이백李白이 문방을 소재로 삼은 다음의 시는 저명한 것이다.

五老峯爲筆	오로봉五老峯으로 붓을 삼고
三江作硯池	삼강三江으로 벼루못을 하리.
靑天一張紙	푸른 하늘 한 장 종이에다가
寫我腑中詩	내 가슴속 시를 적어나 볼까.

오로봉五老峯은 강서성 여산廬山의 남쪽에 있으니, 다섯 개 봉우리가 흡사 다섯 노인이 어깨를 나란히 하고 서 있는 형상 같다 해서 붙여진 이름이라고 한다. 이백이 '廬山東南五老峯 靑天削出金芙蓉(여

盧山 五老峰

산 동남쪽의 오로봉 바라보매 황금빛 연꽃같은 모습 푸른 하늘을 찌를듯 솟아있고)'으로 읊은 적도 있는 산이다. '삼강三江'은 강의 이름이로되, 위치에 대해서는 설이 분운紛紜하다. 이 스무 글자 한 편의 시 안에 붓과 벼루와 종이가 다 동원되고 있으되, 다만 먹 한 가지가 없다. 이백도 문묵文墨 범사에 필경 송연묵을 갈아 휘필했을 일이 분명한데도 시 안에 유독 '墨' 한 어휘만이 부재한 것은 웬일일까? 이백이 무슨 다른 의도로 뺐다고는 하기 어렵고, 워낙 자구字句의 절제를 생명으로 하는 한시의 틀 안에서 벼루 연못을 삼는다는 말이면 그 안에 절로 마묵磨墨의 의미까지 담을 수 있었기에 그랬을 터이다.

비록 그렇다고는 하나, 사우四友 중 어느 하나가 끼지 못하고 홀로 도태되었다면 역시 허전하기는 마찬가지이다. 하물며 소외의 당사자가 하필 먹인 바에, 그 이유는 나변에 있을까? 붓이야 애당초 글씨 쓰는 직접 매체로서 문방을 대표하는 간판격 표상이고, 벼루는 한갓 실용의 수준을 넘어 청완淸玩의 경지에서 오롯하며, 종이 또한 유구 장구한 시간 속에서 보존의 사명에 불가결한 존재이다. 다만 먹

이 비록 완상의 구실이 없는 바 아니로되,
실용을 위해 갈리는 사이 원형 파훼破毁
의 미적 손상이 불가피해진다. 설상가상,
마모를 거듭타가 초라한 몰골로 사라지고
버려지는 허무의 실체인지라 뒷전으로 밀
린 것인지도 모른다.

먹에 관한 한 특히 시 분야에서 사뭇
한적하기만 한 중에 위진시대 건안칠자建
安七子의 한 사람인 조식曹植(192~232)이 지
은 〈악부시樂府詩〉 한 편이 근근한 면모를
유지하고 있다.

칠보시로 유명한 조식

墨出靑松烟	먹은 푸른 소나무의 그을음에서 나오고
筆出狡兎翰	붓은 약빠른 토끼의 흰털에서 만들어져.
古人成鴛跡	옛 사람들 원앙새 자취로 이루어낸
文字有改刊	그 글자들 새삼 깎이고 고쳐졌구나.

여기 기구起句에 푸른 소나무의 그을음 '청송연靑松烟'이 나온다.
〈송자후역현광전〉에서 먼 조상의 이름은 '청송자靑松子'였다. 조식의
위진시대거나 문숭의 당대거나, 송연묵 하나가 의연히 먹의 대명사
노릇을 했음을 알 수 있다. 청송자의 문하생은 불길 화염의 뜻인 '병
염邴炎'이라고 하였거니, 당연 소나무를 그을려 만든 송연묵松烟墨을
연상하여 쓴 표현이다.

〈송자후역현광전〉에서 주인공이 역수易水에 살던 역씨易氏라 한 것
도 그렇다. 정작 이정규 부자는 역수에 살다가 흡주歙州로 옮겨 갔
다고 했지만, 이 열전 안에서는 역수가 여전히 먹의 명산지로서 불변

의 이미지를 확보하고 있다.

　다만 이정규 부자의 활약은 작가인 문숭보다 나중이었던가 싶다. 문숭의 이 작품 안에서 명묵의 중심적 터전은 의연히 역수일 뿐이었음에. 그 뒤 당나라가 멸망하고 10국 중의 한 나라인 남당南唐의 후주後主 이욱李煜에 힘입어 역수 출신 이정규 부자 같은 묵장墨匠이 나왔고, 이에 이정규 부자가 움직인 동선動線을 따라 명묵의 메카 또한 '흡주'로 이전되었던 상황이 그려진다.

　이리하여 먹의 이름 또한 역수에서 난 것은 역묵易墨, 흡중歙中에서 난 것은 흡주묵歙州墨으로 명명되었다. 이 둘 뿐만 아니라 먹을 제조하는 지역에 따라 묵명墨名도 따라 붙여졌다. 산서성 노주路州에서 나온 먹을 노묵路墨, 안휘성 휘주徽州에서 나온 먹을 휘묵徽墨으로 부른 것이 좋은 일례이다.

　먹 제조의 명인인 묵장墨匠으로 말하면 삼국시대 위나라의 위탄, 당나라 말 오대 무렵 이정규 부자가 이른 시기에 이름 높았으나, 이후로 시대의 흐름 안에서 기라성 같은 먹의 장인들이 탄생한다. 이를테면 송대에는 장우張遇·반곡潘谷·소해蘇海·심규沈珪·대언형戴彦衡·포대소浦大韶·섭무실葉茂實이 유명하고, 명대明代에는 나소화羅小華·정군방鄭君房·방우로房于魯·소격지邵格之들의 이름이 높다. 그리고 청대淸代에는 조소공曹素功·왕근성汪近聖·왕절암汪節庵·호개문胡開文·정정로程正路·정일경程一卿 같은 명장名匠들이 후세에까지 방명芳名을 드리웠다.

송자후역현광전松滋侯易玄光傳

역현광易玄光의 자는 처회處晦[1]로 연燕 출신이다.

그 선조는 청송자青松子[2]라고 했다. 사뭇 재간이 있는데다 고상 담백하며 맑고 곧았다. 산골짜기에 깊이 은둔하여 벼슬하지 않은 채 아지랑이와 달을 읊으면서 스스로 즐기었다. 그는 늘 문하생인 병염邢炎[3]더러 이렇게 말하였다.

"나는 청산 백운 간의 선비라, 영화를 멀리하고 취미와 욕심을 끊었다네. 참을 닦고 도를 얻은 지 오래에 추위와 더위에 간섭 받지 아니하고 수명 또한 천년을 살지. 하지만 외려 오행五行의 이치에서만큼 벗어나지 못해 종당 유한의 세계에 얽매이고 말았잖은가. 하여 내 몸이 점차 마르고 시들어 가는 것을 느끼는데, 이로 하여 늙음이 장차 다가옴을 알 수 있다네. 금명간 분명 비바람에 쓰러질 테고, 그런 뒤에 자네로 말미암아 불길처럼 성하게 일어나면 나는 마땅히 신기로운 변화를 겪고 구름 기운 같은 형상이 되어 하늘 높이 치솟아 올라 갈 게야."

그렇게 해서 남게 된 이가 현진생玄塵生[4]이었다. 검돌黔突[5]의 위쪽으로 옮겨 살더니 필경엔 유미처사隃糜處士[6]와 아교물 반죽같은 사귐

---

1. '어둠에 처한다'는 뜻. 『석명(釋名)』에, '墨者晦也 言似物晦黑也.' 먹이 어두운 빛깔, 검은색 물건이란 말이다.
2. '푸른 소나무'를 인격화한 말.
3. '환하게 타오르는 불길'에 대한 의인화.
4. '그을음'을 인격화하였다.
5. 검은 굴뚝. 검어진 연돌(煙突).
6. 유미묵(隃糜墨)의 의인화. 유미(隃糜)는 섬서성 견양현(汧陽縣) 동쪽에 있는 현 이름으로 먹의 명산지. 먹의 이명(異名)이기도 한 바, '隃眉'로도 쓴다.

을 맺게 되었고, 유미처사가 녹각鹿角과 단사丹砂·사향麝香 등 몇 가지를 가미하여 달여 준 것을 복용하였다. 그 뒤에 과연 문하생들 모두 청송자가 운명을 미리 알고 있었다고 생각하게 되었고, 현진생은 약을 복용하여 도를 얻게 되었다. 저 황제黃帝 시대에 창힐蒼頡[7]이 새의 발자국에 맞춰 글자를 만들고는 이전까지 존재하던 결승結繩의 정치를 대신하게 될 때부터 진작 현진이 공이 있었다. 그 후 자손들이 모두 그 기술을 전수하였고, 역수易水 위에서 도를 완성하고 나면서 마침내 역씨易氏가 되었다.

현광은 바로 현진의 증손이다. 집안이 대대로 현묘의 이치에 통하였고 분수에 맞춰 처신하였으며, 수명들이 모두 길었다. 항상 남월南越의 석허중石虛中과 운수雲水의 사귐[8]을 다졌고, 선성宣城 모원예毛元銳와 화음華陰 저지백楮知白과는 문장으로 흠씬 젖는 벗을 하였다. 밝으신 천자가 유학을 높이 여기니, 현광에게 도가 있음을 깊이 흠모하여 문학과 역사 담당의 벼슬을 이어가도록 하였다. 특히 임금 책상의 오른편을 지키라 명하면서, 중서감中書監 유림대제儒林待制의 벼슬을 내리고, 송자후松滋侯에 봉하였다.

그 종족이 번성하여 온 천하에 퍼져 살았는데, 노소老少 막론하고 배움의 자리에 가까이하면서 문필로 세상에 드러나 쓰였다.

사신은 이르노라.

「옛날에 성姓을 하나 얻는 일은 벼슬아치가 아니면 대대로 공이 있는 경우이다. 상당수가 지명으로 성씨를 하기도, 봉읍으로 하기

---

7. 고대 신화 속 제왕인 황제(黃帝)의 신하로, 새의 발자국을 보고 처음으로 글자를 만들었다는 인물. '倉頡'로도 표기한다.
8. '雲水'는 원래 떠도는 나그네란 뜻이지만, 여기서는 물을 벼루에 부어 먹을 갈 때 거품이 구름처럼 피어오르는 형상을 암시한 말이다.

도, 혹은 거주하던 장소를 따르기도 했다. 송자후 역씨는 아마 앞 시대에 산림에서 도를 얻은 사람이었던가 보다.

청송자는 나이 지긋하도록 이름을 드러내지 못하였다. 그 겨레의 성씨를 쓰는 이로 천하의 명산에 은둔한 이들은 모두 물러나와 마룻대와 들보같은 재목이 되었다. 태산泰山에 살던 자로 말하면, 진시황이 순수巡狩 중 동쪽 산에 이르렀을 때 마침 그가 은둔해 있는 곳을 지나다가 그 형제 다섯에게 벼슬을 내려 대부가 되었다.

현묘의 도에 참여하여 신기롭게 변화를 이루기는 역수易水 상에서 비롯된 것이다. 그리고 그 뒷세대가 여기 연유하여 성을 삼았다고 한다.」

―史 구자무의 〈板橋詩意圖〉

松滋侯易玄光傳

易玄光字處晦 燕人也 其先號靑松子 頗有材幹 雅淡淸貞 深隱山
谷 不仕以吟嘯烟月自娛 常謂門生邴炎曰 余靑山白雲之士 去榮華
絶嗜欲 修眞得道久 不爲寒暑所侵 壽且千歲 然猶未離五行之數 終
拘有限 予漸覺形神枯槁 是知老之將至矣 今他日必爲風雨所躓 後因
子熾盛 余當神化爲雲氣之狀 升霄漢矣 其留者號玄塵生 徙居黔突
之上 必糜膠水之契 隃糜處士 煎鹿角和丹砂麝香數味 遺而餌之 其
後果然門生皆以靑松子前知定數矣 玄塵生餌藥得道 自皇帝時 蒼頡
比鳥跡爲文 以代結繩之政 玄塵便與有功焉 其後子孫皆傳其術 以
成道易水之上 遂爲易氏焉 玄光卽玄塵曾孫也 家世通玄處素 其壽皆
永 嘗與南越石虛中爲硏究雲水之交 與宣城毛元銳華陰楮知白爲文
章濡染之友 明天子重儒 玄慕其有道 世爲文史之官 特詔常侍御案之
右 拜中書監儒林待制 封松滋侯 其宗族蕃盛 布在海內 少長皆親硯
席 以文顯用也

史臣曰 古者得姓 非官族 世功則多以地名爲氏 或爵邑焉 或所居
焉 松滋侯易氏 蓋前山林得道人也 靑松子富有春秋不顯名 氏其族或
隱天下名山 皆避爲棟梁之用也 有居太山者 秦始皇巡狩至東岳 因經
其隱 所拜其兄弟五人爲大夫焉 其參玄得道能神化者 則自易水之上
後代故用爲姓云.　　　　　　　　　　　　　　　　　　　『文房四譜』

傅玄稱為正色豈虛言歟飛卿筆陣堂堂舌端袞袞一
盟城下甘作附庸成式狀
　文嵩松滋侯易玄光傳
易玄光字處晦燕人也其先號青松子頗有材幹雅淡
清貞深隱山谷不仕以吟嘯烟月自娛常謂門生邵炎
曰余青山白雲之士去榮華絕嗜欲修真得道久不為
寒暑所侵壽且千歲然猶未離五行之數終拘有限于
漸覺形神枯槁是知老之將至矣今他日必為風雨所
欽定四庫全書　　　卷五　文房四譜　　三十
蹶後因子熾盛余當神化為雲氣之狀升霄漢矣其留
者號玄塵生徙居黔突之上必靡膠水之契隃糜處士
煎鹿角和丹砂麝香數味遺而餌之其後果然門生皆
以青松子前知定數矣玄塵生餌藥得道自黃帝時蒼
頡比鳥跡為文以代結繩之政玄塵便與有功焉其後
子孫皆傳其術以成道易水之上遂為易氏焉玄光即
玄塵曾孫也家世通玄處素其壽皆永嘗與南越石虛
中為研究雲水之交與宣城毛元銳華陰楮知白為文

章濡染之友明天子重儒玄慕其有道世為文史之官
特詔常侍御案之右拜中書監儒林待制封松滋侯其
宗族蕃盛布在海內少長皆親硯席以文顯用也
史臣曰古者得姓非官族世功則多以地名為氏或爵
邑馬或所居馬松滋侯易氏益前山林得道人也青松
子富有春秋不顯名氏其族或隱天下名山皆避為棟
梁之用也有居太山者泰始皇巡狩至東岳因經其隱
所拜其兄弟五人為大夫馬其恭玄得道能神化者則
欽定四庫全書　　卷五　文房四譜　　三十
自易水之上後代故用為姓云

文房四譜卷五

소이간의 「文房四譜」에 실린 〈송자후역현광전〉

6

흡주연 벼루를 사랑한 소동파

– 소식蘇軾 : 만석군나문전萬石君羅文傳

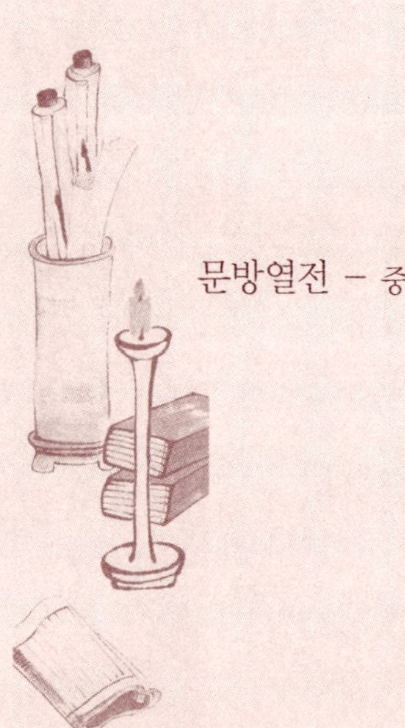

문방열전 - 중국편

흡주연 벼루를 사랑한 소동파

— 소식蘇軾 : 만석군나문전萬石君羅文傳

평 설

〈만석군나문전萬石君羅文傳〉은 송대宋代의 문인이자 정치가인 동파東坡 소식蘇軾(1036~1101)이 문방사우 가운데 하나인 벼루를 인격화시켜 쓴 의인 전기傳記이다.

소식의 자는 자첨子瞻이다. 하지만 이름이나 자보다는 호인 동파東坡가 보다 많이 사용되어 흔히 소동파로 더 잘 불리고 있다. 아버지 순洵, 아우 철轍과 나란히 삼부자가 이른바 '삼소三蘇'로 불렸음과 동시에 문장 높은 당송팔대가唐宋八大家의 반열에 들었다. 그 중에도 소식은 한유와 나란히 당송팔대가 문장가들 중에도 간판격인 인물이다. 사색思索의 시경詩境을 열어 펼친 북송 제일의 시인이란 영예도 차지한 바, 이렇듯 그는 시문詩文 전 분야를 아우르는 대문호였다. 그

소동파

럴 뿐 아니라 글씨로도 그 이름이 쟁쟁하였으니 황정견黃庭堅, 미불米芾, 채양蔡襄과 더불어 송사가宋四家, 즉 송나라 4대 명필의 한 사람에 들기도 했다.

기질적으로는 '독서가 만 권에 달하여도 율律은 읽지 않는다'던 자신의 말대로 분방한 천성 탓에 법조法條 형률刑律 같은 번거로운 것을 싫어하였다. 때문에 신종神宗의 지지 하에 신법新法을 추진하는 왕안석王安石과의 정쟁政爭을 겪어야만 했다. 그 와중에서 한림학사翰林學士·병부상서兵部尙書 등을 지내기도 했지만 전반적으로는 상당한 환해풍파를 면치 못했다. 대신 문인 학자로서는 크게 성공하였으니, 이른바 『동파칠집東坡七集』으로 완성된 그의 문학과 학문의 업적은 실로 호한浩瀚 방대하기 그지없다.

그런 중에 문방사우에 대한 소동파의 관심과 식견은 남다른 데가 있어 각별히 특서할 만하였다. 그 가운데서도 벼루에 대한 애착이 제일로 크지 않았나 싶다.

진정 소동파의 벼루에 대한 애호는 각별한 데가 있었으니, 그의 적지 않은 벼루 관련 시문들을 통해 여실히 간파할 수 있다. 우선 『사문유취』 별집 권14 '문방사우文房四友' 부部 가운데 '硯' 門에 소개되어지는 여러 작가의 작품들 가운데 가장 높은 빈도수를 보인다는 사실만으로도 그의 예사롭지 않은 벼루 기애嗜愛를 엿보기에 부족함이 없다.

그런 가운데 그는 명銘이라는 양식 안에서 가장 글쓰기를 많이 했다. 〈용미월석연명龍尾月石硯銘〉, 〈공의보용미연명孔毅父龍尾硯銘〉, 〈봉주연명鳳咮硯銘〉, 〈단연명端硯銘〉 2편, 〈정공밀자석연명程公密子石硯銘〉, 〈정연명鼎硯銘〉 등이 그러한 실증이 된다.

또한 다른 산문 형태인 〈미자석연眉子石硯〉, 〈서연증단여書硯贈段璵〉, 〈서여도인연書呂道人硯〉, 〈서허경종연이수書許敬宗硯二首〉, 〈서당림부혜연書唐林夫惠硯〉, 〈서와연書瓦硯〉, 〈평치단연評淄端硯〉, 〈서월석연병書月石硯屛〉, 〈서운암홍사

『동파집』

연書雲庵紅絲硯〉, 〈미자석연眉子石硯〉 등도 모두 벼루에 대한 깊은 관념觀念의 산물이다. 그러면서 암만해도 그 관심처가 대체로 단계연보다는 흡주산歙州産의 용미연龍尾硯 편에 기울어져 있다. 이에 그의 벼루에 관한 속내가 어떠했는지 그 정상情狀을 은근 엿볼 수 있거니와, 각별히 〈서담수용미연書曇秀龍尾硯〉에서는 소동파의 용미연에 대한 애틋한 정감이 고스란히 전달된다.

曇秀蓄龍尾石硯 僕所謂 澁不留筆 滑不拒墨者也 製以拱璧 而以鈌月爲池 云是蔣希魯舊物 予頃在廣陵 嘗從曇秀識此硯 今復見之 嶺海間 依然如故人也.

담수曇秀가 용미연을 갖고 있었는데, 내가 말하는 '껄끄러워도 붓이 멈칫하지 않고, 매끄러워도 먹이 비끄러지지 않는' 그런 명품이다. 커다란 옥을 재료 삼고 부월로 연지硯池를 만들었거니와, 장희로의 옛 물건이란 말이 있다. 내가 광릉廣陵에 있을 때

담수로부터 이 벼루 얘기를 들어 알고 있었는데 이제 다시금 영해嶺海 간에서 보게 되니 변함없는 옛 친구만 같구나.

위 인용문 허두의 '澁不留筆 滑不拒墨' 곧 껄끄러워도… 운운은 이왕에 소동파가 공의보의 벼루에 새겨 준 〈공의보용미연명孔毅父龍尾硯銘〉에서 힘주어 구사했던 문구였다. 그리고 또 이 명銘의 뒤에 쓴 것임을 알 수 있는 〈서연증단여書硯贈段璵〉를 통해 이 명을 써 줄 때 공의보도 명언으로 인정했다는 증언과 더불어 이 여덟 글자가 거듭 강조된다.

余作孔毅父硯銘云 澁不留筆 滑不拒墨 毅父以爲名言.
내가 공의보의 연명을 지었을 때 이르기를 '澁不留筆 滑不拒墨'이라고 했더니 의보가 명언이라고 하였다.

궁극에 바로 이 '澁不留筆 滑不拒墨'이 다름 아닌 명품 벼루에 대한 동파의 지론이 아닐 수 없다. 그런데 금상첨화로 왕개보王介甫가 쓴 〈흡석유수종歙石有數種〉이란 글에 보면 아주 흥미로운 사실이 하나 발견된다.

世所珍石雖多 惟羅紋者眉子者刷絲者最佳 東坡作龍尾硯銘云 滑不拒墨者 此羅紋石也.
세상에 진기한 돌이 많다지만 나문羅紋이란 것, 미자眉子란 것, 쇄사刷絲란 것이 가장 아름답다. 동파가 지은 〈용미연명龍尾硯銘〉의 이른바 '滑不拒墨'이란 바로 이 나문석羅紋石인 것이다.

동파의 나문석에 대한 애정이 결정적으로 확인되는 대목이다.

또한 동파가 광릉廣陵에서 유배 생활 할 적에 이미 들어서 알고 있던 벼루를 다시 영해간嶺海間에서 보았다고 했으니, 이 글을 쓴 시점에 대해 대략 추려볼 길이 있다. 그렇다면 벼루에 대한 이와 같은 각별한 관심의 분위기가 혹 용미연 벼루의 전기인 〈만석군나문전〉의 창작 시기를 가늠하는 일에조차 종요로운 암시가 되지는 않을까?

소이간蘇易簡이 지은 『연보硯譜』에는 소동파가 자신이 소유하고 있던 동검銅劍을 용미산龍尾産의 자석연紫石硯과 바꾸었다는 이야기가 실려 있다.

> 山堂肆考 宋張仲幾有龍尾紫石硯 東坡以銅劍易之.
> 산당사고山堂肆考에 보면, 송대에 장중기가 용미에서 난 자줏빛 벼루를 가지고 있었는데, 소동파가 자신의 동검과 바꾸었다.

용미연을 향한 소동파의 몸짓이 흥미롭다. 더불어 〈용미연가龍尾硯歌〉라는 칠언율시 한 편이 비상한 주목을 끈다.

黃琮白琥天下惜	황종黃琮이야 백호白琥는 세상에도 소중한 것
顧恐貪夫死懷璧	다만 탐욕한 자가 죽을 때 품어갈까 걱정이네.
君看龍尾豈石材	그대 용미연 그 석재石材를 본 적이 있을는지
玉德金聲寓於石	옥덕玉德과 금성金聲이 돌 가운데 배었다네.
與天作石來幾時	하늘이 기꺼워하사 이 돌 만들어 낸 다음에야
與人作硯初不辭	인간이 벼루 빚는 일 애당초 마다할 나위 없지.
詩成鮑謝石何如	포조며 사령운이 시 지을 제 이 돌 웬 관계
筆落鍾王硯不知	종요와 왕희지가 글씨 쓸 때야 이 벼루 몰랐다네.

황종黃琮은 옛날 제사에 썼다는 황색 빛깔의 서옥瑞玉이고, 백호白琥 역시 제사에 쓰던 호랑이 형상의 백옥白玉이다. 이러한 보배들이 탐욕한 자의 주검과 함께 묻힌다면 안타까운 것처럼, 용미연 벼루가 지니는 가치 또한 그 소중한 옥들에 비해 다를 것이 없다는 뜻을 비치고 있다. 동시에 벼루의 옥처럼 고운 빛깔, 종과 같은 맑은 소리를 들어 그 안에 옥덕玉德이 스며 있고 금성金聲이 배어 있다며 예찬하였다. 남조南朝 때 송宋나라의 시인인 포조鮑照와 사령운謝靈運, 위진魏晉 시대 서예 대가인 종요鍾繇와 왕희지王羲之는 흡주 벼루가 생겨나기 이전인 위진 남북조 시대를 살았으니 그 존재를 알 리 없기에 이렇게 말했을 터이다. 소동파의 흡주연에 대한 긍지와 애착이 자별하였음을 알겠다.

게다가 동파는 좌담座談을 잘하고 유머를 좋아하여 이에 호감을 품은 많은 문인들이 모여들었다고 한다. 그렇다면 그의 이야기꾼다운 자질과 회해적諧諧的인 기질이 벼루에 대한 유별난 취향과 공교로이 합쳐져서 하나의 벼루 전기를 착안하고 급기야 완성을 보았다는 추측은 어쩌면 너무도 당연한 결과일지 모른다.

〈만석군나문전〉은 한 벼루의 삶과 죽음을 사람의 일생에 맞추어 그린 의인 열전 작품이다. 만석萬石은 곡식 일만 섬을 말한다. 한 섬은 열 말이니, 매우 많은 곡식을 뜻한다. 표제 안의 만석군이라면 곡식 만 섬 가량을 거두어들일 만한 전답을 가진 큰 부자란 뜻이다.

형식 면에서는 사마천 『사기』 열전과 한유의 〈모영전〉에 나타난 외형적 틀을 소동파가 그대로 승계한 것이다. 이렇듯 그가 문방사우 중에 직접 '傳'이라는 양식을 빌어 문학화한 경우는 바로 이 벼루 한 가지 밖에 없다는 점이 특기할 만하다. 더욱이 작품 가운데 문득 노정露로되어 있는 다음과 같은 대목을 통해 그의 벼루에 대한 경도傾倒가 어느 정도인지 짐작해 볼 나위가 있다.

> 上嘗歎曰 是四人者 皆國寶也 然重厚堅貞 行無瑕玷 自二千石至百石吏 皆無如文者…親愛日厚 如純輩不敢望也.
>
> 임금은 이렇게 찬탄한 적이 있었다. "이 네 사람은 다 나라의 보배로다. 그러하되 중후하고 굳세며 곧아서 그 행실에 아무런 하자가 없기로 말하면, 이천 석 고관으로부터 일백 석 낮은 관리에 이르기까지 그 누구도 나문 만한 이가 없나니라!" … 가까이 사랑함이 날로 두터워지니 모순 같은 무리들은 감히 바라지도 못할 일이었다.

나아가 이제 그 벼루가 흡주연歙州硯이라 함은 소동파가 작품 맨 처음에 주인공의 본향을 흡歙으로 한 것으로써 절로 명백해졌다.

그 바로 뒤에 선대로부터의 터전을 용미산龍尾山으로 설정해 놓은 연유도 알아내기 어렵지 않다. 흡주석의 채취는 수갱水坑이거나 산갱山坑 중에서 이루어지는데, 양자 사이에 석질의 습윤濕潤과 건조의 정도에서 차이가 있다고 한다. 작품에서 석공石工이 용미산에서의 사냥 중간에 굴을 따라 들어가 거기서 나문을 보았다고 한 바, 작품의 주인공이 산갱 채취의 벼루임을 알겠다.

흡주연을 만들기 위한 돌 자재의 산출지는 황산산맥黃山山脈과 천목산天目山 및 백제산白際山의 사이에 있는 안휘성의 흡현歙縣·휴녕休寧·기문祁門·이현黟縣·무원婺源 등의 경내라고 한다. 이 가운데 무원婺源에서 산출되는 돌의 질이 가장 우수한 것으로 알려져 있다. 당唐나라 때에는 무원婺源이 흡주歙州에 속하였으므로 무원산婺源山의 벼루를 흡주연으로 통칭하게 되었다. 궁극적으로 흡주연의 진정한 산지는 무원현 계두향溪頭鄉에 속한 용미산龍尾山인 것이다. 작품 안에서 주인공인 만석군 나문이 흡歙 출신이고, 조상이 용미산에 은거해 있었다는 말의 의미가 여기서 분명해진다.

또한 이제 주인공의 이름을 '나문羅文'으로 했던 것은 그 연유가 어디에 있을까?

남송南宋 때 작자 미상의 『연보硯譜』에 의하면 송대 흡주연의 종류는 미자문眉子紋 7종, 외산나문外山羅紋 13종, 수현금문水玄金文 10종이 있었다고 한다.

명대明代에 이현李賢 등이 칙명을 받들어 만든 『일통지一統志』에 따르면 용미연은 그 석질이 25종류가 있다고 한다. 곧 미자석眉子石 7종, 외산나문外山羅紋 13종, 이산나문裡山羅紋 1종, 금성金星 3종, 여갱驢坑 1종이 그것인데, 바로 이 가운데 나문羅紋이 있다.

이들의 공통점은 역시 돌이 지닌 무늬에 따라 구분한 양하다. 석질은 성글고 촘촘함 곧 소밀疏密의 정도에 따라 천연적으로 다양한 무늬가 나타난다. 그리하여 보다 간략하게 미문眉紋·나문羅紋·금성金星·금훈金暈·어자魚子 등의 5종류로 대별하기도 한다. 대개 이상의 정보를 통해서 주인공 이름을 나문으로 한 것에 대한 영문도 짐작이 된다.

더하여 소동파가 흡주연을 인격화시켰음에도 불구하고, 그리고 흡주 중에도 주인공이 용미산의 굴 안에 있었다고 설정했던 것과 관계 없이, 나문산의 돌로 만든 벼루인 나문연을 주인공으로 삼은 데는 나름의 이유가 있었던 듯싶다. 다시 말해 주인공의 성을 흡씨거나 용씨 대신 나씨로 한 것은 인간 세상의 성씨에 나씨가 보다 보편적인 때문이겠다.

또 나문은 여러 흡주연 가
운데 용미산의 한 줄기인 나
문산羅紋山 갱도에서 캐낸 돌
로 만든 벼루라는 뜻이자 그
벼루의 문양이 비단의 가느
다란 무늬 곧 나문羅紋인 까
닭에 따다 쓴 것이라 하겠다.

나문갱의 흡주연

아니 어쩌면 역으로 본질이 먼저요, 산명山名이 나중일 수도 있다. 즉 그 산에서 채취되는 돌에 직물의 무늬가 있기에 산 이름 또한 나문으로 했을 수 있다는 뜻이다. 다만 본래의 표기는 '羅紋'이지만, 작가인 소동파는 주인공 이름을 '紋' 그대로 쓰지 않고 '文'으로 대체했으나 별반 문제될 일은 아니다. 어차피 '文' 자엔 무늬를 뜻하는 '紋'의 뜻도 있어 얼마든지 통용이 가능하기에. 게다가 '文'으로 하는 것이 보다 사람 이름으로서 적절하다고 생각해서 택하지 않았을까.

한편 작가는 무슨 이유에서인지 나문이 출생한 시기 및 활동한 시대의 배경을 한漢 나라 때로 설정해 놓았다. 물론 진묘秦墓와 한묘漢墓의 출토에 힘입어 진한 시대에도 둥그스름한 돌판〔板硯〕 및 마묵석磨墨石 등 돌을 이용한 벼루 형태가 존재했음이 인정되기는 한다.

하지만 제대로 진화된 형상의 이른바 흡주석 벼루의 연원에 관한 한 그 생성 시기는 당나라 때 들어서인 것으로 알려져 있다. 북송 시절 당적唐積이 찬撰한 『흡주연보歙州硯譜』에는 당나라 개원開元(713~741) 연간에 사냥꾼 섭씨葉氏가 처음으로 벼루를 제작하였다는 기록이 있다. 그리하여 성당 시기에는 바야흐로 흡주연이 널리 유행하였고, 마침 당 현종玄宗(재위 712~756)이 흡주연을 군신들에게 상으로 하사했다는 기록도 있다.

송대에 이르러 흡주연은 채굴 규모가 크게 확대되었다고 한다. 남당이 멸망한 뒤에 50여 년 동안 흡주석의 채굴이 정지되었다가, 공교롭게도 소동파가 태어난 무렵인 경우景佑(1034~1038) 연간에 다시금 채굴이 시작되고 있었다. 이 일이 혹 소동파의 유별한 벼루 관심에 대한 자극적인 계기가 되었을지 모른다. 특히 소동파와 같은 시대를 살며 송宋 서법 사대가에 들었던 채양蔡襄(1012~1067)은 흡주연의 가치를 '화씨벽和氏璧'에 비유하기도 할 만큼 그 성가聲價가 대단했음을 알 수 있다. 그렇다면 소동파가 벼루 전기를 창작해 낸 것도 그의 시대에 미만彌滿했던 이러한 시대적 분위기와 무관하지는 않았을 터이다.

무엇을 치우치게 즐기는 성향性向, 또는 고치기 어렵게 굳어버린 버릇을 벽癖이라고 한다. 소동파는 또한 평생토록 벼루를 모으는 연벽硯癖과 먹을 수집하는 묵벽墨癖 있는 것으로도 유명하다. 그러면 이제 흡주 벼루의 일생을 다룬 신기新奇의 문조文藻인 〈만석군나문전〉은 역시 작가의 마니아다운 취향이 낳은 또 한 편篇의 괄목刮目 진작珍作이 아닐 수 없었다.

만석군나문전萬石君羅文傳

나문羅文[1]은 흡歙[2] 출신이다. 그의 선대에
는 항상 용미산龍尾山[3]에 은거하여 한 번도
세상 밖에 나와 쓰인 일이 없었다.

소하

진秦나라 때부터 시서詩書를 버리고 유학
을 쓰지 않았다.

한漢나라가 일어나면서 소하蕭何[4]의 무리
는 다시금 도필리刀筆吏[5] 출신을 장군이며 재
상으로 기용하였다. 이에 온 천하가 그쪽으로 쏠리어 도필刀筆로써
진출하고자 다투니, 비록 뛰어난 출신이라 해도 따로 가려서 뽑을
여지가 없었다. 그런 연유로 나씨羅氏 중에는 현달한 사람이 없었다.

나문에 와서야 그 바탕이 온화하고 세밀한 것이 고와서 애호할 만
하였다. 하지만 그는 은거 중에 스스로를 감추면서 일생을 마칠 뜻
이 있었다.

마을에 석공石工이 있었다. 용미산에서 사냥을 하다가 굴을 따라
들어가게 되었는데, 거기서 그 사이에 홀로 있는 나문을 보게 되었
다. 자세히 들여다보더니 웃으면서 하는 말이,

---

1. 나문산(羅文山)의 연석(硯石)으로 만든 나문연(羅文硯) 벼루에 대한 의인법 명칭. 본
래 나문(羅文)〔羅紋〕은 비단의 가느다란 무늬.
2. 벼루의 명산지. 강서성(江西省) 무원현(婺源縣) 흡계(歙溪)에서 나는 벼루를 흡연(歙
硯)이라 한다. 처음 당나라 개원(開元) 연간에는 용미연(龍尾硯), 나문연(羅文硯), 금
성연(金星硯) 등의 명칭이 있었다.
3. 강서성 무원현 소재의 산으로, 용미연 벼루의 산지. 흡(歙) 벼룻돌의 으뜸이다.
4. 한고조의 개국 및 치평(治平)의 공신으로, 특히 율령의 제정에 관여하였다.
5. 서기(書記) 같은 낮은 벼슬아치. 본시 도필은 죽간용(竹簡用) 붓, 또는 잘못된 글자
를 깎아내는 칼

"이야말로 나라 안의 현사賢士6)로고. 어찌 바위 동굴 사이에서 스스로를 버린 채 돌아보지 않는단 말인가?"

하고는 함께 교분을 맺었다. 연마시켜 나아가게 했으며 여러 유생들을 좇아 배우게도 시켰다. 연하여 사대부들과 교유할 수 있게 되니, 그를 보는 사람마다 모두 사랑하고 소중히 생각했다.

한무제

무제武帝7)가 바야흐로 학문을 지향할 제, 문필을 좋아하여 모영毛穎의 후예인 모순毛純에게 중서사인中書舍人8)을 시켰다. 모순이 하루는 임금께 아뢰었다.

"신이 다행히도 수집해 기록하는 것에 관련된 일을 할 수 있어서 맡겨 부리심에 대비하고 있사오나, 신의 어리석음으로 혼자서는 큰일을 해낼 수 없사옵니다. 지금 소신과 함께 일하는 이들도 하나같이 그릇들이 작을 뿐더러 고루하여 좌우에 두기에는 부족함이 있사온즉, 바라옵건대 신과 우인友人의 관계에 있는 나문을 부르시와 서로 도울 수 있도록 하소서."

그리하여 회계 담당의 관리를 따라 조공朝貢을 들이라 하매, 그는 부름을 받고 문덕전文德殿에서 알현하였다. 임금이 바라보더니 기이

---

6. 『시경』, 정풍(鄭風), 〈고양(羔羊)〉의 '彼其之子 邦之彦兮'에서 나온 말이다.
7. 한무제. 전한(前漢)의 제7대 황제 유철(劉徹). 유학을 숭상하였으며 국내외의 정치·군사·문화 등 제반 분야에서 국기(國基)를 강화하였다.
8. 중서(中書)는 궁내에서 천자의 조명(詔命) 기밀 등을 맡은 벼슬. 사인(舍人)은 그 안의 숙직 관리.

文德殿 內景

하게 여기면서, 뒤미처 어르듯이 말씀하였다.

"경卿은 오래도록 거친 흙더미에서 지냈구려!"

누천漏泉[9]의 은택을 입어 적셔지고 배어들기 오래에 절로 메마른 기운이 없어졌다. 임금이 다시금 도닥거려 보니 팅팅한 소리의 울림이 듣기 좋았다. 임금은 만족해서 말하였다.

"옛말에 이른바 '아름다운 자질에 징 같은 소리'[10]라 함은 진정 그대에게 합당한 말이구료!"

중서中書의 대조待詔[11]를 시키더니, 이윽고 중서사인中書舍人의 벼슬을 제수하였다.

이 무렵 묵경墨卿[12]과 저선생楮先生[13]도 하나같이 글을 잘해서 총애를 받았으니, 이 네 사람이 한 마음으로 서로 어울리는 즐거움이 대단하였다. 이때 이들은 문원文苑의 네 귀한 존재가 되어 조서詔書와 전책典策[14]의 일이 있을 때마다 넷이서 함께 의논하였다. 큰 핵심

---

9. 샘물이 땅 아래 스며 적시듯 군주의 은택 끼침을 은유한 표현.
10. 원문은 '玉質而金聲'. 옥질(玉質)은 아름다운 재질(材質), 금성(金聲)은 징[鉦]의 소리. '龍尾刷絲 秀潤玉質 天下硯石第一.[范成大, 跋婺源硯譜]. 또, '杭有賣果者, 善藏柑 涉寒暑不潰 出之燁然玉質而金色.'[劉基, 賣相者言].
11. 경학과 문장의 재사로 하여금 문장을 다루고 천자의 하문에 응대하던 벼슬.
12. 먹의 의인화 형상.
13. 종이의 의인화 형상.
14. 책문(策文), 즉 임금이 신하에게 내리는 명령의 글에 관한 일.

이야 임금의 생각에서 나오는 것이긴 했어도, 나문으로 하여금 윤색토록 하고, 그런 다음엔 묵경으로 하여금 탁마케 하며, 모순으로 하여금 획을 짜도록 하고, 저선생의 손길을 받아 완성토록 하였다.

그들은 멀리 사방의 오랑캐 땅에까지 사절로 다니며 이르지 않는 곳이 없었다. 임금은 이렇게 찬탄한 적이 있었다.

"이 네 사람은 다 나라의 보배로다. 그러하되 중후하고 굳세며 곧아서 그 행실에 아무런 흠결이 없기로 말하면, 이천 석 고관高官에서부터 일백 석 낮은 관리에 이르기까지 그 누구도 나문 만한 이가 없나니라!"

그리고는 상방尙方15)에 명하여 황금의 집을 지어주고 촉문금蜀文錦16)으로 깔개를 만들어 하사토록 하였다.

그 뒤 우전于闐17)에서 미옥美玉을 진상했는데 임금은 그 옥으로 자그마한 병풍을 만들도록 하여 그에게 내려 주었고, 아울러 고려高麗18)에서 바친 구리 병을 내려 음수飮水의 도구로 삼도록 해 주었다. 가까이 사랑함이 날로 두터워지니 모순 같은 무리들은 감히 바라지도 못할 일이었다.

임금은 모든 인재들을 제대로 활용하였다. 안으로는 제도를 고치고 율력을 개정하며 천지天地에의 제사를 궁리하고 형벌을 다스렸으며, 밖으로는 사방의 오랑캐들을 정벌하였다. 이때 조서와 부격符檄,19) 예문禮文 등의 업무들을 다 나문 등이 관계하였던 것이다.

---

15. 천자가 쓰는 기물(器物)을 담당하는 벼슬.
16. 촉(蜀) 성도(成道) 사람들이 강에다 빨아서 일류의 솜씨로 짠 고운 비단. 촉금(蜀錦)·촉강금(蜀江錦).
17. 한나라 때 서역(西域) 제국 중의 하나. 지금 신강(新疆) 화전성(和闐城).
18. 본 작품의 시간대 안에서는 고조선(古朝鮮)에 해당한다.
19. 천자의 명령인 부명(符命)과 급한 통보의 글인 격문(檄文).

임금은 그 공로를 생각하사 승상과 어사에게 조서를 내렸다.

“대개 듣건대 법을 논의하는 자는 언제든 너무 심각한 데서 과오가 생기고, 공로를 논하는 자는 항상 지나치게 박한 데서 과실이 생기는 법, 공로가 있는데도 그 상이 거기 따르지 못하면 비록 요순堯舜이라 할지라도 힘쓰도록 권해 볼 도리는 없으리라. 중서사인 나문이 오래도록 서적을 맡아보면서 문치를 도와 이룩하였으니, 그 공훈이야말로 두드러진 것이다. 말미암아 흡歙의 기문祁門[20] 삼백 호를 나문에게 봉함과 동시에 만석군萬石君[21]으로 칭호하리니, 대대로 끊어짐이 없도록 하라!”

문의 됨됨이가 꿋꿋하여 남들이 함부로 하지 못하였으나, 치고 때리는 일은 그의 일이 아니었다. 글을 아는 노성老成한 이와 교유하기를 즐겼는데, 언제든 이렇게 말하였다.

“내가 아이 녀석들과 함께 있으면 늘 흠이 생길까 걱정이거든.”

그가 자신을 아끼는 정도가 이러하였다. 이 때문에 소인들은 대부분이 그를 은근히 미워하였거니, 누군가 임금에게 참소하는 말이 있었다.

“나문의 성질이 탐묵貪墨[22]하니 결백하다는 일컬음이 없나이다.”

그러자 임금은 이렇게 응대하였다.

“내가 그를 기용해서 붓 다루는 일을 맡김은 그가 일 처리하는 방편을 높이 사는 따름이니라. 비록 탐묵하다 하지만 그렇지 않다면

---

20. 안휘성 흡현(歙縣)의 서쪽에 있는 지명. 홍차의 명산지로도 유명하다.
21. 일만 석 녹봉(祿俸)의 벼슬. 한대(漢代)에 지방 태수의 녹이 이천 석이었는데, 그 시대 석구(石舊)란 이는 그의 네 아들과 함께 오부자가 모두 이천 석을 누렸으므로 경제(景帝)가 그를 일러 만석군(萬石君)이라 하였던 데서 유래한 말이다.
22. 욕심 많고 더러움.

장안성

또한 무슨 수로 그 재질을 나타낼 수 있을까?"

이로부터 다시는 주위에서 감히 말하지 않았다.

나문의 몸에는 한질寒疾이 있었다. 겨울만 되면 임금을 모셔 글을 쓸 때마다 느닷없이 얼굴이 얼어붙는 통에 붓을 놀릴 수가 없었다. 그러면 임금이 술을 내려준 다음에라야 글을 옮겨볼 길 있었다.

원수元狩23) 중에 현량과賢良科와 방정과方正科를 실시하였을 때, 회남왕淮南王 유안劉安24)이 단자端紫25)를 천거하였고, 단자는 대책對策26)을 써서 높이 급제하였다. 따라 한림원翰林院27)의 대조待詔에서 일약 상서복야尚書僕射28)의 벼슬로 뛰어서는 나문羅文과 함께 권한을 행사하게 되었다.

임금이 감천궁甘泉宮29)에 행차하여 하동河東30)에 제사 지내고 북방을 순행할 때 단자가 항시 곁에 붙어 따랐던 반면, 나문은 장안성長

---

23. 한무제(漢武帝)의 연호. B.C.122~B.C.117.
24. 한고조(漢高祖)의 손(孫)으로, 부왕을 계승해서 회남왕이 되었다. 문사(文辭)에 능하여 한무제의 아낌을 받았다.
25. 단계연(端溪硯)의 의인적 형상화.
26. 한나라 때 과거시험의 한 과목. 주로 정치·시사에 대한 소견을 피력케 하였다.
27. 학문과 문필에 관한 일을 맡던 부서. 당 이후에 존속하였다.
28. 군명(君命)의 출납(出納)을 맡던 관서인 상서성(尚書省)의 장관.
29. 한대의 궁전. 섬서성(陝西省) 순화현(淳化縣) 서북쪽 소재.
30. 산서성(山西省) 경내, 황하(黃河) 동쪽의 땅.

安城31) 안에 남아 지키었다.

임금은 돌아와서 나문의 먼지 때가 낀 얼굴을 보고는 자못 가엾게 생각하였다. 이 상황을 눈치채고 그는 임금 앞에 나아가 아뢰었다.

김일제

"폐하의 인물 쓰심이 진정 급암汲黯32)의 말처럼 나중 온 자가 윗자리에 있사옵니다."

"내가 그대를 생각지 않음이 아니요, 그대가 이제 연로한 까닭에 약간의 원결圓缺33)조차 없을 순 없는 때문이지."

좌우가 그 말을 듣고 임금의 심사가 달갑지 않은 것이라 여기었다. 그 일로 말미암아 다시는 돌아보지 않게 되매 나문은 물러나게 해 줄 것을 엎드려 청원하였다. 임금은 부마도위駙馬都尉34) 김일제金日磾35)로 하여금 그를 부축하라고 전교하였다. 본시 일제日磾는 호胡 출신으로, 애당초 글을 알지 못하였으매 평소에 나문이 하는 일을 미워하였다. 그러던 차 이때를 타서 그를 전각 아래로 내밀쳤고, 이에 나문羅文은 엎어져서 죽고 말았다.

임금은 민망히 여기고 환관들로 하여금 남산 밑에 묻어주도록 하

---

31. 장안(長安)의 궁성. 장안은 섬서성 장안현(長安縣) 서북쪽의 오랜 국도(國都).

32. 한 경제(景帝)와 무제(武帝) 때의 직신(直臣). 엄정한 성품에 직간을 잘하였다.

33. 온전함과 이지러짐의 변화. 처음의 멀쩡함이 나중에 결함이 됨을 뜻하는 듯.

34. 한무제 때 황제 수레[乘輿]의 예비 말[馬]을 맡던 벼슬.

35. 흉노 왕 휴도(休屠)의 태자로, 자는 옹숙(翁叔). 아버지가 항복하지 않고 죽었으므로 어머니 알지(閼氏), 동생 윤(倫)과 함께 한관에게 몰수돼 노예가 되었다. 황문(黃門)에 옮겨져 말을 기르던 중 한무제의 눈에 들어 높이 벼슬하였다.

곽광

였다.

　아들인 견堅이 그의 뒤를 이었는데, 그는 자질 성품의 온화함이라든가 문채의 곱고 면밀함이 그 아버지 문만 못하지 않았지만 재능과 도량에서 조금 떨어졌다. 집안을 일으켜 문림랑文林郎[36]과 동궁東宮의 시서侍書[37]가 되었고, 소제昭帝[38]가 즉위하자 지난날 은덕의 인연으로 임금의 총애를 받았다.

　소제의 시절이 더욱 성해지면서 관대하고 후박한 이들을 좋아했던지라 견의 그릇이 작다는 생각이 들면서는 저버리고 쓰지 않았다. 견 역시 서먹해 하며 세상에 섞이지 못하면서 스스로를 기왓장 취급하였다.

　소제가 세상을 떠나자 대장군 곽광霍光[39]은 황제가 평생에 애완하던 물건들 및 후궁의 미희들을 평릉平陵[40]으로 옮겨놓았다. 견은 옛날의 은혜가 있음을 들어서 능을 지키게 해 달라 애원하여 결국 능침랑陵寢郎[41]의 자리를 받았더니, 뒷날엔 죽어서 평릉에 묻혔다.

　나문이 생존했던 당시부터 그 종족은 사방에 흩어져 있었다. 그 중 재주 있고 특별한 자들은 왕공王公과 귀인貴人들이 황금과 비단

---

36. 문림관(文林館) 소속의 문학(文學) 종사의 벼슬. 수(隋)나라 때 처음 설치되었다.
37. 천자나 동궁을 모시고 문자(文字) 및 서기(書記)를 맡던 관리.
38. 한무제의 아들. 나이 어려 즉위하매 곽광(霍光) 등이 보정(輔政)하였다.
39. 한무제의 임종 조서를 받들어 대사마대장군(大司馬大將軍)이 되어 소제(昭帝)를 도왔다. 소제의 이후에도 창읍왕(昌邑王)을 폐위하고 선제(宣帝)를 세웠다.
40. 한소제의 능(陵) 이름. 섬서성(陝西省) 함양현(咸陽縣) 서북편 소재임.
41. 천자 능묘(陵廟)에서 사시(四時)의 제사 등 일을 맡은 관리.

예물로 불러다가 종사從事[42]거나 사인舍人[43]으로 삼았다. 그 이하는 역시 무격巫覡·의원醫員 아니면 서법書法·산술算術을 하는 사람들과 교제하였는데, 하나같이 그 방면 사업에 이바지함이 있었고, 어떤 이는 그것으로 부富를 이루기도 했다.

찬贊하노라.

「나씨의 선대는 나타난 바가 없으되, 바로 좌씨左氏[44]가 일컬었던 나국羅國[45]인가 하노라. 그 나라의 도읍은 강수江水와 한수漢水 사이에 있었거니, 초楚나라에 멸망되매 자손들 가운데는 이黟[46]와 흡歙의 어간에 흩어져 살던 자도 있었던가 보다.

아아, 나라는 깨져서 없어졌어도 후세에 오히려 글을 아는 이의 쓰이는 바 되어 오늘날까지 끊어지지 않았으니, 인간이 어찌 학술學術을 없이할 수 있을까 보랴!」

---

42. 자사(刺史)에게 속하여 기록을 담당한 관리.
43. 궁중 내에서 숙직하며 일을 관리하는 벼슬.
44. 노(魯)의 태사(太史)인 좌구명(左丘明). 『좌전(左傳)』의 저자.
45. 주(周) 시대의 나라 이름. 춘추시대에 초(楚)나라와 대립하였다가 멸망하였다.[左傳, 桓]. 옛 성은 호북성(湖北省) 의성현(宜城縣) 서쪽에 위치하였다.
46. 안휘성(安徽省) 소재 기문현(祁門縣) 동쪽의 현 이름.

萬石君羅文傳

羅文 歙人也 其上世常隱龍尾山 未嘗出爲世用 自秦棄詩書 不用
儒學 漢興 蕭何輩又以刀筆吏取將相 天下靡然效之 爭以刀筆進 雖
有奇産 不暇推擇也 以故羅氏未有顯人 及文 資質溫潤 縝密可喜 隱
居自晦 有終焉之意 里有石工 獵龍尾山 因窟入 見文塊然居其間 熟
視之 笑曰 此所謂邦之彦也 豈得自棄於巖穴耶 乃相與定交 磨礱成
就之 使從諸生學 因得與士大夫游 見者咸愛重焉 武帝方向學 喜文
翰 得毛穎之後毛純爲中書舍人 純一日奏曰 臣幸得收錄 以備任使
然以臣之愚 不能獨大用 今臣同事 皆小器頑滑 不足以置左右 願得
召臣友人羅文以相助 詔使隨計吏入貢 蒙召見文德殿 上望見異焉 因
玩弄之曰 卿久居荒土 得被漏泉之澤 涵濡浸漬久矣 不自枯槁也 上
復叩擊之 其音鏗鏗可聽 上喜曰 古所謂玉質而金聲者 子眞是也 使
待詔中書 久之拜舍人 是時墨卿楮先生 皆以能文得幸 而四人同心
相得歡甚 時以爲文苑四貴 每有詔命典策 皆四人謀之 其大約雖出於
上意 必使文潤色之 然後琢磨以墨卿 謀畫以毛純 成以受楮先生 使
行之四方遠夷 無不達焉 上嘗歎曰 是四人者 皆國寶也 然重厚堅貞
行無瑕玷 自二千石至百石吏 皆無如文者 命尙方以金作室 以蜀文錦
爲薦褥賜之 其後于闐進美玉 上使以玉作小屏風賜之 並賜高麗所獻
銅瓶爲飮器 親愛日厚 如純輩不敢望也 上得羣才用之 遂內更制度

修律曆 講郊祀 治刑獄 外征伐四夷 詔書符檄禮文之事 皆文等預焉
上思其功 制詔丞相御史曰 蓋聞議法者常失於太深 論功者常失於太
薄 有功而賞不及 雖唐虞不能以相勸 中書舍人羅文 久典書籍 助成
文治 厥功茂焉 其以歙之祁門三百戶封文 號萬石君 世世勿絶 文爲
人有廉隅不可犯 然搏擊非其任 喜與老成知書者游 常曰吾與兒輩處
每慮有玷缺之患 其自愛如此 以是小人多輕疾之 或讒於上曰 文性貪
墨 無潔白稱 上曰吾用文掌書翰 取其便事耳 雖貪墨 吾固知不如是
亦何以見其才 自是左右不敢復言 文體有寒疾 每冬月侍書 輒面冰
不可運筆 上時賜之酒 然後能書 元狩中 詔舉賢良方正 淮南王安舉
端紫 以對策高第 待詔翰林 超拜尙書僕射 與文並用事 紫雖乏文采
而令色尤可喜 以故常在左右 文浸不用 上幸甘泉 祠河東 巡朔方 紫
常扈從 而文留守長安禁中 上還 見文塵垢面目 頗憐之 文因進曰 陛
下用人 誠如汲黯之言 後來者居上耳 上曰 吾非不念爾 以爾年老 不
能無少圓缺故也 左右聞之 以爲上意不悅 因不復顧省 文乞骸骨伏
地 上詔傳駙馬都尉金日磾翼起之 日磾胡人 初不知書 素惡文所爲
因是擠之殿下 顚仆而卒 上憫之 令宦者瘞於南山下 子堅嗣 堅資性
溫潤 文采縝密不減文 而器局差小 起家爲文林郞 侍書東宮 昭帝立
以舊恩見寵 帝春秋益壯 喜寬大博厚者 顧堅器小 斥不用 堅亦以落
落難合於世 自視與瓦礫同 昭帝崩 大將軍霍光以帝平生玩好器用後
宮美人 置之平陵 堅自以有舊恩 乞守陵 拜陵寢郞 後死葬平陵 自文
生時 宗族散四方 高才奇特者 王公貴人 以金帛聘取爲從事舍人 其
下亦與巫醫書算之人游 皆有益於其業 或因以致富焉

　賛曰 羅氏之先無所見 豈左氏所稱羅國哉 考其國邑 在江漢之間
爲楚所滅 子孫疑有散居黟歙間者 嗚呼 國旣破亡 而後世猶以知書
見用 至今不絶 人豈可以無學術哉.　　　　　　　　　　『東坡七集』

萬石君羅文傳

羅文歙人也其上世常隱龍尾山未嘗出爲世用自秦
棄詩書不用儒學漢興蕭何輩又以刀筆吏取將相天
下雖然效之爭以刀筆進雖有奇產不暇推擇也以故
羅氏未有顯人及文資質溫潤縝密可喜隱居自晦有
終焉之意里人石工獵龍尾山因窟入見文塊然居其
間熟視之笑曰此所謂邦之彦也豈得自棄於岩穴耶

欽定四庫全書　　東坡全集

乃相與定交磨礱成就之使從諸生學因得與士大夫
游見者咸愛重焉武帝方向學喜文翰得毛穎之後毛
純爲中書舍人純一日奏曰臣幸得收錄以備任使然
以臣之愚不能獨大用今臣同事皆小器頑滑不足以
置左右願得召臣友人羅文以相助詔使隨計吏入貢
蒙召見文德殿上望見異焉因玩弄之曰卿久居荒土
得被漏泉之澤涵濡浸漬久矣不自枯槁也上復叩擊
之其音鏗鏗可聽上喜曰古所謂玉質而金聲者子真

『東坡集』 소재의 〈만석군나문전〉

7

작은 오이 모양 연적과 큰 물병 연적

― 진시교陳詩敎 : 도수부전陶水部傳

문방열전 – 중국편

작은 오이 모양 연적과 큰 물병 연적

– 진시교陳詩敎* : 도수부전陶水部傳

평 설

연적 종류를 인격화한 의인 열전 두 편을 소개한다. 진시교陳詩敎가 쓴 〈도수부전陶水部傳〉과 조우신趙佑宸이 쓴 〈수중승전水中丞傳〉이 그것이다. 그러나 아쉽게도 작품을 쓴 작가인 진시교와 조우신이 어느 때 어떠한 인물인지 못내 증빙할 길 없으매, 이 두 편이 또한 어느 시대의 산물인지 밝힐 길이 막연하고 난감하다.

일단 문학 일반의 보편적 현상을 감안할 때 〈도수부전〉은 글이 짧막하고 담박하니, 내용이 훨씬 풍부하고 윤택한 〈수중승전〉보다 앞의 시간대에 조성되었을 개연성이 높아 보이기는 한다.

---

* 陳詩敎(? ~ ?). 명대의 문인으로, 『화리활(花裏活)』·『보유(補遺)』 등이 전한다.

〈도수부전〉은 워낙 짤막한 글인 데다가, 그 안에 실마리로 삼을 만한 내용이 단 한 가닥도 보이지 않는다. 혹 '수부水部'라는 직함이 희망적으로 보였지만, 이 벼슬 명의 처음 유래는 첫 의인 열전인 〈모영전〉이 나온 당나라 때보다 훨씬 앞인 위진 시대로 거슬러 올라가니, 소용이 닿지 않는다. 원래 수부水部는 다리·도랑·배·조운漕運 등의 일을 맡았던 벼슬 이름이다. 상고해 보매 위나라 상서尙書에 수부랑水部郞의 직책이 있었다. 이것은 뒤에 수부시랑水部侍郞·낭중郞中·도수사都水司 등으로 명칭이 바뀌었다. 제목에서 '도수부'라 했음은 물그릇과 연적 등이 물과 관계된 일을 하는 데서 이 명칭을 빌려 온 것이겠다. 동시에 성씨를 도陶라 했으니 그 재질이 도기陶器 곧 잿물을 덮지 않고 진흙 만으로 구워 겉면에 윤기가 없는 질그릇을 암시한 뜻이 있다.

또한 도수부의 이름이 '주注'라고 한 바, 주注란 대개 주전자 형태의 용기 일반을 가리킨다고 하는 상식을 따라 도기로 된 주전자 형의 연적인 수주水注이겠다. 이 작품을 쓴 진시교가 의당 문묵에 종사하는 선비일 테고, 따라서 이 작품에서도 문방 쪽의 개연성이 높은 상태에서 그 의인 대상을 연적으로 설정했을 듯싶다. 그런데 실제로 사전을 조사했을 때 이 추정이 맞아 떨어진다. 이 〈도수부전〉에는 참언을 당한 주인공인 도수부를 도와 임금 앞에 아뢰는 '수중승'도 등장하고 있다.

수승水丞·수중승水中丞을 국어사전에서 찾아 보면 모두 연적과 동의어로 설명되어 있다. 수주水注는 나와 있지 않다.

『중문대사전中文大辭典』에는 약간의 설명이 더 보태진다. '문구 이름. 옥이나 돌 혹은 도자로 만든, 벼룻물을 담는 그릇. 수승水丞이라고도 한다.' 수주水注에 대한 설명 또한 조금도 다르지 않다. '문구 이

름이니, 옥석이나 도자로 만든 벼루에 물을 붓는 그릇. 연적이라고도 한다.'

결과적으로 수승·수중승·수주는 모두 연적의 넓은 의미에 들어가는 이칭異稱인 셈이다. 다만 그 크기와 형태에 따라 수주水注·수적水滴·수구水礁·연수硯水·옥섬여玉蟾蜍·옥구여玉礁餘·수승水丞·수중승水中丞·수우水盂·연수우硯水盂·연수병硯水瓶 등 그 별칭이 자못 넉넉하다. 애당초 초창기에 물을 담아두는 병이나 주발, 주전자까지 포함하는 넓은 의미의 연적까지 다 합쳐 놓았기에 그러하다. 이를테면 수주는 귀때와 손잡이가 있는 주전자 모양으로 된 것이다. 수승은 수중승을 줄인 말일지니, 옥석玉石이나 도자陶瓷로 만들어 벼룻물〔硯水〕을 저장해두기 위한 항아리같이 생긴 그릇이다. 수우는 본시 물을 담는 그릇이라는 뜻의 보통명사이거니와, 특별히 문방에서 연적의 용도로 사용할 경우 연수우硯水盂로 호칭되기도 한다. 또 연적은 하필 벼루에 물을 따르는 용도 외에도 붓을 빠는 그릇 내지 숟가락을 이용해 물을 떠올리는 그릇으로 사용하기도 한다.

'연적'이란 말은 당나라 때 처음 나타났다는 설도 있다. 다름 아닌 당나라 때 세 분 시승詩僧 가운데 한 사람인 교연皎然(720~ ?)이 회계산으로 공부하러 가는 배裴 선비를 전송하면서 지었다는 〈송배수재왕회계산독서送裴秀才往會稽山讀書〉 시 안에 이 표현이 보이고 있다.

硯滴穿池小　　벼룻물 하려면 연못을 조금 파야 될 테요,
書衣種楮多　　책 상자 짓자면 닥나무 꽤나 심어야겠구료.

이 구절이 연적 용어가 생겨난 최초의 사례라는 것이다. 이후 송朱대 주장문朱長文의 『묵지편墨池編』에서 '물방울 담는 그릇'이라는 의미

인 '성적기盛滴器'란 표현이 보이고, 주필대周必大의 『옥당잡기玉堂雜記』에서 '수적水滴'이란 표현이 나타난다. 명대 고렴高濂의 『준생팔전遵生八箋』이라는 책에서 '수주水注'라는 표현이 처음 나타났다는 설도 있다.

그러나 전언하였듯 대개 주전자 모양처럼 주둥이가 있을 경우 '注'란 말을 넣어 수주水注라 함이 적실하다. 반면 주둥이가 없으면 수승水丞, 수중숭水中丞이라 한다는 이해의 방식도 없지 않다. 그리하여 〈도수부전〉의 주인공 이름이 '도주陶注'인 바에 주둥이가 있는 주전자 형으로 간주된다.

반면, 〈수중승전〉의 수중승은 당연 주둥이 없는 연적을 그렸나 싶었지만 그 이름을 수주水注라고 했으니, 그만 혼란스런 현상이 발생하였다. 따라서 여기의 수중승은 주둥이가 달렸으면서 훨씬 광범위하게 물 같은 것을 담을 수 있는 용기를 나타내 보인 개념으로서 타당하다. 다만 통상적인 크기 개념에선 수주에 비해 수중승이 큰 단위임을 알겠다.

수우水盂는 원래 마시는 물을 담는 사발을 말한다. 하지만 단지 음수飮水를 위한 주방의 용도 외에 문방용구로 쓰기도 하면서 슬그머니 연적의 또 다른 이름으로 자리매김한 경우라 하겠다. 이처럼 문방제구 중에 용도 적응 면에서 가장 포괄적인 표현이 연적이었기에, 그 개념 적용 또한 넓고 모호할 수밖에 없었던 것이다.

다만 『중문대사전』이 '수중승' 설명의 예문으로 인용한 짤막한 메시지가 얼마간 도움이 된다. 바로 앞에 들었던 명대 고렴의 『준생팔전』의 기록인 바, 지은이 고렴이 오래된 옥중승玉中丞을 갖고 있는데 크기가 한 주먹에 배 쪽 아래 세 발이 달린 대단히 정교하고 아름다운 옥 수중승이라 했다. 이를 통해 대략 수중승의 크기며 모양, 윤곽이 잡힌다.

또한 〈수중승전〉의 주인공이 자주磁州 출신이라고 했으니, 자기瓷器 형상을 띤 대형 연적임도 포착할 수 있다. 일반적으로 1000℃에서 만드는 경질의 토기를 도기라 하고, 한층 발달된 단계로 이보다 더 높은 온도인 1250~1300℃에서 구운 그릇을 자기라고 한다는 기준에 비추어 본대도 〈도수부전〉이 〈수중승전〉보다 선행의 작품으로 간주된다.

〈도수부전〉에서는 '허虛를 바탕으로 실實로 가니〔得虛而往實〕 족한 데에 이를 것'이라 하여 어딘가 노자 『도덕경道德經』 다운 분위기가 엿보인다. 또한 권력 세계를 멀리한 소보와 허유, 도주공 범려들을 세워 유가 치국治國의 논리를 견제하는 등, 은근 도가적 기운이 작품 언저리에 감돌고 있다.

도수부전陶水部傳

도수부陶水部 주注[1]의 자는 경지傾之로, 평요平遙[2]사람이다. 앞 시대에 부復[3]라는 이가 있었는데, 순舜 임금을 도와 화정火政[4]을 맡고 도구공陶丘公에 봉해졌다. 그는 이렇게 말하였다.

"나의 겨레는 수水·화火·토土의 삼행三行으로 정기를 얻었으니, 훗날 반드시 자손이 길이 번성하게 되리라!"

말미암아 그 벼슬로 성씨를 삼게 되었다.

주注는 바로 그의 후손이다. 나면서부터 형상이 기이한 것이 잘라 놓은 오이의 모양이었는데, 그를 알아보는 이가 훌륭한 그릇으로 촉망하였다.

성장한 뒤로는 품성이 명리를 탐내는 일 없이 담박하니, 단지 물만 마시면서 몸을 유지할 따름이었다. 언젠가 그는 이렇게 말한 적이 있다.

"물이 왕성하게 스며 나니 굶주려도 기껍다. 내 허虛를 바탕으로 실實로 가는 수니 족한

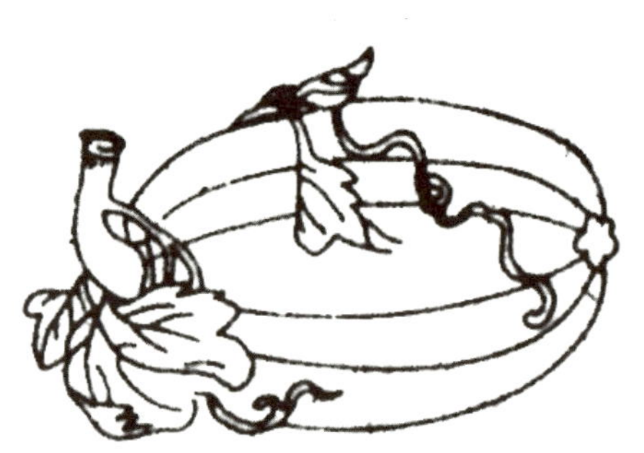

古甘靑玉臥瓜水注 – 『古玉圖譜』

---

1. '경주(傾注)', 즉 물을 따라 넣는다는 뜻.
2. 산서성 기현(祁縣) 서남쪽의 현(縣) 이름이나, 주인공 연적의 생김새가 평평한 것을 형용하고자 끌어 썼다.
3. 여기서는 '覆', 곧 '덮다'의 의미. 『시경』의 '陶復陶穴'이란 말에서 가져온 것이다.
4. 고대의 불을 맡은 벼슬. 화정(火正). 화관(火官).

데에 이르리라!"

그때 임금이 그의 이름을 듣고 사신을 보내 소환했다. 주는 막 하수河水에서 물을 마시고 있던 차에 서글퍼져 말하였다.

"옛날에 소보巢父[5]는 기산箕山에서 냉수 마시던 허유許由[6]의 표주박 하나도 성가시니 내던져 버리라고 꼬집었는데, 내가 이제 와서 말박[7]을 좇아 삶을 챙겨야 하는가."

그리고는 임금의 명을 받들지 않았다. 이에 사신이 억지로 그를 데리고 임금 앞에 알현시켰고, 임금은 크게 기뻐하며 수부水部[8] 벼슬을 내리었다. 조칙이 있을 때마다 반드시 임금과 함께 일의 사정을 헤아리매 임금이 중용하려 했다.

마침 주가 안으로 수용하는 정도가 얼마 없고 밖으로는 자잘하니 큰 신하의 체통이 못된다고 참언하는 자가 있었다. 이에 임금은 여러 신하들에게 두루 물어보았다. 이 마당에 수중승이 앞으로 나와 아뢰었다.

도주공 범려

---

5. 요(堯) 임금 때의 고사(高士). 산 속의 나무 위에 '소거(巢居)', 곧 보금자리 짓고 살았다 해서 붙여진 이름이다. 요임금이 천하를 준다는 제안을 거절하였다.
6. 역시 요 임금 때의 고사(高士)로, 요임금의 천하 양여(讓與)를 사양하고 하남성 등봉현(登封縣) 소재의 기산(箕山)에 들어가 숨었다.
7. 매우 큰 바가지. 열 되 들이 그릇인 말 대신으로 곡식을 되는 바가지.
8. 다리, 도랑, 배, 조운(漕運) 등의 일을 맡았던 벼슬 이름.

"폐하께서 데리고 쓰신다면 제 근소한 힘이나마 다할 뿐이고, 버리신다면 진흙 모래 같은 신세가 되겠지요. 만약 도당씨陶唐氏[9]가 마음으로 느껴 분발하지 않았다면 유우씨有虞氏[10] 또한 하수河水 가에서 떠돌았을 것이옵니다."

그러자 임금이 깨닫고 마침내 처음처럼 그에게 마음을 쏟았다.

해사씨諧史氏는 이르노라.

「주注가 하수河水 가에서 집안을 일으키고 부드럽게 인격을 도야하였을 시, 어떠한 즐거움이었을까! 만년에는 억지로 세상에 나왔다가 급기야는 참언을 입는 일까지 초래하였으니, 그야말로 손익의 이치에 못미침이 있다고 하겠구나. 이래서 도주공陶朱公[11]이 오호五湖[12]로 몸을 숨겨 종적을 감춘 것이다.」

〈巢父洗耳圖〉

---

9. 요(堯)임금. 도(陶)라는 땅에 살다가 당(唐)으로 이사했기에 이른 말.
10. 순(舜)임금. 요임금의 선양을 받기 전에 우(虞) 땅에다 나라를 세웠기에 이른 말.
11. 춘추시대 월나라의 범려(范蠡)를 말한다. 월의 구천을 도와 오나라를 멸한 뒤, 도(陶) 땅에 가서 주공(朱公)으로 변성명하고 크게 치산(治産)하였다.
12. 호수 이름이나, 태호(太湖)라는 설을 비롯하여 그 부근이라는 설, 또는 그 바깥쪽이라는 설, 동정호(洞庭湖), 혹은 그 부근이라는 설 등 하나같지 않다.

陶水部傳

陶水部注 字傾之 平遥人 先世有名復者 佐舜掌火政 封陶丘公 公曰 吾宗得水火土三行之秀 後必瓜瓞綿遠 因以爲氏 注其裔孫也 生有異相 形如 削瓜 識者以令器許之 及長性恬淡 惟飮水 自給 嘗曰 泌之洋洋 可以樂饑 吾得虛而往實 而歸足矣 會上聞其名 遣使召之 注方飮於河 啾啾作言曰 昔巢父譏棄瓢 吾乃事升斗求活哉 不奉詔 使者力持見上 上大悅 官拜水部 每有詔誥 必與斟酌 欲重用之 會有譖其內少含容 外多瑣碎 非大臣體者 上乃詢羣臣 水中丞越班奏曰 陛下取之 盡錙銖 棄之如泥沙 使陶唐不作 則有虞氏亦瓠落於河濱矣 上悟 遂與傾倒如初

諧史氏曰 注起家河濱 從容陶冶 抑何樂也 晩年强出 卒來讒口 豈損益之理 有未達與 此陶朱公所以遯迹於五湖也. 『古今滑稽文選』

贊曰羅氏之先無所見豈左氏所稱羅國哉考其國邑庄江漢之間爲楚

所滅子孫疑有散居黔歙間者嗚呼國既破亡而後世猶以知書見用至

今不絕人豈可以無學術哉

陶水部傳

陳詩教

陶水部注字傾之平遙人先世有名復者佐舜掌火政封陶丘公公曰吾

宗得水火土三行之秀後必瓜瓞綿遠因以為氏注其裔孫也生有異相

形如削瓜識者以令器許之及長性恬淡惟飲水自給嘗曰泌之洋洋可

以樂饑吾得虛而往實而歸足矣會上聞其名遣使召之注方飲於河啾

啾作言曰昔巢父譏棄瓢吾乃事升斗求活哉不奉詔使者力持見上上

大悅官拜水部每有詔詰必與斟酌欲重用之會有譖其內少含容外多

瑣碎非大臣體者上乃詢摩臣水中丞越班奏曰陛下取之盡鎦鉢棄之

如泥沙使陶唐不作則有虞氏亦瓠落於河濱矣上悟遂與傾倒如初。

〈도수부전〉 – 『古今滑稽文選』에서

8

문방과 수리水利에 공덕 세운 물병 연적

– 조우신趙佑宸 : 수중승전水中丞傳

문방열전 - 중국편

문방과 수리水利에 공덕 세운 물병 연적
– 조우신趙佑宸* : 수중승전水中丞傳

평 설

〈도수부전〉에 비해 〈수중승전〉에는 짚어 음미할 만한 대목들이 몇몇 보인다. 앞서 〈도수부전〉과 〈수중승전〉이 어느 시대의 산물인지 막연하다고 했는데, 그렇듯 묘연히 캄캄한 속에서도 틈으로 새어 드는 한 줄기 빛처럼 조우신이 쓴 〈수중승전〉이 우선은 명대 이후라는 것만은 알아낼 길 있었다. 작중에 장안국張安國이 주인공 수중승에게 시를 써 주었다고 하는 대목이 결정적인 단서가 돼 주었던 까닭이다.

* 趙佑宸(? ~ ?). 청대의 문인. 자는 수보(粹甫), 호는 예사(蕊史). 함풍(咸丰, 1851~1861) 연간인 1856년에 등과하고, 벼슬은 대리사경(大理寺卿)에 이르렀다. 『평안여의실시초(平安如意室詩鈔)』가 있다.

장안국은 명나라 2대 황제인 혜제惠帝 건문建文(1399~1402) 연간에 공부랑工部郎을 지냈다. 그러다가 1399년 연왕燕王이 일으킨 정난靖難의 군대에 의해 혜제가 폐함을 당하자 배를 타고 망명하여 처와 함께 은둔하며 살았다는 인물이다. 건문은 혜제(1383~1402) 당시의 연호요, 연왕은 나중에 영락제永樂帝가 된 인물이다. 그가 1402년 경사京師인 남경南京을 함락시켰을 때, 건문제인 혜제는 성 안에서 불에 타 죽은 것으로 전해진다. 그러한 장안국이 생전에 연적 관련의 시를 쓴 바 있는데, 그것을 본 작품이 원용하고 있으니, 이제 최소한 본 작품의 창작 연대가 명대 이후임이 스스로 명백해진 셈이다.

이야기 초반에 장안국이 주인공 수중승에게 시를 주었다고 하면서 두 행을 소개하였는데, 이는 장안국의 실제 창작인 〈기린연적麒麟硯滴〉 시에서 끊어 온 것이다. 작품 전체를 옮겨 보인다.

보물1449호로 지정된 고청자기린연적 – 개인(박영숙) 소장
등에 석류 줄기를 본떠서 물을 넣는 구멍을 만들고 기린의 입을 통해 물이 나온다.

素王西狩麟	옛 임금 서쪽의 기린을 잡은 뒤로
筆削昌斯文	써넣거니 빼거니 이 도를 일으켰네.
壯哉筆硯間	대단도 하구나 붓과 벼루 사이에서
英姿欲摩雲	빼어난 자태는 저 구름에 견줄만해.
豈獨濡毫端	한갓 붓끝이나 적시는 데 그칠손가
正可淸妖氛	해맑은 매혹의 분위기 그만이거늘.
會當侍君王	함초롬한 대궐의 맑은 밤이면
玉殿淸夜分	군왕 곁에 섬기기 제격이라네.
轉寫胸中奇	미묘한 속내 이루 베껴내게 해 주니
恩波被無垠	가없이 큰 신세를 네게 지고 있구나.

〈수중승전〉은 이 가운데 두 구절을 들면서 이 시가 주인공의 '실상을 제대로 적은 것〔蓋紀實也〕'이라 했다. 그런데 이 두 구절이 다른 무엇 아닌 '기린 연적'을 음영하는 중간에 나온 것이니만큼 작품 속의 수중승은 작자의 의중에 기린 형상의 연적을 염두에 두었겠다고 여겨지는 국면이 있다.

주인공이 흡歙 출신 석허중石虛中 및 연燕 출신 역원광易元光과 도의를 바탕으로 서로 연마했다고 했거니와, 여기서 인격화된 벼루 형상은 중국의 다른 벼루들이 그렇듯이 역시 흡주연이다.

다음으로, 부인의 이름은 '옥여玉蜍'라고 했다. 옥 재질에 두꺼비 형상의 연적을 가리키는 말이다. 일찍이 당나라 시인 유우석劉禹錫이 당씨唐氏 성을 가진 선비로부터 단계 자석연紫石硯을 받고서 읊은 〈당수재증단주자석연唐秀才贈端州紫石硯〉이란 시에 '옥여'가 나온다.

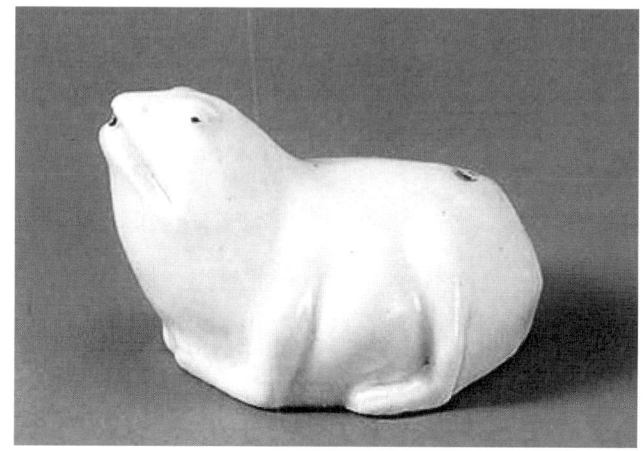

백자 두꺼비 연적

玉蜍吐水霞光淨　옥 두꺼비 연적은 노을 빛 정갈한 물 토하고
綵翰搖風絳錦鮮　오색필은 새뜻한 빨간 무늬 바람을 일으키네.

오색필은 무늬를 놓은 미려한 붓을 말한다. 글재주 있음을 비유하는 뜻도 있다. 맨 끝 자 '鮮' 대신 '新'이라 한 곳도 있고, '옥여玉蜍' 대신 '옥저玉蠩'로 된 데도 있다. 하지만 '蜍'든 '蠩'든 다 두꺼비를 이르니 의미상 달라질 것은 없다. 세 글자로 '옥섬여玉蟾蜍'로 표현하기도 하니, 옥으로 만든 두꺼비 형상의 연적을 이름이다. 새로 생긴 단계연에 연적 기울여 물 붓고, 멋진 붓으로 휘필하는 풍정을 노래한 것이다. 두보의 시에도 '궁중의 벼루와 옥 두꺼비 연적'의 뜻인 '궁연옥섬여宮硯玉蟾蜍' 라는 글귀가 있다. 하지만 사실 옥섬여에 대해서는 저 멀리 전한 시대 유흠劉歆이 쓴 『서경잡기西京雜記』에 벌써 해당하는 얘기가 있었다. 흥미를 주는 부분이니 한 번 인용해 보인다.

廣陵王去疾發晉靈公塚 得玉蟾蜍一枚 大如拳 腹容五合水 光潤如
新玉 取以盛硯滴.

광릉廣陵의 왕거질王去疾이 진晉나라 영공靈公의 무덤을 발굴하다
옥섬여 하나를 얻었는데, 그 크기가 주먹만 하여 복부 중앙에
다섯 홉 정도의 물을 담을 만하다고 했다. 광택도 새 옥처럼 반
짝반짝하니 그것으로 벼룻물을 채웠다고 한다.

한 되〔升〕는 10홉이니 그 용수량이 약 반 되, 500cc 정도 되는 연
적인 줄을 알겠다. 이것이 꽤 특이한 부분이었던지, 거듭 청나라 사
람 예도倪濤의『육예지일록六藝之一錄』에도 고스란히 인용해 놓은 자
취가 보인다.

부인의 성이 백씨白氏라 한 것도 놓칠 수 없는 부분이다. 그리하여
이것이 필시 백색 자기요, 두꺼비 물형의 백자 연적임을 추정해 볼
길 있다. 초창기 동제품 연적의 다음 시대 연적임을 추측해 낼 수 있
는 부분인 것이다. 이런 컨텐츠들을 작자가 잘 활용한 바 기린 연적
과 두꺼비 연적을 한 쌍의 부부로 설정시켜 놓은 그 발상에 진진한
묘미와 재미가 있다.

또 작품 거의 끝에다간 금소상金小相이란 이가 구양통歐陽通에게
칭상稱賞을 받았다는 화젯거리를 담았다.

구양통歐陽通(? ~691)은 당의 명필 구양순歐陽詢(557~641)의 넷째 아
들이다. 부친의 서체를 본받아 나름의 청경淸勁한 경계를 펼쳤거니
와, 663년에 세운 〈도인법사비道因法師碑〉 및 그로부터 10여 년쯤 뒤
에 연개소문의 장자 천남생泉男生(634~679)의 묘지에 기록한 〈천남생
묘지명泉男生墓誌銘〉이 그의 이름 뒤에 따라붙는다. 그리고 〈수중승
전〉 안에 금소상이 구양통과 관련한 화두는『청이록淸異錄』'文用'

등이 전해 주는 다음과 같은 정보 내용을 직접 가져다가 활용한 것이다.

歐陽通善書 修飾文具 其家藏遺物尚多 皆就刻名號 硏室曰紫方館 金苼盛硯滴曰 金小相 鎭紙曰 套子龜 小連城 千鈞史.

구양통은 글씨를 잘 썼기에 문구文具 꾸미기를 즐겼다. 집안에 간직된 유물이 아주 많았기에, 물건마다에 이름을 새겼다고 한다. 서법 연마하는 방을 자방관紫方館이라 하였고, 줄풀 형상의 쇠 연적을 금소상金小相이라 하였다. 종이를 누르는 진지鎭紙(文鎭·書鎭을 말함 ; 필자주)는 각각 투자구套子龜·소련성小連城·천균사千鈞史라 하였다.

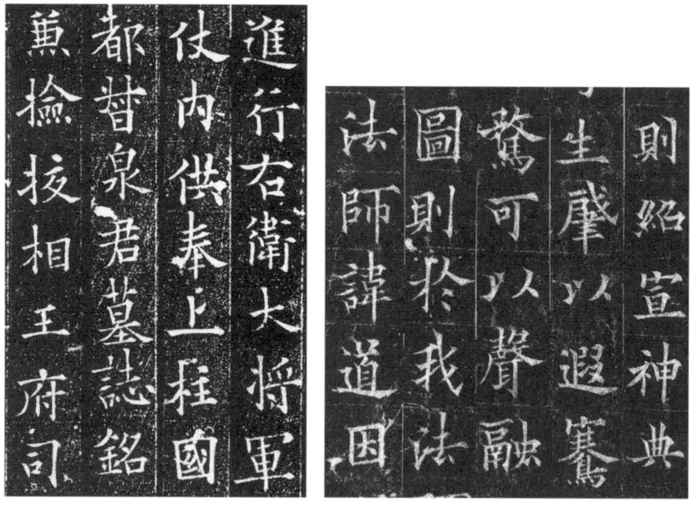

구양통의 〈泉男生墓誌銘〉(左)과 〈道因法師碑〉(右)

줄풀

위에서 금소상이 줄풀 형상이라 하였다. 줄풀은 이른바 피침披針 모양의 여러해살이 수초이다. 잎 모양이 갈대를 닮았으나 갈대보다 훨씬 넓고 끝은 뾰족하며 중간 쯤부터 아래쪽이 약간 볼록하다.

앞서의 작품 〈도수부전〉에서 유가의 현실 논리를 지양하는 도가적 분위기가 맴돌았던 반면, 〈수중승전〉에서는 '속을 비워 받아들일 수 있고, 차되 넘치지 않는(虛而能受 滿而不溢)' 중용의 미덕이 은근 강조된다. 아울러 위태한 벼슬을 사양한 채 '고요히 인격을 도야한다(從容陶冶)'고 함과 동시에 '그대 마음을 열어 내 마음을 윤택하게 한다(啓乃心 沃朕心)'는 등, 작품 전반에 유가의 전형적인 수기치인修己治人의 교훈이 배어 있음이 감지된다.

수중승전水中丞傳

중승의 이름은 주注요 자는 중함仲含으로, 자주磁州 사람이다.

그 선조는 대대로 공공씨共工氏[1]를 섬겨 도정陶正[2]이 되었다. 공공씨가 물로 관직을 지켜 다스렸기에 수水라는 성씨를 내렸다.

중승은 나면서부터 번듯하고 포용력 있고 절도가 있었으니, 양식 있는 사람들은 그가 세상을 건져 도울 만한 그릇을 갖추고 있음을 알았다. 침묵으로 말수가 거의 없이 입을 병처럼 꼭 지키었다. 흉중에 맑고 흐린 성향을 다 갖추고 있었지만 혼탁한 무리가 그를 물들게 하지는 못하였다.

장안국張安國[3]이 그에게 시를 주었으되,

壯哉筆硯間 英姿欲摩雲
대단하여라, 붓과 벼루 사이에 거룩한 자태는 구름을 어루는 양.

이라고 했는데, 실상을 제대로 적은 것이라 하겠다.

그는 문인 학사들과 즐겨 교유하였다. 흡歙 출신 석허중石虛中과 연燕 출신 역원광易元光이 도의를 바탕으로 서로 연마함에, 중승이 한 눈에 마음이 쏠려 그들을 끌어들이고 아교와 옻처럼 단단한 사귐을 맺었다. 중산中山 출신 모영毛穎도 그들과 오랫동안 한데 어울리면서 땀이 흥건하도록 힘을 다하였다. 늘 갈증에 시달리는 것을 수중승

---

1. 상고시대에 물을 다스린 벼슬. 공공(共工).
2. 주(周) 나라 때의 벼슬 이름으로, 도자기의 주조를 맡았다.
3. 명나라 혜제(惠帝) 건문(建文) 연간에 공부랑(工部郎)을 지내다가 정난(靖難)의 군대에 의해 혜제가 폐함을 당하자 배를 타고 망명하여 처와 함께 은둔하였다.

이 해결해주곤 했거니, 한 번 만 접하면 이내 나았다.

화음華陰 출신의 저지백楮 知白은 문예 방면에 오롯하였 으매 사람들이 그를 기려 저 선생楮先生이라고 불렀다. 매 번 한 가지씩 기예를 나타낼 때마다 중승이 내실 있게 적

기린 연적

서 주어 야위고 거칠한 것을 윤택한 데 이르게 하니, 그 은택이 사림 士林들 사이에 끼치면서 명성은 더욱 크게 드러났다.

임금이 그가 어질다는 말을 듣고 그날로 불러다가 벼슬을 내렸다. 중승은 일을 맡으면서 탁한 기운은 물리치고 맑은 기운은 북돋아 줌을 자신의 소임으로 알았다. 그는 이렇게 말하였다.

"나 중승은 세세한 업무나 맡아 다스리는 데는 적절하지가 않다. 내 마땅히 어질고 재주 있는 이들을 우선 일으켜 주리라."

이에 석허중石虛中·역원광易元光·모영毛穎·저지백楮知白들을 천거하 였더니, 천자가 유학의 도리와 법도를 중시하여 허중에게는 즉묵후 卽墨侯, 원광에게는 송자후松滋侯, 모영에게는 관성후管城侯, 지백에게 는 호치후好畤侯를 봉해 주었다. 그들 모두 중서中書[4]로 숙직하면서 나란히 평장사平章事[5]를 하였으므로, 문방사보文房四寶로 불리게 되 었다.

이 네 사람이 각기 자기가 지닌 재주를 합하여 일을 주관하는 중

---

4. 천자의 조명(詔命) 등을 맡은 벼슬.
5. 재상 격의 벼슬. 당태종 정관 연간에 설치한 집정관(執政官).

에 맞은편에 있는 주注를 더욱 공경하니, 하나같이 중승의 베풂을 받지 않음이 없었던 것이다.

임금이 한 번은 편전便殿에 납시어 네 사람을 불러 각각의 재주를 시험해 보았는데, 중승이 채 도착하지 않아 다들 속수무책이 되었다. 급히 중승을 불러오게 하자 그제야 원활해졌으니, 슬쩍 땀흘려 적셔주는 것만으로도 붓 놀리는 일이 자유자재하게 되었다. 이에 임금이 웃으며 말하였다.

"공들은 그만그만 붙임성이 있어 다른 사람으로 인해 성사를 이루는 이들이구료. 중승과 같은 이는 자신의 넉넉함을 덜어서 너끈히 예원藝苑을 적셔주는 인물이로다!"

이로부터 은혜와 지우知遇가 더욱 융성해졌다. 그러나 중승은 흡족해 하지 않고 더욱 신중하고 치밀하니 함부로 말을 흘리는 법이 없었다. 따라서 그 전 생애에 걸쳐 신세를 망치는 일이 없었다.

가뭄이 크게 드는 해에는 그로 하여금 천자의 부절符節6)을 지니고 소주蘇州·상주常州·윤주潤州 세 주의 모든 군사를 일괄 감독하게 하였다. 이때 수중승이 수리水利를 일으켜 부지런히 물을 대니, 거친 밭이 온통 기름진 논밭으로 바뀌었다. 오래된 이웃들이 모두 날벼락 같은 재난을 만났지만 소주·상주·윤주는 지금껏 흉년 한 번 들지 않았고, 필묵에 종사하는 후손들도 다 그 덕을 보게 되었다.

부인 백씨白氏는 옥여玉蜍7)라 했다. 일의 얕고 깊은 정도를 가리지 않고 남편과 한마음으로 부지런히 힘쓰니, 현명한 내조라는 칭송을 들었다고 한다.

---

6. 옥 등으로 만들어 사신들이 신분의 증거로 삼던 신표.
7. 옥섬여(玉蟾蜍)의 준말. 연적의 한 종류.

그의 자손들은 번성하여 사방에 흩어져 살았다. 각자 살던 땅으로 성씨를 삼았거니와, 금향金鄕에 사는 이와 동릉銅陵에 사는 이, 석산錫山에 사는 이들이 모두 여러 대에 걸쳐 미덕을 살려내었다.

금소상金小相8)이란 이가 구양통歐陽通9)에게 칭상을 받았거니와, 또한 그의 후손이었다. 이는 다 수중승이 두루두루 끼친 덕이 깊은 속에서 배어나온 것이다.

구사씨舊史氏는 이르노라.

「일정 영토를 봉해 받은 큰 관리는 백성의 고통을 찾아서 수리水利를 우선 삼아야 하나니, 물을 저장하고 방출하는 일을 때맞춰 해야 한다. 이래야 가뭄과 홍수의 근심이 없어지리니, 도랑과 하천에 관한 기록에 최선을 다해야 한다.

중승은 가히 자신의 관직에 부지런했다고 할 수 있다. 그는 속을 비워 능히 외물外物을 받아들이고, 꽉 차도 넘치지 않았으니, 큰 관리로서 올바른 법도를 지닌 인물이었다. 『서경書經』에 이르기를, '그대 마음을 밝혀 나의 마음을 윤택하게 하라' 했고, 또 '인내가 있어야 성사가 있고, 담겨진 덕이 이에 커지리라'고 했는데, 중승이 거기 가깝다고 하겠구나!」

---

8. 당나라 구양통의 수집품 가운데 줄풀 형상으로 장식한 연적 이름.

9. 당나라 구양순(歐陽詢)의 넷째 아들로, 아버지의 필법을 바탕으로 글씨의 일가를 이루었다.

水中丞傳

中丞名注　字仲含　磁州人　其先世事共工氏爲陶正　共工氏以水紀官　故賜姓水氏　中丞生而端凝　渾涵有度　識者知其爲濟時之器　沈黙寡言　守口如瓶　而胸有涇渭　濁類不能霑　張安國贈以詩曰　壯哉筆硯間　英姿欲摩雲　蓋紀實也　喜與文人學士遊　歙人石虛中　燕人易元光　以道義相硏磨　中丞一見傾注　引爲石交　如膠漆焉　中山毛穎久與濡染　淋漓盡致　常病渴　中丞治之　一飮而愈　華陰楮知白　負文譽　人稱之爲楮先生　每一藝出　中丞實潤色之　至於潤枯濟涸　澤被士林　名益大著　上聞其賢　卽日召拜　中丞旣受事　以激濁揚淸爲己任　曰　中丞不當理細務　吾當先擧賢才　乃擧石虛中易元光毛穎楮知白　天子重儒術　封虛中卽墨侯　元光松滋侯　穎管城侯　知白好畤侯　皆入直中書　同平章事　名曰文房四寶　四人者　各以才藝結主知　而挹彼注　玆莫不仰給於中丞　上嘗御便殿　召四人試其技　中丞未至　束手無策　亟宣召中丞至　則漱芳潤　傾液瀝　得其涓滴　揮灑自如　上笑曰　公等碌碌　皆因人成事者也　若中丞者　分其餘潤　足以沾漑藝林矣　由是恩遇益隆　而中丞益不自滿　且愼密　不敢有所漏洩　故終其身無傾覆　歲大旱　使持節都督蘇常潤三州諸軍事　中丞興水利　勤灌漑　石田皆爲良田　以故偶遇偏灾　而蘇常潤至今無惡歲　筆耕墨耒之子　咸利賴之　夫人白氏曰玉蜍　就深就淺　黽勉同心　稱賢內助云　其子姓蕃衍　散處四方　卽以其地爲氏

或居金鄕 或居銅陵 或居錫山 皆能世濟其美 有金小相者 爲歐陽通
所賞 亦其苗裔也 中丞之遺澤 涵濡深矣

舊史氏曰 封疆大吏 勤求民瘼 必以水利爲先 蓄洩有時 斯旱潦無
患 溝洫之志 河渠之書 宜盡心焉 中丞可謂勤其官矣 夫其虛而能受
滿而不溢 則又大吏所當取法者也 書曰 啟乃心 沃朕心 又曰 必有忍
其乃有濟 有容德乃大 中丞其庶幾乎.　　　　　　　　　　　　『古今滑稽文選』

수중승전 -『古今滑稽文選』에서

9

임금의 깊은 신임을 받은 팔방미인

– 민문진閔文振 : 저대제전楮待制傳

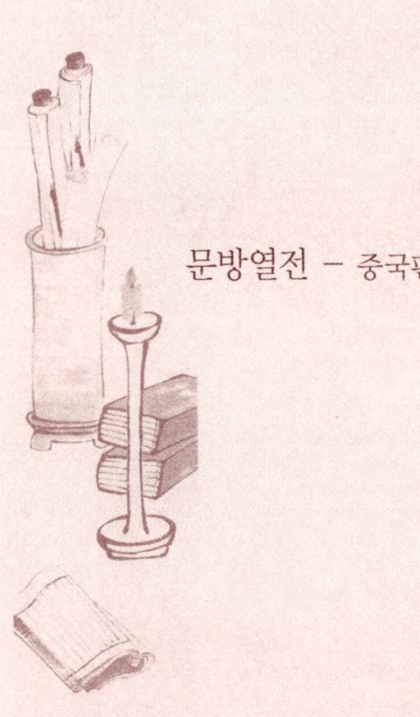

문방열전 – 중국편

임금의 깊은 신임을 받은 팔방미인
– 민문진閔文振 : 저대제전楮待制傳

평 설

　일찍이 한국의 여한麗韓 간에 이첨李詹(1345~1405)의 〈저생전楮生傳〉
이 있었고, 중국 명대에는 민문진閔文振(?~?)의 〈저대제전楮待制傳〉과,
청대에 장조張潮(1650~1709)의 〈저선생전楮先生傳〉이 있었다.

　이 세 작품에 관하여는 이전에 누구도 언급한 일이 없더니, 다만
연민 이가원 선생이 『조선문학사』(上, p.374)에서, "중국에 있어서는
1676년에 재세했던 『우초신지虞初新志』의 편자 장조張潮가 비로소 〈저
선생전〉을 썼고, 뒤를 이어 민문진의 〈저대제전〉이 있으나 이 작품
에 비하여 약 2세기나 뒤졌음을 밝혀둔다"고 한 바 있다.

　청대의 장조와는 비교가 가능한 셈이지만, 민문진은 워낙 사전이
나 인명록에서도 간단히 명나라 때 문인으로 자는 도충道充이라 한

정도가 전부일 뿐, 『명사明史』 열전에도 나타나 있지 않아 생몰년 추적이 어렵다. 조사 과정에는 '生卒不詳', 곧 생몰년을 알 수 없다는 기록도 보인다. 다만 그의 유작遺作인 〈저대제전〉을 통해 일호一號가 '난장자蘭莊子'임을 알 수가 있다. 기본적으로 의인 열전이 지니는 양식은 맨 마지막 단계에서 '太史公曰'·'史臣曰'·'贊曰'이라든지, 아니면 자신의 사호私號를 내세운 뒤에 자기의 견해를 표명하여 끝맺거니와, 마침 작중에 작자가 세운 이 명칭을 말미암아 그의 호인 것을 알겠다.

『명사明史』 권98 예문지藝文志의 子類 12에 보면 당시에 편찬된 도서 목록 가운데 민문진의 『이물유원異物類苑』 5권이 명백한 낯빛을 보이고 있다. 아울러 그 원편에 이 책이 잡가류雜家類로서, 67부部 2284권이라고 덧붙여 기록하였다. 다만 후대의 기록에는 책명을 『이물휘원異物彙苑』으로 한 곳도 꽤 보인다.

바로 이 예문지藝文志 목록 안에는 유명한 서예가이자 『화선실수필畫禪室隨筆』의 저자인 동기창董其昌도 나오고, 『노사路史』를 쓴 화가 서위徐渭의 이름도 보인다. 『전등신화剪燈新話』, 『향태집香台集』의 작자이기도 한 구우瞿佑와, 『소실산방필총少室山房筆叢』으로 유명한 호응린胡應麟 등, 이른바 소설가자류小說家者流들이 여럿 나타난다. 또 중국 의인 열전 역사의 한 페이지를 장식한 인사들, 이를테면 『필승筆乘』의 저자이면서 먹의 열전 〈적도후전翟道侯傳〉을 지은 초횡焦竑, 『오잡조五雜組』의 필자이자 〈빙호선생전氷壺先生傳〉의 작가로도 알려진 사조제謝肇淛도 있어 반가움을 더한다.

그런데 더욱 모색하여 보니 민문진에게는 이 『이물유원』 말고도 『섭이지涉異志』라는 또 한 권의 저술이 있음이 확인된다. 1939년에 장사長沙의 상무인서관商務印書館에서 발행했는데 이마두연구소 장서루목록利瑪竇研究所藏書樓目錄에서 이 목록을 찾으면 그 주제를

'Fantastic fiction'으로 분류하였으니, 글 읽기 전이라도 실린 내용의 성격을 짐작해 볼 길 있다.

나아가 중국 최대 검색 엔진이라는 '바이두[百度]'에서 민문진과 관계된 모든 정보를 탐사한 결과, 원元대에 한신동韓信同이 찬한 『한씨유서韓氏遺書』라는 책과 관련하여 다음과 같은 크게 괄목할 내용이 발견되었다.

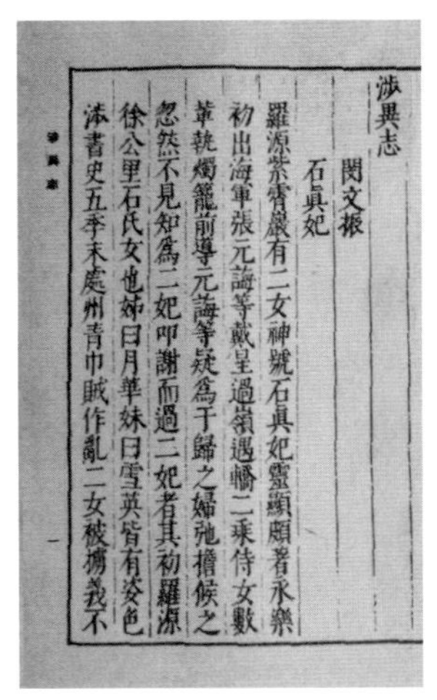

『涉異志』

是書明代先後有嘉靖閔文振與萬曆韓士元兩刻本行世 今皆不傳.

이 책은 명대를 전후하여 가정嘉靖 연간의 민문진閔文振 각본刻本과 만력萬曆 연간의 한사원韓士元 각본刻本이 세상에 나왔으나, 지금은 다 전해지지 않는다.

가정嘉靖(1522~1566)은 명나라 세종世宗의 연호이고, 만력萬曆(1573~1610)은 명나라 신종神宗의 연호이다. 가정 연간인 16세기 중반경 민문진이 편술한 판각본의 『한씨유서』가 세상에 유통됐다는 사실과 함께, 그가 대략 이 무렵에 활동했던 것으로 가늠되는 부분이다. 이러한 전제라면 민문진의 생졸의 기간도 큰 윤곽으로 보아 이첨보다 150년 정도 뒤요, 장조보다는 150년 정도 앞 시기의 인물인 것으로 유추가 가능해진다.

이로써 한중 종이 열전의 계보상 〈저생전〉은 〈저대제전〉보다 대략 150년 정도 앞섰고 〈저선생전〉보다는 300년 정도 선행했다고 말할 수 있겠다. 문학에 있어서도 중국이 전범典範이 되던 전통 시대의 풍토 안에서, 또 문방 열전을 포함한 의인 열전의 어느 것도 다름 없이 중국을 배웠던 일반적 추세와 대조하여 특기하지 않을 수 없다.

하지만 당말 9세기 경 인물로 추정되니, 문숭文嵩의 문방열전들 가운데 종이 전기인 〈호치후저지백전好畤侯楮知白傳〉이란 존재가 〈저생전〉보다 적어도 500년 정도 앞서 존재했다는 사실도 이에 망각할 수 없다.

그리고 지금 이 『이물유원』과 『섭이지』의 두 책에 공통점이 있다면 똑같이 환상적 허구의 내용으로 일관하고 있다는 것이겠는데, 이로써 〈저대제전〉의 작가 민문진의 작가적 성향을 대충 짐작해 볼 나위가 있다. 바꿔 말해 상상력 넘치는 이야기를 좋아하는 사람이었기에 〈저대제전〉과 같은 허구적 바탕의 창작도 가능했다고 볼 수 있는 것이다.

실제로 〈저대제전〉을 읽다 보면 그러한 허구 능력이 여느 가전에 비해 잘 나타나 있음을 포착해 낼 수 있다. 이를테면 곧장 주인공이 채륜과 만나는 것으로 하지 않는 대신, 그 만남의 직전에 닥 껍질이 섞여 질이 좀 떨어진다는 피지皮紙를 의인화한 저피楮皮를 등장시켰다. 종이 역사에서 피지는 마지麻紙의 다음 단계에 고안된 종이이다. 역시 채륜의 시대에 등지藤紙가 존재했는지는 고사하고라도, 바로 그 저피의 다음에 주인공인 저등楮藤이 나선다고 함으로써 종이사의 흐름도 살려내고 주인공의 면모도 돋보이게 만드는 효과를 살렸다.

그밖에, 임금이 먹의 인격화인 진원陳元과 주인공 종이 간의 흑과 백의 대조에 대해 대화를 나누는 대목, 산들바람이 닿자 정신이 산란하여 통 몸을 가눌 길이 없다고 한 것, 그러자 임금이 절진節鎭〔文鎭〕을 더해 주었다는 것, 누군가 지백을 걸어 투서한다는 대목, 또

文鎭. 일명 書鎭·鎭紙라고도 하는데 중국에서는 '壓尺'이라고도 칭한다.

가리개·부채·그림 등 그 역할이 다방면에 걸쳤다고 한 점 등, 다른 가전에 비해 모티브의 다양함 속에 아기자기한 맛을 띠고 있다. 어딘지 소설 읽기 같은 느낌도 없지 않은 바, 스토리텔링에 능숙한 솜씨를 지닌 민문진의 특성이 잘 반영되고 있다.

저대제전楮待制傳

　저대제楮待制의 처음 이름은 등藤[1]이다. 성장하여 세상의 쓰임을 받으면서 고쳐 지백知白[2]이라 한 바, 섬계剡溪[3] 사람이다.

　그 선대에는 산림 사이에만 숨어 살아 세상에 알려지지 아니한 채 거의 초목과 한가지로 문드러져 가고 있었다. 그러다가 전한前漢 시대를 지나면서 저선생楮先生이란 이가 비로소 이름이 드러났다.

　화제和帝[4] 때 중상시中常侍[5] 채륜蔡倫[6]은 문사文思가 있는데다 인재의 양성에 특출하여 널리 천하의 인재를 불러들였다. 그의 사자使者가 저씨楮氏에게 이르렀다가, 그 집 문에 '문명기본文明基本'이라 쓴 방榜을 보고는 돌아가 채륜에게 알렸다. 채륜이 급히 불러들이자 저피楮皮[7]도 함께 오게 되었더니, 채륜이 말하였다.

　"참으로 훌륭한 자품資品이로다. 다만 변화될 게 흠이로구나!"

　동시에 마름질하듯 다듬고 촉촉히 보듬어 주었더니 차츰 차분함을 나타내 보이기에 바야흐로 관사館舍[8]의 안쪽에 맞아들이었다.

　지백知白이 이 말을 듣고는 탄식하였다.

　"피皮는 천박하고 고루한데도 불구하고 누리는 은혜가 저 정도 하

---

1. 등나무. 이것으로 종이를 만드니 등지(藤紙)라 한다.
2. 광명한 뜻을 받들 줄 안다는 뜻으로, 저지백(楮知白)은 종이의 별칭으로 쓰임.
3. 절강성(浙江省) 승현(嵊縣) 남쪽의 물 이름으로, 등지(藤紙)의 명산지이다.
4. 후한(後漢)의 제 4대 황제. 이름은 유조(劉肇).
5. 진(秦)나라 때 처음 설치하고 한(漢)이 계승한 벼슬로, 궁중의 내사(內事)와 고문(顧問)·응대(應對) 등을 맡았다.
6. 후한(後漢) 때의 내관(內官). 그가 처음 종이를 만들었다고 전해지니, 그 종이를 채후지(蔡侯紙)라 한다.
7. 종이 껍질의 의인화 명칭.
8. 객사(客舍). 조빙(朝聘)하는 객을 접대하는 곳.

니, 이제 내가 나서야만 하겠구나!"

　다다르매, 채륜이 발을 걷어 보더니 칭찬해 마지 않으며,

　"문명文明9)의 기본基本은 바로 그대에게 있구려!"

말하고는 그를 이끌어 임금 앞에 알현시키었다.

　임금은 가상히 여기고 서로의 만남이 늦게야 이루어졌음을 한스러워 하였다. 일약 비서성秘書省10)의 만자령萬字令11) 벼슬을 내렸고 이윽고는 비각대제秘閣待制12)로 발탁 등용시키니, 그는 날마다 자신에게 주어진 임무를 받들었다.

　아득한 태고 적에 문자가 만들어진 뒤로는 죽씨竹氏와 백씨帛氏의 두 겨레13)가 세상에 귀하고 중한 존재로서 여러 천년을 지나왔지만, 지백이 쓰이고부터는 죽竹·백帛 양씨兩氏가 밀려나게 되었다.

　무릇 경사經史·예술藝術·백가百家·구류九流14)의 언어가 일시에 그의 힘을 빌려 천하에 퍼졌으며, 해당 시대의 기록들과 호적이며 신민臣民들 간 회람의 글과 간찰에 이르기까지 지백이 아니고선 소통의 도리가 없었던 것이다.

　그리하여 임금은 더한 총애로 대우했으니, 중서령中書令 모영毛穎15)

---

9. 인지(人智)의 밝아짐에 따른 인간 사회의 진보.
10. 도서(圖書)를 담당하던 관서(官署). 한(漢) 대에는 비서감(秘書監)이라 했고, 양(梁) 시대부터 이렇게 바뀌었다.
11. 고금의 온갖 글자를 관장하는 우두머리라는 뜻.
12. 비각(秘閣)은 궁중 안에 도서와 비기(秘記)를 저장해 두던 곳. 대제는 당(唐) 시대에 세운 벼슬로 천자의 하문(下問)에 응대하고 조칙 등을 초(草)하던 벼슬.
13. 종이가 발명되기 이전에 죽간이나 포백에 글씨를 썼던 일을 말한다.
14. 아홉 개의 학파. 곧, 유가(儒家)·도가(道家)·음양가(陰陽家)·법가(法家)·명가(名家)·묵가(墨家)·종횡가(縱橫家)·잡가(雜家)·농가(農家).
15. 중서령은 기무(機務)와 조명(詔命), 비기(秘記) 등을 관장하던 중서성(中書省)의 우두머리. 모영은 붓의 의인화 명칭. '毛穎者 中山人也.'[韓愈, 毛穎傳].

과 송자후松滋侯 진원陳元,[16) 만석군萬石君 나문羅文[17)이 임금의 좌우에서 모실 적마다 반드시 지백을 불러오라 했던 것이요, 그의 변폭邊幅[18)을 살펴 제대로 상의하고 자세히 기록케 한 다음에야 시행하였다.

황제는 그의 희고 깨끗한 품성을 어여삐 여긴 나머지, 진원에게 농담삼아 말했다.

"장강長江과 한수漢水에 씻고 가을볕을 쬐었으니 지백 같은 이는 가히 공자의 문도文徒라 이르겠거니와, 경은 이와는 반대이니 그것은 어인 일인고?"

그러자 진원이 대답하였다.

"백白의 실체를 알면서 흑黑을 지킴은 신이 저 스스로를 보전하는 방도이옵니다. 희디흰 것은 얼룩지기 쉬운 법이오라, 신은 지백이 제 명을 못 다 마칠까 저어하나이다."

임금은 웃으면서,

"경이 더럽히지만 않는다면야 달리 뉘라서 더럽히겠소?"

하자, 진원은 머리 조아려 용서를 빌었다.

어느날 아침, 지백이 경연經筵[19)을 시강侍講[20)하다가 산들바람에 닿자 신묘하기만 하던 정신이 산란하여 통 가눌 길이 없었다. 이때 그것을 지켜보던 임금이,

---

16. 송자후는 먹의 별칭. '玄光 宇處晦 燕人也 其先號 靑松子 天子重儒 封松滋侯.' [文嵩, 易玄光傳]. 진원 역시 먹을 의인화한 명칭.

17. 만석군은 벼루의 별칭. 본래 만석은 급여 일만 석의 벼슬인 삼공(三公)의 지위. 나문은 나문산(羅紋山)의 연석(硯石)으로 만든 나문연 벼루에 대한 의인 명칭.

18. 포백(布帛)의 넓은 정도. 전(轉)하여 사람의 외양, 혹은 기거 동작.

19. 임금 앞에서 경서(經書)를 강론하는 자리.

20. 임금 또는 동궁(東宮) 앞에서 경서 등을 강의하는 일. 시독(侍讀).

"짐은 경의 몸이 가냘파 바람 앞에서 견딜 수 없음을 본디부터 알고 있었노라. 이제 경에게 절진節鎮[21]을 더해 주변의 고을을 지켜 다스리도록 하리니 경은 근심하지 말라!"

하자, 지백은 머리 조아려 사례하였다.

"신의 주제에 부끄럽게도 성상의 두터운 은혜를 짊어졌사오니, 곧바른 지조를 다하지 않으리이까. 하찮은 이 한몸 던져 목숨을 다해 폐하의 은혜에 보답하겠나이다!"

선비 가운데 지백을 걸어 투서한 자가 있었는데, 그 가운데 터무니없는 말이 많았다. 지백은 이 사실을 알고는 화가 치밀었던 차에 마침 임금이 불러들이자 그 앞에 하소연하였다.

"저는 순백한 마음 한 가지로 외람되게 삼가 부리심을 받자온 지 수십 년이옵니다. 언제나 마음 속에는 가상한 언어와 순정한 글로 의리를 헤아려 밝힘으로써 사람의 마음을 맑게 하고 세상의 풍교風敎를 도우며 나라에 보탬이 되고자 바라면서 거의 이 한 생애를 욕되지 않도록 했나이다. 그런데 지금 미치광이 천한 자가 제멋대로 터무니없는 망언을 지껄여 신이 한 차례 오욕汚辱을 입었으매 그 난데없음을 씻고자 하옵니다. 진정으로 바라옵건대, 폐하께옵서 한차례 문자상의 그릇됨을 금지케 하시고 옛 도를 융성케 하시와 선비들 마음을 바르게 하시면 미더운 신하가 뜻을 얻고 세상에 쓰여 충성할 것이옵니다."

이에 임금은 그 말대로 따라 주었다.

또 지백이 그같은 오욕을 당한 것을 애석히 여겨 유학에 조예 깊

---

21. 절도사(節度使)와 번진(藩鎮), 또는 절도사의 관아인 절도부(節度府). 여기서는 종이를 누르기 위한 문진(文鎮)을 형상화한 표현이다.

은 신하에게 명하여 〈비섬등문悲剡藤文〉22)을 짓게 해서 그의 분함을
풀어 달랠 수 있도록 해 주었다.

지백의 재주는 다방면에 걸쳐 통달하였다. 할 수 있는 나머지 일
을 나타내 세울진대, 비나 햇빛을 가릴 수 있고 바람이나 이슬을 막
을 수 있었다. 몸을 일으켜 세우면 가리개가 되고, 휘저으면 부채가
되며, 고운 것을 바라보고는 그림으로 그릴 수가 있는 등 못하는 것
이 없는 이였으니, 공자께서 말씀한 군자불기君子不器23)의 의미에 거
의 가깝다고 하겠다.

만년에는 한가로움 속에 젖어 살았다.

조카뻘인 마麻·상桑·죽竹·견繭·폐포敝布·어망魚網 등24)도 하나같이
채륜의 힘을 빌어 성사를 보았다.

세상에서 또한 지씨紙氏를 일컬었으니, 지백에 이어 세상에 크게
쓰였으며 후사가 끊이지 않고 이어졌다. 바로 은광銀光25)·측리側
理26)·나문羅文27)·옥판玉版28)·납전蠟·29)·오사란烏絲欄30) 등이었는
데, 그 가운데도 오채五采가 영롱한 이가 더욱 세인의 애중愛重을 받

---

22. '섬계(剡溪)의 저등(楮藤)을 슬퍼하는 글'이란 뜻. 서원여(舒元興)의 유명한 〈비섬계
    고등문(悲剡溪古藤文)〉이란 작품을 의식한 뜻이다.
23. 군자는 한 가지 기능밖에 못하는 그릇과 같은 존재가 아니라는 말. 『논어(論語)』,
    「위정(爲政)」에, '子曰 君子不器.'
24. 각각 삼, 뽕나무, 대나무, 누에고치, 해진 삼베, 물고기 그물이니, 닥나무[楮]보다는
    못하나 모두 종이를 만드는 원료가 된 것들이다. '蔡倫…縑貴而簡重 幷不便於人 倫
    迺造意 用樹膚麻頭及敝布魚網 以爲紙.'[後漢書, 蔡倫傳].
25. 은광지(銀光紙). '江寧縣有紙官署…常造凝光紙 賜王僧虔 一云銀光.'[丹陽記].
26. 측리지(側理紙). '南人以海苔爲紙 其理縱橫邪側 因以爲名.'[拾遺記].
27. 나문지(羅文紙). 비단 무늬가 있는 종이인 듯.
28. 옥판선지(玉版宣紙). 선지(宣紙)의 일종.
29. 납지(蠟紙). 밀초 빛깔과 비슷한 종이. 또는 밀랍을 발라서 만든 종이.
30. 오사란지(烏絲欄紙). 검은 줄을 친 괘선지(罫線紙).

았다.

난장자蘭莊子[31]는 이르노라.

「나는 양철사楊鐵史[32]의 〈석장인록石丈人錄〉

을 읽은 적이 있다. 그런데 생각해 보니, 석

씨石氏의 얼굴에 새겨진 흠집은 갈아 없애

버릴 수 있지만, 조악한 글이 저등楮藤을 욕

보인 사실이야말로 다시는 씻어볼 길이 없

양유정

는 것이다. 함부로 소모해 버리는 과오는 한갓 섬계剡溪의 들녘을 못

쓰게만 함이라. 서원여舒元輿[33]는 이를 슬퍼했던 나머지 문장으로써

조상弔喪하였던 것이니, 애달프구나!

지백이 제왕에게 하소연하자 제왕이 그의 분을 풀어주었던 일로

제왕의 생각이 분명히 나타났고, 허구한 세월이 흐르도록 이를 듣는

이가 두려워할 수 있던 것이다. 지백을 아무나 쉽게 부릴 수 있기에

양철사와 서원여의 경고에 저촉되는 일이 생기는 것 아닌가!

그런데 일신의 위상을 세워야만 벼슬도 기약할 수 있는 것이다. 위

衛나라의 재상이 되지 못했기에 미자彌子[34]가 권세를 장악하지 못하

였고, 맹자가 제齊나라의 벼슬을 마다했기에 우사右師[35]가 맹자와 얘

기할 수 없었다고 한 이것은 무엇을 말함인가?

---

31. 이 글의 작자인 민문진(閔文振)의 사호(私號).

32. 명(明) 대의 문인인 양유정(楊維楨)의 아호(雅號). '楊維楨自稱鐵史.'[輟耕錄].

33. 당나라의 문인. 〈모란부(牧丹賦)〉가 한 시대에 이름을 날렸다.

34. 춘추시대 위(衛) 영공(靈公)의 총애를 받다가 쫓겨난 미자하(彌子瑕)인 듯. 공자가
곧은 사람이라고 한 위나라 대부 사어(史魚)는 그를 소인으로 간주했다.

35. 제(齊)나라의 벼슬 명칭이나, 여기서는 그 시대에 우사(右師)의 고관을 했던 왕환(王
驩)의 일을 말한 것이다. 그가 상가(喪家)에 갔을 때 다른 사람들은 모두 말을 붙였
으나 맹자는 그와 이야기하지 않았다. 그가 맹자에 대한 불만을 표하자, 맹자는 관
직 서열의 예로써 반박하였다. [孟子, 離婁·下] 참조.

진정 사람 사이의 인연인 것이다. 지백이 참으로 어질었고, 채당蔡
璫36)은 지백의 어짊을 말미암아 공자와 맹자의 법도를 수행하였다.
아아, 높은 벼슬아치가 조정에 가득한 중에 어질기가 암만 지백과
같다 해도 다른 사람이 끌어주는 덕을 입지 못한다고 한다면, 이는
또 누구의 허물이라 할 건가. 이럴 때에 속으로 채당을 대수롭지 않
게 여기는 이는 거의 드물 것이다.」

淵民 李家源 선생이 1982년 필자에게 써 준 司諫 鄭知常의 대동강 시

---

36. 채륜(蔡倫)을 말함. 당(璫)은 귀엣고리에 달린 구슬로, 환관들의 장식품으로 쓰였으
   므로 환관을 일컫는 말이 되기도 했다.

楮待制傳

　　楮待制初名藤　及長爲世用　更名知白　會稽剡溪人　先世索居山林
無所聞於世　幾與草木同朽腐　歷前漢有楮先生　始以名顯　至和帝時
中常侍蔡倫　有文思　善造就人材　辟召遍天下　使者抵楮氏　見榜其門
曰　文明基本　歸以告倫　倫亟聘之　得楮皮者俱來　倫曰　眞良材也　但
欠變化耳　於是刮劑浸漬　漸見春容　方延館簾內　知白聞而嘆曰　以皮
之陋　且沾優渥　吾可出矣　旣至　倫揭簾見之　嘖嘖曰　文明基本　其在
君乎　引以見帝　帝嘉賞　恨相得之晚　超拜秘書省萬字令　尋擢秘閣待
制　日承任使　蓋自書契旣造　竹氏帛氏二族　貴重於世者　旣數千年　及
知白用　而竹帛氏遂廢　凡經史術藝百家九流之說　皆托以行天下　及當
代注記册籍　臣民文移簡札　非知白不達也　帝益加寵待　每中書令毛
穎　松滋侯陳元　萬石君羅文侍左右　必召知白至　展其邊幅　有諮議須
令省記　方可施行　帝嘉其潔白　戲語陳元曰　江漢以濯　秋陽以暴　若
知白者　可謂孔氏之徒矣　而卿與之反何哉　元曰　知其白　守其黑　臣得
自全之道焉　皦皦者易污　臣懼知白之不終也　帝笑曰　卿不加汙　誰復
汙之　元頓首謝　一旦知白侍經筵　屬微風　神思亂飄不定　帝曰　朕固知
卿體薄　不耐風　今加卿節鎭　俾邊郡護領之　卿無患矣　知白叩謝曰　臣
辱荷厚恩　敢不竭方正之節　捐菲薄之軀　以死報陛下　士有以文辭投知
白者　頗涉謬惡　知白怒　會召　因愬帝曰　臣精白一心　仰叨任使者數十

年 每願得嘉言醇文 推明義理 以淑人心 以翊世敎 以利益國家 庶不
忝此一生 今狂生淺夫 任情謬惡 臣一被汙辱 欲雪無由 誠願陛下一
申文字乖謬之禁 以隆古道 以正士心 以亮臣區區用世之忠 帝從其言
且惜其蒙辱 命儒臣撰悲剡藤文 以舒其憤 知白才博而通 推其餘 雨
暘可蓋 風露可幛 竪可屛 揮可扇 觀美可圖畫 無不能爲者 夫子所稱
不器 庶幾近之 晩年就閒 族子曰麻 曰桑 曰竹 曰繭 曰敝布 曰魚網
幷出蔡氏作成 世又稱紙氏 繼知白 大用於世 傳嗣不絕 其號銀光側
理羅文玉版蠟牋烏絲欄者 間好五采 尤爲世所愛重云

　蘭莊子曰 予讀楊鐵史石丈人錄 謂石氏文面之垢 可磨以去 而惡
文辱藤 不可再雪 至乃暴耗之過 徒夭閼剡野 舒元興爲之悲而弔以
文 嗚呼 知白之懇帝 帝爲之紓其憤 心事了了 千百世之下 聞之者可
以懼矣 知白而可易用之 以犯鐵史元興之遺論哉 然進身之因 仕之占
也 衛卿可不得 而彌子不主 齊祿可辭 而右師不可與之言 何者 愼所
因也 知白洵賢 而蔡瑠因之以出 果孔孟之法哉 噫 縉紳充廷 賢如知
白 不蒙引手之德 斯又誰之過也 其不內愧蔡瑠也者 幾希矣.

『古今滑稽文選』

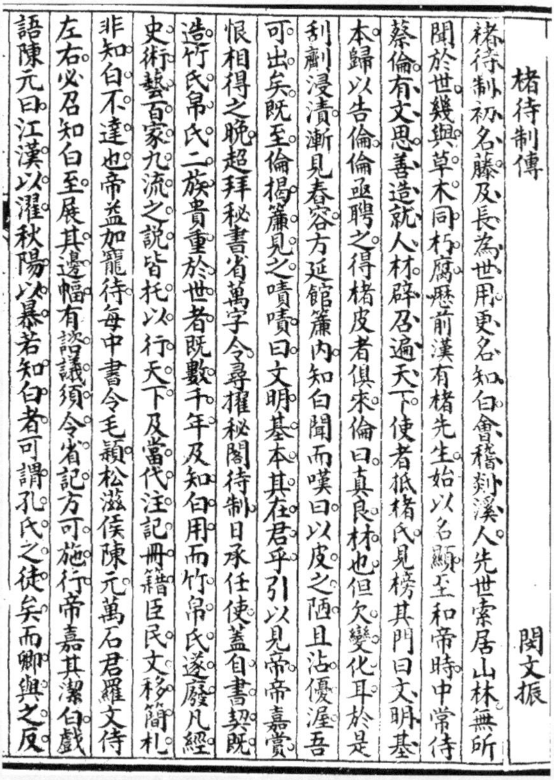

楮待制傳　　　　　閔文振

楮待制初名藤及長為世用更名知白會稽剡溪人先世索居山林無所
聞於世幾與草木同朽腐懋前漢有楮先生始以名顯至和帝時中常侍
蔡倫有文思善造就人材辟召遍天下使者抵楮氏見榜其門日文明基
本歸以告倫倫亟聘之得楮皮者俱來倫日真良材也但欠變化耳於是
剡溪浸漬漸見春容方延館簾内知白聞而嘆日以皮之陋且沾優渥吾
可出矣既至倫揭簾見之嘖嘖日文明基本其在君乎引以見帝帝嘉賞
恨相得之晚超拜秘書省萬字令尋擢秘閣待制日承任使蓋自書契既
造竹氏帛氏二族貴重於世者既數千年及知白用而竹帛氏遂廢凡經
史術藝百家九流之說皆托以行天下及當代注記冊籍臣民文移簡札
非知白不達也帝益加寵待每中書令毛穎松滋侯陳元萬石君羅文侍
左右必召知白至展其邊幅有諮議須令省記方可施行帝嘉其潔白戲
語陳元日江漢以濯秋陽以暴若知白者可謂孔氏之徒矣而鄕與之反

〈저대제전〉-『古今滑稽文選』에서

10

문방의 벗들 덕에 출세한 저선생

— 장조張潮 : 저선생전楮先生傳

문방열전 – 중국편

문방의 벗들 덕에 출세한 저선생

— 장조張潮 : 저선생전楮先生傳

평 설

〈저선생전楮先生傳〉을 지은 장조張潮는 명말 청초의 문인이다. 흡현歙縣 사람으로, 자는 산래山來·심재心齋이다. 청조의 태평기였던 강희康熙 연간에 활약한 바, 한림공목翰林孔目의 벼슬을 지낸 것으로 알려졌다. 『심재시집心齋詩集』·『화영사花影詞』·『화조춘추花鳥春秋』·『주율酒律』·『빈과貧卦』·『시환詩幻』·『청루흔淸淚痕』·『완월약玩月約』·『연장聯庄』·『연소聯騷』 등 여러 방면의 저서를 남겼다. 이에 더하여 명말 작가들의 소품 글을 모아 놓은 『단궤총서檀几叢書』, 청초 학자들의 저작들을 모아 놓은 『소대총서昭代叢書』 등도 있다. 오늘날은 특히 대표 저서 격으로 100편에 가까운 청대 전기 문언소설文言小說들을 수록한 『우초신지虞初新志』와, 자신의 인생과 삶의 주변에 대한 명언을 나

열한 개인 단위 일종의 문학적 격언집인『유몽영幽夢影』이 잘 알려져
있다.

여담이지만 저자는 1970년대 초반에 중국의 석학 문한文翰인 임
어당林語堂(1895~1976)의『생활의 발견』을 열독熱讀한 적이 있다. 그 상
세한 구어句語들을 이제 와 이루 기억할 길 있으랴. 그럼에도 이 책
중의, "더운 여름날 무더운 하늘에 갑자기 먹장구름이 끼더니 시원
한 소나기가 힘차게 내리쏟는다. 아아! 이 얼마나 행복한가!"라는 글
귀를 40년이나 지난 지금도 생생히 기억하고 있다. 바로 그 임어당도
『유몽영』에 대해 "이런 종류의 격언집은 중국에 많이 있으나, 그 내
용에 있어서 장조張潮의 것에 견줄 만한 책은 없다. (중략) … 이 책
은 많은 사람들이 애독하여 중국 학자들이 즐거운 마음으로 격언
하나하나에 대하여 평석評釋을 쓰기까지 하였다"며 칭찬을 아끼지
않은 바 있다.

그렇게 인기 높았던 작가인 장조는『유몽영』안에서 서법에 관해
다음과 같은 소견을 펴기도 했다.

　　楷書須如文人 草書須如名將 行書介乎二者之間
　　해서는 모름지기 학문하는 선비처럼, 초서는 지용을 겸전한 장
　　수처럼, 행서는 이 둘의 어간에서 써야 하나니.

아울러서 다음의 명언들을 남긴 당사자가 바로 그였다.

　　律己宜帶秋氣 處世宜帶春氣.
　　자기 단속은 추상처럼, 처세는 봄기운을 띠어야 하네.

人皆苦炎熱 我愛夏日長.

남들은 모두들 찌는 더위 괴롭다지만, 나는야 길고 긴 여름날이
마냥 좋아라.

讀經宜冬 其神專也 讀史宜夏 其時久也 讀諸子宜秋 其致別也 讀
諸集宜春 其機暢也 經傳宜獨坐讀 史鑒宜與友共讀.

겨울에는 사서삼경 같은 경전을 읽어야 한다. 정신이 집중되는
때인 까닭이다. 여름에는 역사서를 읽을 일이다. 느긋한 시간이
기 때문이다. 가을엔 제자백가를 읽을 일이다. 사상의 운치가
각별하기 때문이다. 봄에는 후대 작가들의 문집을 읽을 일이다.
대자연이 소생하여 화창한 생명력을 불어넣는 때문이다. 경전은
혼자 앉아 읽고, 역사는 벗과 함께 강독하며 읽어야 좋겠다.

　다만 문방사우에 대한 철언哲言은 좀처럼 찾기 어려운 가운데 다
음의 말들 안에 겨우 끼어든 정도이다.

酒可以當茶	술은 차를 대신할 수 있어도
茶不可以當酒	차는 술을 대신할 수 없나니.
詩可以當文	시는 문을 대신할 수 있어도
文不可以當詩	문은 시를 대신할 수 없나니.
曲可以當詞	곡은 사를 대신할 수 있어도
詞不可以當曲	사는 곡을 대신할 수 없나니.
月可以當燈	달은 등을 대신할 수 있어도
燈不可以當月	등은 달을 대신할 수 없나니.
筆可以當口	붓은 입을 대신할 수 있어도

口不可以當筆　　입은 붓을 대신할 수 없나니.
妃可以當奴　　　여종은 사내종을 대신하여도
奴不可以當妃　　사내종은 여종을 대신 못하니.

여기선 아주 잠깐 붓에 관해 얘기했으나, 정작 사우 중에서 유독 종이를 택해 전기를 쓴 것을 보면, 혹 그가 사우 가운데 종이의 비중을 우선시했던 건 아닌지 모르겠다. 그게 아니라면 이야기를 엮는 데 종이 쪽에 할 말이 보다 많아서였을까?

두 번째와 세 번째 구는 문학에 관한 그의 생각을 엿볼 수 있는 절호의 단서가 될 만하여 흥미롭다. 특히 두 번째 구절로 인해 장조가 산문보다 운문을 더 우선시하고 있음을 한눈에도 간파할 수가 있다. 그리하여 그가 허구적 산문체인 〈저선생전〉을 창작한 일 역시 한시 등 운문에 버금가는 창작 행위쯤으로 다루었을 가능성을 생각해 볼 수 있는 것이다. 그러나 이러한 생각이 반드시 장조 한 사람의 문학관이라기보다는 역대 문인 전반에 공통되는 문학사적 큰 조류임도 부인하기 어려운 사실이었다.

장조도 100편 가까운 전기傳奇 소설집인 『우초신지虞初新志』를 엮은 행적이 있는, 역시 또 한 사람의 이야기 전문가였다. 그의 종이 열전 〈저선생전〉에서 모영·나문·진현이 임금 앞에 저선생을 추천하여 함께 활약한다는 소재는 상투적이지만, 주인공이 원방遠方의 오랑캐를 외교적인 변설을 펴서 해결했다는 얘기는 새롭다. 바람을 두려워하여 산들바람만 닿아도 갑자기 부들부들 떨며 혼자 지탱할 수 없다고 한 화소話素는 〈저대제전〉과 유사하다. 하지만 문진文鎭이거나 풍진風鎭을 나타낸 바, 옥을 채워 진정케 해 주었다는 발상은 참

신하다. 그리하여 이같은 기지의 발휘와 함께 그의 종이 열전에도 단순 나열이 아닌 스토리 성향이 자못 드러나 보인다.

돌이켜 보면 거북의 등딱지와 짐승의 뼈에다 빠듯한 상태로 꾸려 나가다가 많은 대쪽들 안에 넉넉한 메시지를 담아 묶은 죽간 책의 시대로 넘어갈 때, 인간은 얼마나 쾌재를 부르면서 만족해 했을까? 진정 '책冊'이란 글자는 대쪽들이 나란히 엮여져 있는 형상, 그야말로 완연한 하나의 그림 문자였던 것이다.

그것만으로도 충분한 문화 충격이었는데, 시간이 조금 더 흐르면서 종이 시대의 개막을 알리는 마지麻紙가 나왔고, 피지皮紙가 그 뒤를 이었다. 후한 2세기 초에는 바야흐로 한나라 채륜蔡倫이라는 관리에 의해 채후지蔡侯紙라는 새로운 형상의 종이가 만들어짐으로 해서 종이는 발전의 급물살을 탔다.

이를 계기로 문학·역사 등 인문의 제반 기록에도 일대 혁신이 일었고 서화의 발달도 촉진할 수 있게 되었을지니, 이렇듯 종이의 발명과 발달의 의미는 하필 후한이라는 한 시대에만 국한되지 않고 이천 년 가까운 오늘에까지 커다란 의의로 인식되고 있다. 이 말이 결코 과장이 아니라는 것이, 현대 21세기가 시작될 무렵에 세계의 석학들이 인류 최상의 발명품으로 종이를 꼽았다는 말도 나왔다. 인류의 위대한 발견 발명들 가운데는 형이상적인 것도 있고 형이하적인 것도 있어 나란히 비교하기 어색한 국면도 없지는 않지만, '발전'이란 명제 안에 하나로 통합시켜 놓았을 때조차 종이의 발명이 인류 최대 최고의 사건으로 거론되기 일쑤다.

종이가 발명된 이래 인간은 그것을 들여다보며 희로애락喜怒哀樂,

미국 타임지가 선정한 '역대 최고 발명가'에 종이를 발명한 중국 고대과학자 채륜을 뽑았다. – 中國網新聞中心 2007년 11월 8일자

아니 희로애구애오욕喜怒哀懼愛惡欲의 이른바 칠정七情을 이루 겪지 않을 길이 없었겠다. 하지만 사실은 그 오묘하여 일일이 측정할 수 없는 마음의 작용을 이루 나열할 길 없어 가장 보편타당한 대표적인 정서만을 옛 성인이 함축적으로 말했을 따름이었다. 그야말로 '오만 가지 생각'이란 말도 있거니, 인간의 정서가 어디 일곱 가지에만 국한될 뿐이랴. 여하간 인류가 이 종이와 함께 살아오면서 그것을 수중手中에 들고 보았든, 서안書案 또는 암상巖上에 놓고 보았든, 벽상壁上에 현액으로 걸고 보았든, 인간은 바로 이 메시지가 담긴 종이를 대면하며 기뻐 웃고, 가슴 아파하고, 슬퍼 눈물 흘리며, 혹은 절망하고 분노하고 즐거워하였던 것이다.

이렇게 종이는 감성의 매개 구실을 다하였을 뿐 아니라, 역사·문학·철학 같은 인문의 기록에 극진하였으며, 사회과학·자연과학 및 예술의 모든 분야에 걸쳐 지식과 정보와 미美의 전신자傳信者 역할을 충실히 이행한, 인류 앞에 위대한 공헌자임이 분명하다. 생각해 보면 인간 세상을 이성으로 끌어온 힘도 다름 아닌 종이의 덕분이요, 몽매를 걷고 밝게 보게 만드는 스승 역할을 한 것도 바로 이 종이 덕택이었다. 하물며 한 장 종이에 사람의 명운이 달렸을 순간은 또 얼마나 하였는지 알 수 없다. 어느 때는 이 한 장으로 생사로生死路가 갈리고, 또 사람의 행과 불행, 길흉과 화복이 달라지기도 했다. 기막힌 그 정경이야 고금을 관류하여 다를 바가 없는 일이니, 돌이켜 종이가 지니는 위력은 생각보다 훨씬 상위에 있음을 실감케 된다.

사실 책이면 책이지, 오늘날은 그 앞에 '종이'라는 구차한 수식어를 붙여야만 하는 시대에 살고 있다. 20세기 후반, 디지털 시대에 소위 전자책의 출현으로 그 구분이 필요해진 것이다. 종이 신문·종이 편지·종이 사진 등등이 다 같은 신세가 되었다. 이른바 제 4세대 신문으로 불리기도 하는 인터넷 신문과 인터넷 메일이 우선 치고 들어오는 현실임이다.

하지만 '성인聖人도 종시속從時俗'이라 했거늘 따를 만한 추세면 따라야 한다. 그러니 흐름대로 갈 일이다. 다만 한 가지 문제가 있다면 인터넷과 전자책의 출현에 전통 종이책은 사라지겠는가 하는 것이다. 하긴 많은 이들이 라디오와 TV의 출현에도 무릅쓰고 잘 견뎌온 종이 신문의 건재에 대해 말한다. 이대로 계속 잘만 버텨 나간다면 종이 매체가 도태되진 않을 수도 있다는 희망을 걸고 있다. 지금은 책의 플러스 효과에 대한 다음과 같은 글에서도 위안을 삼아야만 하는 시대이다. 민병욱의 「종이책은 죽지 않는다」의 일부이다.

우스갯소리로 도구로서 책의 유용성을 얘기하는 사람도 적잖았다. 뜨거운 찌개냄비를 책으로 들거나 받침으로 썼다는 것이다. 하숙생 시절 친구 여럿이 둘러앉아 책 위에 올려놓고 후후 불며 먹은 음식 맛을 아직도 잊지 못하는 사람이 많았다. 교사들은 출석부와 함께 회초리 대용품으로 책을 쓴 일이 있고 파리, 모기 등을 쫓거나 잡는 데도 책을 사용했다. 눈·비 올 때 우산, 빚쟁이와 마주쳤을 때의 얼굴 가리개, 책걸상 다리의 균형자, 베개, 덮개, 망치, 도배지, 부채, 불쏘시개, 신분증 등의 쓰임새도 책은 훌륭하게 수행했다. 월급쟁이들은 비자금 은닉처, 숨은 지갑으로 책을 애용했다고 말했다. 무심코 옛 책을 뒤적이다 만 원짜리 몇 장이 흩뿌려질 때의 행복감을 잊을 수 없더라는 얘기다. 봄, 가을엔 꽃잎과 낙엽을 책갈피에 껴놓아 '그 해의 내 마음'을 감춰놓았다는 사람, 헌책방 책에서 옛 친구 이름을 발견하고 상념에 젖었다는 사람도 있었다.   - 2004년 11월 4일자 다산포럼 -

책의 기발한 용도에 대한 나열이 흡사 현대판 또 한 편의 종이 열전 한 부분을 보는 양하다. 이제 첨단시대 전자문화의 위협 속에서도 그것이 결코 따라올 수 없는, 꿈도 꿀 수 없는 것이 있다면 그건 바로 정서적인 교감, 다사로운 휴머니즘의 체온일 것이다.

〈저생전〉에서는 종이 한 주인공의 내력이 통시적으로 전개된다. 종이의 발명 시기인 한대부터, 위진魏晉·수隋·당唐과 작자 당시인 원元·명明에 이르기까지 주인공이 기나긴 역사를 관류하여 사는 인물로 되어 있다. 반면 〈저대제전〉과 〈저선생전〉에서는 한나라 채륜의 시절에 한정시켜 이야기가 펼쳐지고 있다.

〈저선생전〉의 구성이 통시적으로 전개되다 보니 중국 관련 갖가지 고사들의 나열이 필수적으로 따르게 되었고, 특히 평결부에 가면 해당 시대에 대한 상세한 역사적 지식이 없이는 이해가 곤란한 국면에까지 이르고 있다. 여기 비해 한시적限時的인 구성을 띤 중국 작품들의 경우 주인공의 이런저런 행적들을 열거하는 과정에 현학적인 면모는 거의 없다.

또 그 용도 면에서 〈저생전〉은 책·화선지·회계 장부·밀서·지폐 등 종이가 세상에 쓰인 내력을 다양하게 펼치고 있다. 〈저대제전〉에서는 책과 문서, 비와 햇빛을 가리고 바람과 이슬을 막는 일과, 가리개·부채·그림의 역할을 열거한 반면 〈저선생전〉에서는 임금의 조서·외교문서·관리 임면서·교정서校正書 등의 역할을 나열하고 있다.

조금은 다른 용도가 특색 있고 재미있거니와, 대조해 보니 그 차이점은 더 나타난다. 〈저대제전〉의 주인공은 산들바람에 닿았다 하면 신묘하던 정신이 산란하여 가눌 길이 없는 인물이다. 그래서 임금이 절진節鎭의 직책으로 진정케 했다고 했다. 〈저선생전〉의 저선생 역시 바람을 두려워하여 산들바람만 닿아도 부들부들 떨며 몸이 요동하여 혼자 지탱하지 못하는 인물이다. 여기의 임금은 몸에다 옥을 채워 줌으로써 진정케 한다. 이처럼 중국의 문조文藻에서는 종이와 바람의 관계가 나타나지만, 한국의 〈저생전〉에는 바람 얘기가 없다.

이처럼 세 작품 사이에 차이점도 있으나 공통점도 발견된다.

〈저대제전〉은 종이 중에서도 등나무 껍질을 원료로 만든 등지藤紙를 인격화한 작품이다. 등지는 섬현剡縣에서 생산된다고 하여 '섬지剡紙'로도 불린다. 지금의 절강성에 위치한 섬현은 남쪽으로 섬계剡溪와 조아강曹娥江의 상류가 흐르는, 예로부터 등나무 종이의 명산지이다. 〈저선생전〉도 같은 회계군會稽郡 소재의 섬계가 고향인 것으로 되어 있다. 이첨의 〈저생전〉 역시 회계이니, 세 작품 모두에서 같다.

다음 공통점의 또 한 가지는 종이 발명자로 알려진 채륜의 이미지와 비중이었다. 참고로 당나라 9세기경 문숭의 〈저지백전楮知白傳〉과 조선조 박윤묵(1771~1849)의 〈저백전楮白傳〉에서도 예외일 수 없었다. 이렇듯 종이를 다루던 작가치고 채륜을 언급하지 않던 이는 없다고 해도 과언이 아닐 만큼 채륜의 위상은 막중한 것이었다.

원래 채륜의 종이 관련 언급은 후한 6대 황제인 안제安帝(106~125) 때에 유진劉珍이 편한 『동관한기東觀漢紀』가 처음이 아닌가 싶다. 이 책 안에 채륜(?~121) 발명의 채후지에 대한 가장 이른 기록이 들어 있기 때문이다. 그 내용은 아주 간략하였다.

> 黃門蔡倫典作尙方作紙 所謂蔡侯紙也.
> 환관인 채륜이 상방尙方의 벼슬에 있으면서 종이를 만들었는데,
> 이를 채후지蔡侯紙라고 한다.

유진은 그 생애가 채륜의 생애와 같은 시간대 안에 있다. 그야말로 시대의 산 증인이라 할 수 있는 그가 실은 채륜이 채후지라는 종이를 만들었다고 했을 뿐, 종이를 '처음' 만들었다고 말하지 않았다. 최초라고 하지 않았음에도, 이들보다 300년도 더 나중 사람인 남북조시대 송宋의 범엽范曄(398~446)은 424년, 『후한서』를 편찬할 때 이렇게 기술하였다. 채륜이 화제和帝 앞에 종이를 만들어 바쳤다는 때 (105)로부터 320년 정도 흐른 뒤의 일이다.

> 自古書契多編以竹簡 其用縑帛者 謂之爲紙 縑貴而簡重 並不便於
> 人 倫乃造意 用樹膚 麻頭及敝布 魚網以爲紙 元興元年奏上之 帝
> 善其能 自是莫不從用焉 故天下咸稱蔡侯紙.

예로부터 사물을 표시하는 글자의 부호는 대부분 죽간으로 엮었다. 비단을 사용했을 경우 지紙라고 하였다. 하지만 비단은 귀하고 죽간은 무거워 둘 다 사람들에겐 불편했다. 채륜이 이에 창의성을 발휘하여 나무껍질·삼베 결·해진 천·어망 등으로 종이를 만들었다. 원흥 원년(105)에 이를 황제께 올리자 임금이 그 기능을 좋게 여겨 이때부터 여기저기 쓰이지 않음이 없었다. 그리하여 세상에서 모두 이것을 채후지蔡侯紙라고 불렀다.

그리하여 이 글로 인해 마치 채륜이 최초의 종이 발명자인 것 같은 인식을 주고 있고, 또한 나중 시대가 그만 채륜의 종이 기원설 쪽으로 단정 짓게 만드는 발단처럼 되었던가 보다.

하지만 엄정히 말하면 범엽 또한 채륜이 '조의造意'했다고 서술하였다. 조의造意란 지금까지 없는 일을 새로 생각해 냄, 고안考案의 뜻이다. 창의성을 발휘하여 죽간과 비단 기록의 시대를 비로소 마감시킨 당사자처럼 되었기에, 채륜이 최초의 종이 발명자로 인식된 것이 아닌가 싶다. 하지만 이 표현은 옛것을 본받아 새로운 것을 창안해 낸다(法古刱新)는 의미로도 얼마든지 해석 가능한 여지가 있는 말이다. 그렇다면 범엽은 이런 뜻으로 말한 것인데, 공연히 후대 사람이 지레 앞서 갔던 것은 아닐까?

다만 범엽이 한 가지 오해의 소지를 남기기는 하였다. 다름 아닌 채륜이 비단과 죽간의 바로 다음에 종이를 만든 당사자인 것처럼 적었으니 그럴 법도 한 일이었다. 실상은 그 사이를 연결했던 마지麻紙의 존재가 있었던 사실을 그가 몰랐던 것일까?

『후한서』의 인용문에 보면 대개 채륜이 종이를 만들 때에 이용한 재료들로 이해되는 것, 곧 비단과 닥나무를 포함하여 나무껍질·마

麻·고기잡이 그물 등등, 보다 다양한 사물들이 나온다. 흥미로운 것은 그 가운데 마麻도 들어가 있음을 볼 수 있으니, 직전에 있던 마지의 존재를 실감케 하는 국면이다.

채륜이 위에 열거한 것들을 한꺼번에 합쳐 분쇄하였는지, 아니면 따로따로 여러 등급의 종이를 다양하게 제조해 내었는지는 정확히 알 수 없다. 하지만 적어도 이 마당에 그가 종이 발명의 첫 원조元祖가 아니라 창신刱新의 주체, 곧 파격적인 개량 및 대량 생산의 당사자라는 사실이 가능성으로 제고되는 것이다.

그런데도 후대 사람들이 유독 채륜을 들어 높이 칭송하는 데는 이유가 따로 있을 터이다. 곧 아직 마지를 만들기 위한 과정상의 기술적인 것, 또는 비용의 문제 등에서 상당한 애로가 있었으리란 추측이다. 이같은 문제들을 누군가가 척결해 내었다면 크게 칭송받고도 남음이 있었겠는데 바로 그 숙제를 한꺼번에 해결한 공로자, 다시 말해 값싼 비용으로 부드럽고 신속하게 대량 생산의 가능성을 처음 펼친 인물이 바로 채륜이었을 것으로 점치는 것이다.

하지만 큰 공로가 첫 발명의 진실마저 바꿀 수는 없는 일이다. 마침 20세기에 들어 꾸준한 탐사 및 연구의 성과로 종이의 최초 발명은 채륜보다 더 거슬러 올라감이 사실화되었다. 예컨대 1986년 감숙성甘肅省 천수시天水市 방마탄放馬灘에서 발견된 바 B.C.179~141년 사이 축조된 무덤 속의 마지麻紙 등으로 인해 이미 B.C. 2세기경의 종이 존재가 인정되었으니, 오늘날 채륜 발명설은 의의를 잃고 말았다.

그럼에도 옛날 종이에 대해 쓰는 문인文人·사가史家들은 꿈에조차 이러한 사실을 인식하지 못했던 것일까? 현상적으로는 죽백竹帛·연참鉛槧의 안에 최초의 종이 발명가로만 각인된 채륜을 시대 초월의 엄숙한 묵계인양 세전世傳함으로써 그 모든 영예와 영광은 채륜 한

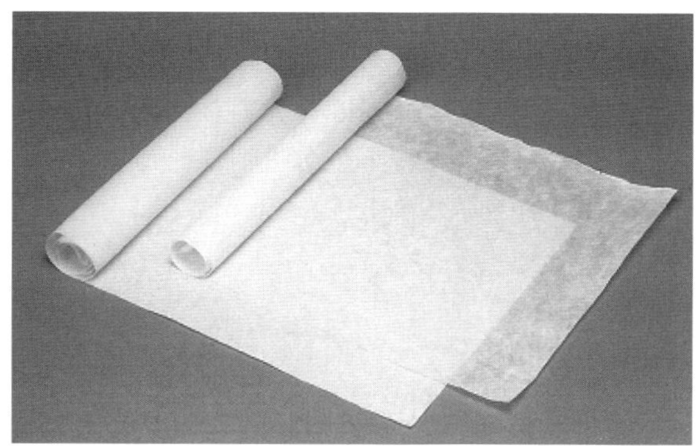

사람에게로 남았다. 마치 붓의 최초 발명자를 진나라의 몽념에게만
고정시킨 고식姑息의 인순론因循論처럼.

그 사실로 문득 저 수고邃古 시대, 몽념과 채륜보다 더 이른 세월
에 각자의 분야에서 꾸준히 창안하고 계발해 내었던 초창기의 이름
없는 장인匠人들을 위해 아쉬움과 안타까움의 감회가 애연藹然히 일
었다. 이 마당에 저자는 '지紙' 운韻 평기식平起式의 오언절구 한 편을
지어 못다한 연민의 소회를 달래기로 하였다.

弔古無名匠
— 이름 없는 옛 장인을 탄하다 —

秦誇蒙恬毫　　진나라는 몽념의 붓 치레를 으스대고
漢譽蔡侯紙　　한나라는 채륜의 종이를 자랑 삼았지.
今日非源流　　이금에 어이 본래 바탕도 아니라 하니
虛哀邃匠氏　　괜스레 아득한 시절의 장인들 서러워.

저선생전楮先生傳

회계會稽[1] 저선생楮先生이란 이는 선대先代가 어디인지 출신을 알 수가 없고, 또한 그 이름과 성씨도 전하지 않는다.

저선생은 됨됨이가 부드럽고 온화하며 단아하고 말쑥한데다 바르고 깨끗하다는 칭송이 있었다. 글을 잘 지었을 뿐만 아니라 감추어 물러남과 드러내 나아감의 의미도 잘 이해하였다.

세속의 탁한 흐름을 받아들이고 싶지 않아 회계군會稽郡 섬계剡溪[2] 사이에서 고고히 은둔하며 스스로를 저선생이라 불렀으니, 사람들도 따라서 그렇게 호칭하였다.

어렸을 적엔 채륜蔡倫[3]을 사사事師하여 성취한 바가 많았다.

평소에 흡주歙州[4] 출신 나문羅文,[5] 강絳[6] 출신의 진현陳俖,[7] 중산中山[8] 출신 모영毛穎[9]과 가까운 벗이었으니, 그가 나서는 곳이면 필경 함께 하였다. 모영과는 더욱 막역하여 간혹 누가 맡겨 부리는 일이 있으면 시키는대로 차분하게 따르지 않음이 없었으니, 진현이 저씨한테 볼일이 있어 부르고자 할 때에도 반드시 모영의 중개를 빌렸던

---

1. 중국 절강성(浙江省) 소흥현(紹興縣) 동남쪽의 산 이름.
2. 절강성 승현(嵊縣) 남쪽의 물 이름이니, 이곳의 물로 종이를 만들면 상당히 아름답다고 한다. 등나무 종이의 명산지이다.
3. 후한(後漢) 때의 내관(內官)으로 그가 처음 종이를 만들었다고 전해진다. 그 종이를 채후지(蔡侯紙)라고 한다.
4. 안휘성(安徽省) 소재의 고을 명칭. 흡주연(歙州硯) 벼루 재료의 명산지이다.
5. 나문산(羅文山)의 연석(硯石)으로 만든 나문연(羅文硯) 벼루에 대한 의인 명칭.
6. 강주(絳州). 산서성(山西省) 소재의 고을 이름으로, 먹의 명산지.
7. 먹의 의인화 명칭.
8. 안휘성(安徽省) 선성(宣城)의 북쪽, 강소성(江蘇省) 율수현(溧水縣) 남쪽의 산. 붓 만드는 토끼털의 명산지이다.
9. 토끼털 붓의 의인 명칭.

刻溪

것이다. 다만 글을 짓는 일에 있어서 만큼은 약간 데면데면하였다.

뒤에 그 세 사람이 모두 지체 높아지고 현달하였으니, 나문은 만석군萬石君10)에 봉해졌고, 모영은 중서령中書令11)을 제수 받았으며, 진현은 묵경墨卿12)에 임명되었다. 하지만 저선생만은 조그만 부서의 장長의 자격으로서조차 임금 가까이에 나아가 뵌 일조차 없이, 그저 초목과 더불어 퇴락해 감을 스스로의 분수로 알았던 것이다.

하루는 임금이 어진 이를 구한다는 조서를 내리고자 모영으로는 그 초안을 작성토록 하고, 진현으로는 글을 새겨 닦으라 하고, 나문에게는 윤색토록 명하였다. 그러자 이에 세 사람이 요청을 드리었다.

"신 등이 비록 소임과 사명을 받았사오나 저희 세 사람의 역할만으로는 사방에 전파될 수가 없나이다. 소신들의 벗인 저선생이란 이

---

10. 벼루의 별칭. 본래 만석(萬石)은 월급 일만 석의 벼슬인 삼공(三公)의 지위.
11. 기무(機務)와 조명(詔命)·비기(秘記) 등을 담당한 중서성(中書省)의 우두머리.
12. 먹에 대한 의인화 경칭(敬稱).

는 전적典籍에 재주가 있을 뿐 아니라 여러 사람의 다양한 능력들을 한 곳에 집약시킬 수 있는 자라, 만일 함께 도모할 것 같으면 신 등도 거기 의지해서 성과를 펼 수 있겠나이다!"

이에 임금은 측근의 신하들로 하여금 회계로 가 불러오라는 조칙을 내리었다.

저선생은 바야흐로 깊은 숲 사이에 몸을 의탁하고 돌과 나무 더불어 유유히 있다가 스스로를 쓸모 없는 군더더기 재주라는 말로 사양하며 나아가지 아니하였다. 그러자 군현郡縣에 재촉하는 조서가 내려지면서 동시에 그를 끈으로 붙들어 매고 수레에 실었다.

당도하자 흰 옷을 입고서 깍듯이 임금께 알현하니, 임금이 그의 소박한 바탕을 눈여겨 보고 기뻐하였다. 상서령尙書令13)의 버슬을 내리면서 웃음을 띠고 말하기를,

"예전에 백의재상白衣宰相14)이 있었더니, 지금엔 다시금 백의상서白衣尙書가 있구료!"

하면서, 황포黃袍15)를 벗어 그에게 입혀 주었다.

"그대는 짐의 뜻을 잘 본받아 어진 이를 구하는 조서를 맡도록 하오!"

저선생이 사은하고 명을 받자와, 그 즉시 자신의 능력을 펴서 여러 사람이 이뤄 놓은 성과들을 한 곳에 집약시키었다. 절차에 따라 처리해 나감에 모든 것이 그대로 문장을 이루었기에, 임금은 대단히

---

13. 상서성(尙書省)의 우두머리. 상서성은 군명(君命)의 출납 및 군신(君臣) 간 문서 왕래의 일을 맡았던 관서(官署).

14. 직위는 없어도 재상의 봉록(俸祿)을 받는 사람. 양(梁) 무제(武帝) 때 도홍경(陶弘景 451~536)이란 이가 산중에 은거하였지만 왕이 국사(國事)의 자문을 구하며 봉록을 내리니, 사람들이 산중재상(山中宰相)이라 했다.

15. 황색 빛깔의 상의. 수(隋)나라 이후에 천자의 예복이었다.

가상하게 여기었다.

때마침 원방遠方에서 오랑캐가 일
어났다. 무신들마다 군사를 일으켜
야 한다는 의논이었는데, 신하 가
운데는 군대를 일으키면 비용의 소
모가 많을 것이라고 말하는 사람도
있었다.

저선생은 외교적인 언변에 솜씨
가 있었다. 한번 변설을 펴면 반드

백의재상 도홍경

시 상대를 승복케 하였으니, 임금도 선생이 외적들을 잘 주선 처리
할 수 있음을 알고 있던지라 급히 가도록 했다.

선생이 거기 당도해서 이해득실을 따지며 변설을 펴 보였더니, 과
연 오랑캐는 목을 빼어 늘이며 명령을 듣게 되었다.

승전보를 받은 임금은 기뻐 말하였다.

"저생의 이번 출행出行은 십만 군사보다 요만조만 나은 정도가 아
니로다!"

이로부터 네 사람이 서로 지기知己의 벗으로서 조정에 함께 나가
온 힘을 쏟으며 정사政事를 관장하였다. 책문策文[16]과 조고詔誥[17] 일
체를 반드시 여럿이 의논한 후에 각자의 능력을 폈거니와, 그 때마
다 저선생이 각별한 총애를 입었다. 그리하여 직책상으로는 유한柔
翰[18]으로 호칭했지만, 임금이 불러다가 볼 때에는 저경楮卿이라고 불

---

16. 천자의 관리 임용 및 해임에 관한 글. 책서(策書), 간책(簡策)에다 쓴 데서 유래함.
17. 조서(詔書). 황제가 신민에게 국가의 정사(政事)에 관해 알리는 글. 한나라 때 황명
　　은 책서(策書)·제서(制書)·조서(詔書)·계서(戒書)의 네 가지가 있었다.
18. 붓[筆]의 별명. '弱冠弄柔翰, 卓犖觀群書.'[文選, 左思, 詠史詩].

풍진(左)과 옥 문진(右)

렀다.

다만 천성이 바람을 두려워하였거니, 산들바람만 스쳐 닿아도 갑자기 부들부들 떨며 온몸이 요동을 하는 통에 혼자 지탱할 수 없었다. 그러자 임금이 가련히 여기고서 몸에다 옥玉을 차게 하여 진정할 수 있도록 해 주었다.

몇 달이 못되어 중서령은 늙어 무뎌짐으로 하여 정사에서 물러나고, 묵경 또한 자신의 재주와 쓸모가 다해 수명을 마쳤다.

몇 년이 지나서는 만석군마저 과실로 말미암아 향리로 쫓겨나니, 저선생만이 궁중에 간직된 책들을 교정하고 빠짐 없이 기록하게 되었다.

이에 임금이 애틋이 돌아보며 생각해 주었지만, 나문 등이 이미 가버린지라 외로운 곳에서 누구와도 접할 길 없이 되었다.

게다가 두蠹[19] 출신의 좀도둑같은 신하가 저선생의 재능을 시기하

여 매일같이 어전御前에서 그의 축나고 빠진데 대한 시비를 들먹거렸다. 임금이 저선생의 몸을 보아하니 나날이 메말라가고 있었다. 또 그가 대수롭지 않다 싶은 부분을 살필 시에는 갈수록 흐지부지 덮어 넘기곤 하였다.

그리하여 노쇠함을 이유로 사직을 명하고, 그의 아들로 자리를 이어받게 하였는데, 아들 역시 아버지의 업적을 너끈히 계승할 수가 있었다.

그와 친족 관계로서 벼슬에 현달한 자가 대단히 많았으며, 높은 지위에 오른 이가 이루 헤아릴 수 없을 정도였다. 학사學士와 대부大夫로부터 제자백가諸子百家에 이르기까지 누구든지 함께 지내되 단 하루도 그들의 도움 없이는 될 수 없었으니, 부드러움과 온화함, 단아함과 말쑥함에서 의연히 그 선조의 풍도를 이어받음이 있었다.

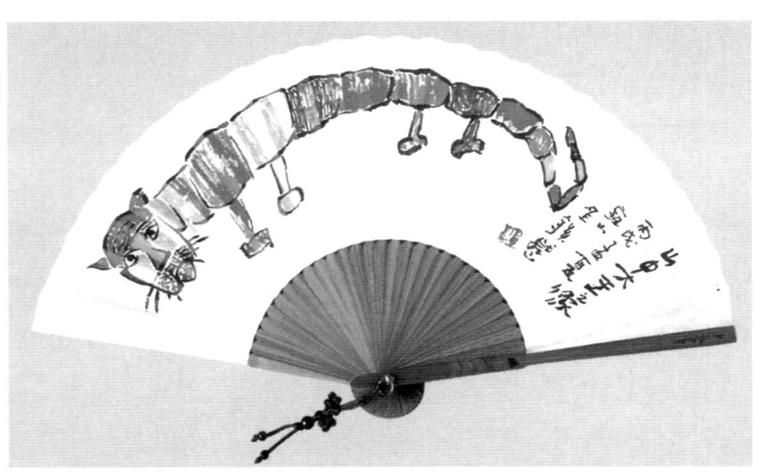

실용과 예술의 두 얼굴을 지닌 부채는 전통과 현대의 경계에서 넘나든다.
2006년 9월에 영인문학관이 개최한 '바람속의 글·그림 부채전'에 전시된
寶山 김진악의 〈山中大王之像〉

楮先生傳

會稽楮先生者　上世不知何許人　亦不傳其名氏　爲人柔和端整　有方潔稱　善屬文　識卷舒之義　不欲受汚流俗　高隱會稽剡溪間　自號楮先生　人因以是呼之云　幼時師事蔡倫　其所造就爲多　居常與歙州羅文　絳人陳玄　中山毛穎相友善　其出處必偕　而與穎尤莫逆　間有任使　隨所指畫　莫不帖然從　卽玄欲有所致於楮　亦必藉穎爲介紹　獨於文爲稍疎　後三人咸貴顯　羅封萬石君　毛授中書令　陳拜墨卿　獨楮未嘗以尺寸長干謁於上　蓋自分草木同朽腐焉　一日上欲下求賢詔　命毛穎草創　陳玄琢磨　羅文潤色　三人辭以臣等雖蒙任使　然三臣所爲　不能行之四方　臣友楮先生者　工於典籍　又能舖集衆長　得若共事　臣等可藉以施功矣　上乃勅侍臣徵之會稽　楮方托體林麓間　與木石居遊　自以樗櫟餘材　辭不就　詔郡縣敦迫　縶維登車　至乃衣素衣　磬折見上　上以其樸素　顧而喜　拜尙書令　且笑之曰　昔有白衣宰相　今復有白衣尙書乎　解黃袍衣之　爾體朕意　爲求賢詔　楮謝受命　卽展己之長　集數子所爲者　加以敘次　皆成文章　上甚嘉焉　會遠方寇起　武臣咸議興兵　或謂興兵則多費　楮生善於辭命　使說之必降　上亦知先生能辦賊　趣之行　先生至　爲之陳說利害　寇果延頸受命　報捷　上喜曰　楮生此行　賢於十萬師遠矣　嗣是四人以知舊同朝　戮力秉政　凡策文詔誥之屬　必僉謀始各奏其能　而楮常沐異寵　名之曰柔翰　召見呼楮卿　顧性畏風　遇

微颺　輒戰栗　舉體搖動　不能自持　上憐而佩之玉以爲鎭　不數月　中
書令以老戀謝政　墨卿又才盡壽終　踰年　萬石君亦以關失斥歸　惟楮
校書中秘　纂錄無遺　上時加眷顧　然文等已去　孤處無接　且有蠹國鼠
竊之臣　嫉其才能　日揭短長缺損於上前　上見楮體日薄　考之小事　漸
復糊塗　乃令休致　以子領其職　亦克繼父績　而其族緣以宦顯者甚衆
衣朱紫者　不可勝計　自學士大夫　以至諸子百家　皆與之相處　不能一
日無之左　其柔和端整　猶有乃祖風焉.　　　　　　　　『古今滑稽文選』

楮先生傳　　張潮山來

會稽楮先生者。上世不知何許人。亦不傳其名氏。爲人柔和端整。有方潔稱善屬文識。卷舒之義。不欲受污流俗。高隱會稽剡溪間。自號楮先生。人因以是呼之云。幼時師事蔡倫。其所造就爲多。居常與歙州羅文絳人陳伈中山毛穎相友。善其出處必偕。而與穎尤莫逆。間有任使隨所指畫莫不帖然從。即伈欲有所致於楮。亦必藉穎爲介紹。獨於文爲稍疎。後三人咸貴顯。羅封萬石君。毛授中書令。陳拜墨卿。獨楮未嘗以尺寸長干謁於上。蓋自分草木同朽腐焉。一日上欲下求賢詔命毛穎草創。陳伈琢磨羅文潤色。三人辭以臣等雖蒙任使。然三臣所爲不能行之四方。臣友楮先生者工於典籍。又能舖集眾長。得若共事。臣等可藉以施功矣。上乃勅待臣徵之。會稽楮方。托體林麓間。與木石居遊。自以樗櫟餘材。辭不就詔郡縣敦迫鏧維登車至。乃衣素衣蠻折見上。上以其樸素顧而喜拜尚書令。且笑之曰。昔有白衣宰相。今復有白衣尚書乎。解黃袍衣之。爾體朕意爲求賢詔。楮謝受命。即展已之長。集數子所爲者。加以敍次。皆成文章上甚

〈저선생전〉 –『古今滑稽文選』에서

이정규李廷珪가 탄생시킨 명묵名墨의 일생

– 초횡焦竑 : 적도후전翟道侯傳

문방열전 – 중국편

11. 이정규李廷珪가 탄생시킨
명묵名墨의 일생

— 초횡焦竑 : 적도후전翟道侯傳

평 설

〈적도후전翟道侯傳〉은 명나라의 초횡焦竑(1540~1620)이란 이가 먹을 인격화한 의인 열전이다. 초횡은 강녕江寧 출신으로 자는 약후弱侯, 호는 담원澹園 또는 의원漪園이라 했다.

명나라 말기 신종神宗이 '만력萬曆'이란 연호와 함께 정치하던 이 시기(1573~1619)는 내부적으로 볼 때 황제의 무능과 환관의 발호跋扈 등으로 정치적인 구심점을 상실하여 있었고, 잇단 자연 재해 등으로 지방에서는 민중의 봉기가 곳곳에서 일어나기 시작하던 때였다. 또 외부적으로는 왜구의 침략과 여진족의 급격한 성장으로 불안한 기류 속에 겨우 나라의 명맥을 유지하여 있던 시간대였다.

1592년에는 조선에서 임진왜란이 일어나 명나라에서는 대규모 지

초횡

원군을 파병하느라 국력을 소모하였다. 한쪽에서는 여진족의 통합에 성공한 누르하치努爾哈赤가 1616년 칸汗의 자리에 오르며 후금後金을 건국한다. 이후 신종이 물러나고 희종熹宗을 거쳐, 의종毅宗 대에 이르러 명나라의 명운도 다하게 된다.

초횡은 바로 이같은 다사다난한 풍진세월의 한 중간인 만력 17년(1589)에 회시會試에 장원한 이래 한림원수찬翰林院修撰 및 황장자시독皇長子侍讀 등의 관리 생활을 하였다. 문文·사史·철哲 모든 방면에 정통한데다 사상가思想家·장서가藏書家·고음학가古音學家·문헌고거학가文獻古據學家 등 다양한 분야에서 이름을 떨쳤다. 다음은 『명사明史』 문원열전文苑列傳 안의 〈초횡전焦竑傳〉이 그에 대해 일러주는 말이다.

博洽群書 自經史至稗官 無不淹貫 善爲古文 典正訓雅 卓然名家.
군서群書에 해박하였으니 경사經史에서 패관稗官에 이르기까지 두루 통하지 않음이 없었고, 고문을 잘 하였으니 전정典正하고 순아馴雅한 뛰어난 명가名家였다.

널리 뭇 서적들을 접하지 않은 것이 없었기에 집안에 서고가 두 층에 걸쳐 있었고, 그것들을 일일이 자기 손으로 교정하였다. 『중국장서가고략中國藏書家考略』에는, '장서가 두 개 층의 다섯 개 기둥을 꽉 채웠다(藏書兩樓 五楹俱滿)'고 기술하여 있다. 그의 많은 유저 가운데 『초씨장서목焦氏藏書目』은 그 방대한 장서를 편집·정리하여 1부 2

권으로 만든 책이다.

한편, 초횡은 성품이 소직疏直하여 시사에 옳지 않은 일이 있으면 그것을 언론으로 나타내곤 했다. 아울러 당시 만력 연간의 명사들인 왕사정王士禎·기효람紀曉嵐·장정옥張廷玉 등이 하나같이 매도했던 양명학파 반체재 문사인 이탁오李卓吾(본명: 李贄, 1527~1602)와도 소극적이나마 교류했던 인물이기도 했다.

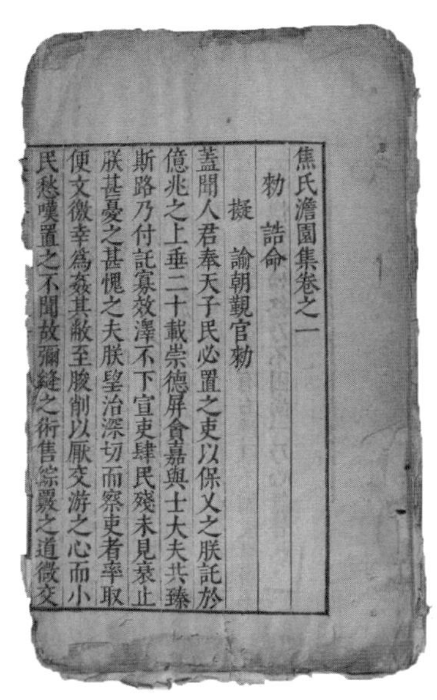

『澹園集』

그런 이유들 때문이었는지 정부에서는 그를 복녕주동지福寧州同知란 외직으로 보내버렸다. 일 년 남짓 만에 돌아왔지만 다시금 좌천으로 경질을 당하니, 마침내 벼슬에 나가지 않았다. 만 80세로 졸하였고, 복왕福王 때에 문단文端이란 시호를 추서 받았다. 『담원집澹園集』·『담원속집澹園續集』·『옥당총화玉堂叢話』·『초씨필승焦氏筆乘』·『초약후문답焦弱侯問答』·『초씨유림焦氏類林』·『역전易筌』·『우공해禹貢解』·『손국충신록遜國忠臣錄』·『지담支談』·『노자익老子翼』·『장자익莊子翼』·『음부경해陰符經解』·『헌징록獻徵錄』·『희조명신실록熙朝名臣實錄』·『국사경적지國史經籍志』·『중원문헌中原文獻』 등의 저서가 있다.

그러한 초횡이 지은 〈적도후전〉은 한나라로부터 오대五代까지의 먹의 역사를 한눈에 펼쳐 그린 우화 열전이다.

묵환

현재까지 확인된 바 고형체로 된 먹의 가장 오래된 유물은 전한前漢 시대의 작은 나라로, 기원전 203년부터 기원전 111년까지 존속했던 남월국南越國의 왕묘에서 출토된 '묵환墨丸'이라 할 수 있다.

소나무의 그을음을 이용한 송연묵松烟墨의 생산은 후한後漢(25~220) 대인 기원후 1세기 초와 3세기 초 사이로 알려져 있다.

한대의 문헌인 『후한서後漢書』와 『동관한기東觀漢記』에는 2세기 초인 화제和帝 때 각국에서 한나라에 먹을 헌납했고, 나라의 대사 때에 황제는 황태자나 고관·학자에게 먹을 하사했다고 하는 기록이 있다. 『한관의漢官儀』에도 상서령 복승랑僕丞郎에게 다달이 유미묵隃糜墨 2매 씩을 주었다고 적혀 있고, 허신許愼의 『설문說文』에도 '검은색 먹은 송연으로 만든다'는 말이 나온다. 송대의 문헌 『묵경墨經』에도 한나라 때에 소나무로 먹을 만들었다는 기록을 그대로 수용하고 있다. 바로 송연묵을 말함이니, 이때 재료로 사용된 소나무는 섬서성陝西省 유미현隃糜縣과 종남산終南山 지역의 것이었다고 한다.

이미 장방형의 송연묵이 한창 사용되고 있던 3·4세기, 서진西晉의 문인인 육기陸機와 육운陸運 형제간에 주고받은 서신에 석묵편石墨片에 관한 이야기도 있어 흥미를 더하는데, 바로 골동의 묵환墨丸이었던 듯싶다.

당나라 말엽 역수易水 출신의 이름난 묵공墨工인 해초奚超와 이정규李廷珪 부자도 송연묵을 제조하였다고 하니, 결국 송연묵의 제조는 한대부터 당대까지에 걸쳐 있는 셈이다.

송연묵의 이후에나 유연묵油煙墨이 등장한다. 일설에는 기존 송연묵의 원자재인 우량 소나무의 공급이 위축되자 새롭게 고안해 낸 방식이 유연묵이라는 설도 있다. 이것은 가장 우수한 기름인 동유桐油(오동나무기름)를 포함하여 채유菜油(유채기름)·마유麻油(마 기름)·저유猪油(돼지기름) 등을 태워 얻은 그을음에 가죽 아교인 피교皮膠나 사향麝香·용뇌향龍腦香 등을 더한 다음, 갖풀 즉 아교를 섞어 만든 기름먹이다. 송연묵에 비해 아교의 비중이 많아졌지만 치밀 견고하고 마모가 적으면서 빛깔이 뛰어난 상등의 먹이다.

이것의 발명과 사용은 당나라 바로 뒤의 오대십국五代十國 시대에 이르러서인 것으로 본다. 오대십국 시대란 907~960년의 약 50년 사이에 흥망한 나라와 그 시대를 말한다. 황하 유역의 중원中原 지역에서 후량後梁·후당後唐·후진後晉·후한後漢·후주後周 등 다섯 왕조가 연속적인 흥체를 거듭하였으니, 이를 오대五代라 한다. 중원 밖에서는 전촉前蜀·후촉後蜀·오吳·남당南唐·오월吳越·형남荊南·민閩·초楚·기岐·연燕·남한南漢·북한北漢 등 10여 개 나라가 난립하였으니, 이를 10국이라 한다.

바로 이 시절, 곧 당 멸망의 즈음과 오대 사이에 이초李超·이정규李廷珪 부자가 등장하여 먹의 제조에 획기적인 역사를 장식하게 된다. 북송의 문관인 소이간蘇易簡은 『문방사보文房四譜』 중의 〈묵보墨譜〉 '二之造' 안에 이들 부자에 관련된 내용을 기사로 썼다.

江南黟歙之地 有李廷珪墨尤佳 廷珪本易水人 其父超唐末流離渡江 覩歙中可居 造墨故有名焉 今有人得而藏于家者 亦不下五六十年 蓋膠敗而墨調也 其堅如玉 其紋如犀 寫蹤數十幅 不耗一二分也.

강남 이현黟縣과 흡현歙縣 지역의 이정규 먹이 더욱 훌륭하다. 정

규는 본래 역수易水 사람이다. 그 아버지 초超는 당나라 말년에
이리저리 떠돌다가 강을 건너서 흡중歙中이 살만하다 하고 거기
서 먹을 만든 계기로 이름을 얻게 되었다. 지금 그 먹을 얻어 집
에 간직하고 있는 이가 있거니, 암만해도 오륙십 년은 되었는데
대개 아교는 변질됐지만 먹은 고르다. 단단하기 옥과 같고, 무늬
는 무소뿔 같으며, 수십 폭을 넘게 쓰고 그래도 십분지 일·이도
닳지 않는다.

『사문유취』 문방사우부文房四友部 ‘墨’ 門의 ‘古今事實’ 란에도 〈이정
규묵李廷珪墨〉이라는 표제 하에 이들 부자를 언급하고 있는데, 여기
서 또 다른 정보를 접할 수 있다.

李超易水人 唐末子廷珪 亡至歙州 其地多松 因留居 以墨名家 超
本姓奚 江南賜姓李 其墨有劍脊圓餅 面多爲龍紋 仁宗宴羣臣於羣
玉殿 嘗以其墨賜 有雙脊龍樣尤爲佳品.

이초李超는 역수易水 사람이다. 당나라가 끝나갈 무렵 혼란의 와
중에서 아들 정규와 함께 달아나 흡주歙州로 망명했더니, 그 땅
에 소나무가 번성하였기에 머물러 살다가 묵의 명가가 되었다.
원래 성은 ‘해奚’였으나 강남에서 ‘이李’씨 성을 하사 받았다. 먹
의 표면은 칼등이나 둥근 떡의 모양도 있지만 대부분은 용 문양
을 하고 있다. 인종仁宗이 군옥전羣玉殿에서 군신들에게 잔치를
베풀 때 이 먹을 내리곤 했다. 양쪽 등에 용의 모양이 있는 것을
더욱 가품으로 여겼다.

원래의 성은 해奚씨였는데, 남당의 후주後主인 이욱李煜의 인정을

얻고 새로 이李씨 성을 하사받았은 사실 하며, 나아가 그들 부자가 만든 먹의 형상, 그리고 왕실이나 황실에서 명품으로 다루었던 실상 등을 구체적으로 알려주고 있다. 아들인 이정규는 아버지보다 더욱 이름을 얻었으니, 그는 각별히 오동나무 씨앗을 태운 유연매油煙煤도 함께 활용했다고 한다.

이들 부자의 명성과 함께 송대에는 안휘성 황산 일대의 휘주徽州가 먹 생산의 주요 거점이 되면서, 휘주묵徽州墨이 저명한 먹의 대명사 노릇을 하였다. 그리하여 송대 선화宣和 연간(1119~1125)에는 '황금 얻기가 쉬울진정 이씨 먹은 구하기 어려워(黃金易得 李墨難求)'라는 유행어조차 나왔다 한다.

지금 이 〈적도후전〉의 주인공 유黝는 바로 이 오대 시절에 탄생한 것으로 되어 있다. 곧 이정규 부자에 의해 탄생된 유연묵, 그 새로운 시대의 첫 주자인 것이다.

흥미로운 것은 〈적도후전〉에 앞서 문숭文嵩이 지은 먹의 전기인 〈송자후역현광전〉이 있었지만, 여기에서는 그 이야기 바탕이 오직 송연묵 일색이고 유연묵에 대한 것은 전혀 그림자도 비추지 않는다. 필자는 앞서 문숭의 문방사우 열전을 다룰 때 그가 당나라 후반기의 인물일 것으로 추단했거니와, 이 송연묵과 유연묵을 단서로 다시 한 번 그 사실에 힘을 실어 볼 길이 생긴다. 곧 문숭은 아직 당나라의 국체가 유지되던 시절을 살던 문인인지라, 나중 시대인 오대십국 때에 나왔을 유연묵油煙墨의 존재를 알 리 없음이 당연한 것이다.

송의 희녕熙寧·원풍元豊 연간(1068~1085)에는 장우張遇란 이가 유연油烟에 사향麝香을 섞어 금박을 입힌 용향묵龍香墨을 만들어 왕에게 바쳤다고 한다. 그 뒤로도 일류 묵공들이 속출하였으니, 특히 섭무실葉茂實이라는 이는 먹 찌끼가 안 생기는 청묵淸墨을 제조하였다고 한다. 명묵의 수집가로도 유명한 소동파蘇東坡는 이른바 동파법묵東坡法墨으로 직접 먹을 제조하기도 하고 채색화에 쓰는 홍화묵紅花墨이란 것을 개발해 내기도 했다고 한다.

이처럼 유연묵이 발명되었다고 해서 기존의 송연묵이 사라진 게 아니라 공존 병행했음을 알 수 있다. 그리하여 원·명·청대에 또한 송연묵과 유연묵이 나란히 제조되었거니와, 특히 명대는 먹의 황금 전성기로 이 시대의 명묵名墨은 오늘날 제묵법의 모범이 되고 있다. 그 중에도 소나무의 청연淸煙으로 만든 송연청묵松烟靑墨, 즉 당묵唐墨이 유명하다.

바로 이 명대의 산물인 〈적도후전〉은 먹의 역사를 전傳 형태로 풀어낸 한 편의 '이야기 묵사墨史'라 할 수 있다. 우선 송연묵에서 유연묵으로 넘어가는 커다란 분수령을 다루고 있고, 이어 유연묵 시대의 토픽 이모저모를 그려내고 있다.

적도후전翟道侯傳

적도후翟道侯[1]의 성은 칠조漆雕[2]요 이름은 유黝[3]로, 옛 상당上黨 출신이다.

공자 문하에 이름이 난 자가 72인이었는데, 그 가운데 칠조漆雕라는 성을 가진 이가 세 분이었다.[4] 그러나 유黝 만은 학업을 포기하고 분리씨芬里氏[5]를 따라 노닐면서 집안에 이름을 내었다.

먼 조상은 유미隃糜[6]이다. 한나라 급사중給事中[7]이 매때마다 자신의 보좌관으로 하여금 숙직을 시켰는데, 그 때 반드시 유미도 동반토록 하였더니, 드디어는 음력 10월 초하루에 객경客卿[8]의 벼슬을 내려 주었다.

한나라 원제元帝[9]가 호胡 오랑캐 앞에 힘을 과시하고자 수많은 길짐승이며 날짐승들을 죄다 장양長楊의 사웅관射熊館[10]으로 몰아다가

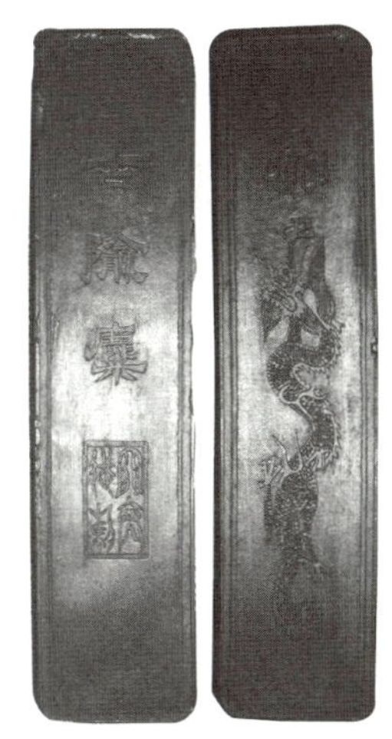

隃糜墨

---

1. 먹에 대한 의인화 명칭. 묵적(墨翟)의 도(道)를 줄인 말인 듯. 원래 적도(翟道)는 섬서성(陝西省) 중부현(中部縣) 서북쪽의 한나라가 세웠던 고을 이름.
2. 원래 복성(複姓)이나, 여기서는 검게[漆] 아로새긴[雕] 먹의 속성을 살린 표현.
3. 검푸른 빛 먹이 청흑색을 띠고 있음에서 취한 표현이다.
4. 칠조도보(漆雕徒父)·칠조개(漆雕開)·칠조치(漆雕哆)의 세 사람을 말한다.
5. 분(芬)은 향기이니, 묵향(墨香)에 대한 의인법인 듯.
6. 먹의 이칭. 원래는 섬서성의 현(縣) 이름이나, 동시에 먹의 명산지인 까닭이다.
7. 비답(批答) 또는 천자의 유시를 내각(內閣)에서 받아 발표하는 일을 맡던 벼슬.
8. 먹의 이칭. 본래 이국인(異國人) 출신의 경(卿)을 말하나, 이렇게 쓰게 되었다.
9. 유학을 좋아하였으나 우유부단한 성품이라 환관들에게 흔들림을 당했다. 이 시기에 후궁인 왕소군(王昭君)이 흉노에게 강제로 시집간 애화(哀話)가 유명하다.
10. 섬서성 주질현(盩厔縣) 동남쪽의 궁전 이름. 진(秦)나라의 옛 궁궐을 한나라 때 중수

揚雄

산림山林과 소택沼澤 담당의 관리들로 하여금 손으로 때려잡게 하는 놀이를 즐겼다. 당연히 농사의 수확을 볼 수가 없었기에, 양웅揚雄이 〈장양부長楊賦〉를 올려[11] 이를 풍자했거니와, 이도 실은 유미와 한림주인翰林主人[12]이 초안을 정한 것이다. 아울러 그때에 기용되지 못하자 양웅을 따라 태원太元[13]을 지키면서 일생을 마치었다.

8대 손은 용빈龍賓[14]이었다. 파르라니 고운 태가 빼어나게 아름다웠으므로 당명황唐明皇은 환희하며,

"어떻게 이같이 뛰어난 인물을 얻었을까!"

말하고는, 손수 용향龍香[15] 두 글자를 써서 주었다.

안록산安祿山의 난 때 촉蜀으로 파천하는 임금의 행차를 호종扈從하면서 그때그때 전란의 와중에서 제일 먼저 격서檄書를 초草하였다. 설직薛稷[16]이 그 공로를 논한 데 따라 적도후翟道侯 겸 평장송平章松·자교양滋膠陽 두 고을의 군수郡守에 봉해 주었다. 용빈이 죽은 뒤로는

____

(重修)한 것이다. 수양버들이 넓게 심어져 있었으므로 장양(長楊)이라 했다.

11. 한나라의 큰 문장가. 자는 자운(子雲). B.C.53~A.D.18. 성제(成帝) 때에 이 작품을 포함한 많은 부(賦)를 썼는데, 사마상여(司馬相如)를 본받은바 크다.

12. 시단(詩壇)과 문단(文壇)의 주인. 글과 글씨에 종사하는 인물.

13. 태원경(太元經). 한나라 양웅이 주역을 본따 편찬했다는 태현경(太玄經).

14. 묵신(墨神). 당명황의 먹 일화 속에서 먹의 정령(精靈) 이름. '明皇御案墨曰龍香劑 一日見墨上有小道士 如蠅而行 上叱之 即呼萬歲曰 臣墨之精黑松使者也 凡世有文者 墨上有龍賓十二 上神之 乃以分賜掌文官.' [雲仙雜記].

15. 당명황(唐明皇) 곧 당현종의 어안(御案)에 있는 먹을 용향제(龍香劑)라 하였다.

16. 649~713, 당나라 사람으로, 문장을 잘 지었을 뿐 아니라, 서법(書法)으로도 이름이 높았다. 이부상서와 황문시랑(黃門侍郎) 등을 역임하였다.

자손들이 굴뚝에 다가가도 검어지지 않았다.

오대五代[17] 시절에 이르러 드디어 유黝가 탄생하였다. 신안新安의 산중에 자취를 숨기면서 오직 해초奚超[18]와 가까이 했더니, 해초의 아들 정규廷珪[19]가 그를 알아보고는 발탁하였다. 밤낮없이 부지런히 독려해 주었지만 오히려 성품이 고지식하고 융통성이 없었기에 새벽에 절구질하는 죄수 노릇을 하였다.

당시 해씨는 조제調劑 관련의 일을 맡았거니, 그로 말미암아 절구 공이와 절구 사이 같은 교분을 맺었는데 참으로 순수하였다. 유黝는 대대로 문필文筆을 업으로 삼았거니와, 이 마당에 훌륭한 장인匠人을 만나 그를 모범으로 삼고 따르매 더욱 공교로워졌다.

後唐의 시조 이존훈

마침 이주李主[20]가 강표江表[21]에서 일어나 문사文士를 구하였다. 정규는 표범가죽에다 유를 싣고 서쪽으로 나아가 세 차례 머리 감기고 세 차례 찜질을 시켜서는 임금에게 천거를 드렸다. 좌우 사람들이 유의 얼굴이 거무튀튀한 모양을 보고는 대수롭게 여기지 않았으나, 임금은 한눈에 그

---

17. 당조(唐朝)가 망하고 송조(宋朝)가 창건되기까지의 중간 시기.

18. 당나라 말엽 묵공(墨工)으로 이름 높았다. 해내(奚鼐)의 아들. 흡주(歙州)로 옮기고, 남당(南唐)에서 이씨(李氏) 성을 받았다.

19. 당말의 먹 만드는 공인(工人)으로, 해초의 아들이다. 원래 이름은 해정규(奚廷珪)였는데, 나중에 이(李)씨 성을 하사 받고 이름을 이정규(李廷珪)로 고쳤다. 그가 만든 먹은 옥같이 단단하고, 무소의 무늬뿔같이 고왔다고 한다.

20. 이존훈(李存勖). 터키계 인물로 당(唐)에서 벼슬하고 이씨 성을 받은 이극용(李克用)의 아들로서 나라를 세워 국호를 후당(後唐)이라고 하였다.

21. 장강(長江) 이남의 땅. 강좌(江左). 강남(江南). 양자강 남쪽.

가 재목감인 것을 알고 친히 다정을 나타내며 말하였다.

"경卿은 진실로 유림儒林의 보배로다. 연마하여 힘쓰고 기다리면 궁내에 거처하면서 글쓰는 일에 동참시키고자 하려는데 좋겠는가?"

그러자 유는 머리를 조아리고 아뢰었다.

"신臣이 어둑하고 쓸쓸한 중에 거두어 주심을 받아 걱정으로 울렁거리는 듯하나, 천행으로 성상께옵서 갈고 닦아주시니 비록 껌둥이 몸이지만 성은에 보답해야커늘 어찌 감히 사양하겠나이까?"

그날로 흡주歙州의 금성金星, 징심당澄心堂의 저백楮白, 선주宣州의 모순毛純22)과 나란히 비서랑秘書郎 벼슬을 제수 받았다. 이리하여 천자의 명에 따라 글을 지을 일이 있을 때는 반드시 이 네 사람의 손을 거쳤던 바, 문원사귀文苑四貴로 칭송되었다.

실력이 가장 뛰어났던 경수景邃·경탕景盪·경달景達 등이23) 나날이

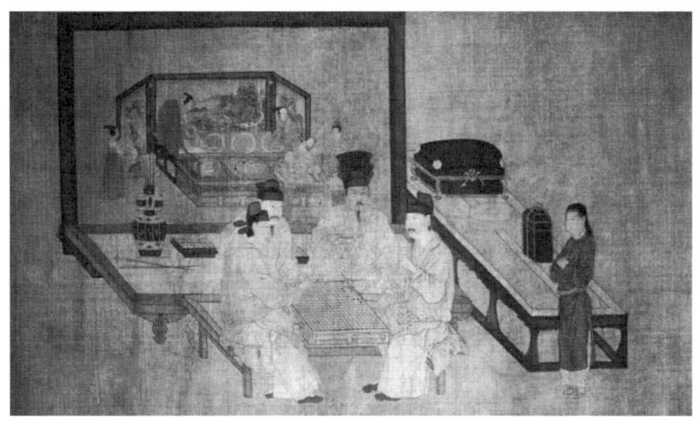

五代의 주문구가 그린 〈重屏會棋圖〉

---

22. 각각 흡주의 금성연(金星硯) 벼루, 남당 때 휘주산의 선지(宣紙)인 징심당지(澄心唐紙) 종이, 선주 안휘성의 선주필(宣州筆) 붓의 의인화 명칭.

23. 미상. 각각 송대 고담(高談)의 자, 원대 왕연(王埏)의 자, 명대 의진인(儀眞人)의 자이지만 본문의 내용과 맞춰 설명 되기 어렵다.

잔치 마당에 함께 했고, 또 임금이 누각에 올라 눈을 감상하며 시를 짓고 이건훈李建勳·서현徐鉉[24]들에게 화답토록 한 적도 있었다.

경수가 한 시대의 명필들을 모아 그림을 시켰거니와, 〈어용御容〉의 고충고高冲古, 〈법부사죽法部絲竹〉의 주문구周文矩, 〈누각궁전樓閣宮殿〉의 주징朱澄, 〈설죽한림雪竹寒林〉의 동원董元이 당시에 시서화 삼절三絶이었다.[25] 그때 모든 것을 유黝가 오가면서 그림의 본을 뜨는데 피부가 다 갈라질 정도였다.

그러자 임금이 어루만져 주며 이렇게 말하였다.

"경이 이마가 닳고 발꿈치가 해지도록 공부하더니 이제 그 효험이 나타나는구려!"

하고는, 후작侯爵의 지위를 세습토록 명함과 동시에 식읍 삼백 호를 더해 주었다. 또한 정규에게는 그를 추진시킨 공로를 가상히 여겨 이씨李氏 성을 내리면서 정표旌表하였다.

세월의 흐름과 더불어 저백과 모순은 여러 차례 신진新進들을 끌어다가 자신의 뒤를 잇게 했다. 다만 금성만은 스스로의 견고함을 믿었기에 유가 자기의 윗길에서 누름을 미워하였다. 그래서 이렇게 참언하였다.

"유가 관직에 있으면서 함구불언하고, 게다가 결백하단 소리가 없나이다."

유는 이 말을 듣고 탄식했다.

"그대가 나의 한창 때만을 알 뿐, 내 기력이 이미 닳아 없어진 것은 알지 못하는구나."

---

24. 두 사람 다 남당(南唐) 시대에 시문이 뛰어난 것으로 이름이 있었다.
25. 모두 남당(南唐) 시대에 서화에 능한 예술가들이었다.

강엄

그리고는 어디론가 사라지고 말았다. 이 사실을 안 임금이 말하였다.

"옛말에 '강엄江淹26)의 효험이 다 되었네'란 말이 있었느니, 지금 보니 칠조생漆雕生이 그러하도다!"

마침내 수소문하지 않았던 것이다.

유의 얼굴이 흡사 자색 빛깔 옥과 같았고, 등에는 두 마리 용龍 무늬가 있었으며, 그윽한 향내가 사람들에게 젖어들었다. 일찍이 물에 빠져 한 달도 넘게 있었지만 손상을 입지 않았으니, 이렇게 그는 특이한 데가 있었다.

아들이 아홉 있었고, 가문의 명성이 온 세상의 절반 가까이에 이르렀다. 그런 중에도 신안新安에 사는 이들이 가장 훌륭하였으니, 지금까지도 급사給事27)와 상방上方28)이 끊이질 않는다.

태사공太史公은 이르노라.

「유黝는 난리통 가운데 기구하였으나 수백 년이 지나도록 능히 제후의 관작官爵을 놓치지 않았던 것이니, 이 어찌 그의 공로가 아니겠는가! 문사란 존재들이 기세가 성하면 대상과 서로 거스르게 마련이다. 그러나 유 만큼은 가문 기풍이 넓고 관대했던지라 낫 놓고 기역자 모르는 까막눈이만 아니면 부르는 즉시 찾아갔으니, 그야말로

---

26. 강엄은 남조(南朝)시대 양(梁)나라 출신의 문인. 젊어서 문명(文名)을 날렸으니, 그에게 다섯 가지 채색이 나는 오색필(五色筆)이 있기 때문이라 하였다. 그가 야정(冶亭)이란 데서 자다가 꿈에 곽박(郭璞)이라 자칭하는 사내에게 오색필을 돌려준 이후에 그의 시가 빛을 잃었다고 한다.
27. 귀인을 곁에서 모시는 일. 또는 그런 직책.
28. 천자가 쓰는 기물을 만들거나 관리하는 벼슬.

『묵자墨子』의 '상동尙同'과 '겸애兼愛'[29]가 틀림없구나!

　정규는 아버지인 초超를 부전자승父傳子承하였으니, 삼대에 걸쳐 유黝와 친밀하였다. 그리하여 유가 만약 정규 아니었으면 공을 이룰 수 없었을 테요, 정규도 유가 아니었던들 세상에 이름이 없었을 것이다. 속담에 '아교와 옻이 아무리 강해도 뇌진雷陳[30]만은 못하다'고 했는데, 이 어찌 유와 이씨 문중門中을 일러 한 말이 아니겠는가!」

묵자

---

29. 각각 『묵자』 3권과 4권의 편명(篇名). 숭상과 화동(和同), 평등애를 강조했다.

30. 후한(後漢)시대 뇌의(雷義)와 진중(陳重). 두 사람의 우정이 대단히 두터웠던 고사(故事)에서 생긴 말.

翟道侯傳

翟道侯姓漆雕　名黝　故上黨産也　孔門達者七十二人　漆雕氏有三　黝獨棄其學　而從芬里氏游　因名其家　遠祖隃糜　漢給事中　每令僕丞　卽寓直　必命與俱　陽朔中　拜客卿　元帝欲大夸夷　以多禽獸　盡驅之長　楊射熊館　令虞人手搏爲戲　農不得收斂　揚雄上長楊賦以風　實糜與　翰林主人草定之　時不能用　隨雄守太元以終　八世孫龍賓　娥綠娟秀　明皇喜曰　安得寧聲兒乎　手書龍香二字以賜　安祿山亂　扈上幸蜀　時　時磨盾　鼻草檄書　薛稷論其功　封翟道侯　兼平章松滋膠陽二郡事　龍　賓歿　子孫至突不得黔　當五季而黝乃生　遯跡新安山中　獨與超善　超　子廷珪識拔之　焚膏油相屬　顧性膠柱　謫爲城旦舂　賴奚調劑之　因定　交於杵臼之間　醇如也　黝世業鉛槧　至是得師匠摹範之而益工　會李　主起江表　詔求文士急　廷珪以豹囊載黝而西　三沐三熏之　薦於上　左　右見黝面貌黳黑　不爲重　上一見知其材　親爲拂拭曰　卿固儒席珍　摩　厲以須　令寓內同書可乎　黝頓首曰　臣以黰黮被收　憂心如擣　幸上磨　礱之　雖漆身以報　何敢辭卽日同歙州金星　澄心堂楮白　宣州毛純　拜　秘書郎　有詔令典策　必更四人手　稱爲文苑四貴云　上弟景遂景逷景達　日侍游宴　嘗登樓賞雪賦詩　命李建勳徐鉉輩和之　景遂集一時名筆爲　圖　御容屬高冲古　法部絲竹屬周文矩　樓閣宮殿屬朱澄　雪竹寒林屬　董元　詩書畫爲時三絶　皆黝往來摹畫　體爲皴裂　上撫之曰　卿以摩頂

放踵爲學 今果然矣 乃命世其侯爵 增食邑三百戶 嘉廷珪造就功 賜
姓李以旌之 久之 白與純多引新進自代 獨星負固 而惡黝之加己上也
讒曰 黝居官緘黙 且無潔白稱 黝聞之嘆曰 若知吾盛壯之時 不知吾
精已消磨矣 因亡去 上曰 古云 江淹才盡 今見之漆雕生矣 遂不問
黝面如紫玉 脊有雙龍文 芬香襲人 嘗墮水帀月不傷 其異如此 子九
人 族姓殆半天下 而居新安者最良 今給事上方不絶

太史公曰 黝崎嶇亂離間 歷數百載 能不失封爵 豈非以其功哉 文
士類盛氣忤物 獨黝門風寬博 非目不識丁者召輒往 豈其尚同兼愛固
然歟 廷珪父超子承晏 三世與黝暱 黝非廷珪無以成 廷珪非黝亦無
以名世 語云 膠漆雖堅 不如雷陳 豈黝與李氏謂耶. 『古今滑稽文選』

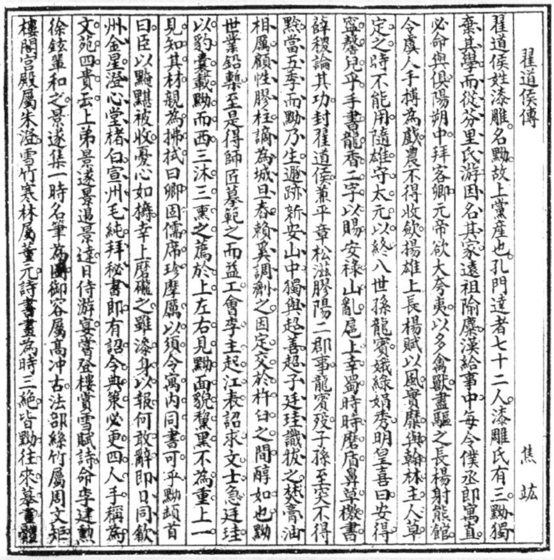

〈적도후전〉 - 『古今滑稽文選』에서

12

모영의 슬픈 노년과 자손 살린 한 마디

— 신함광申涵光 : 모영후전毛穎後傳

문방열전 – 중국편

모영의 슬픈 노년과 자손 살린 한 마디
– 신함광申涵光 : 모영후전毛穎後傳

평 설

신함광申涵光(1620~1677)의 문필인 붓의 열전 〈모영후전毛穎後傳〉은 제목에서 벌써 한유韓愈(768~824) 지은 〈모영전毛穎傳〉의 후속편임을 스스로 천명하고 있다. 일찍이 역사 분야에서 후한의 역사가 반표班彪(3~54)가 사마천의 『사기』를 계승할 역사서를 쓰기 위한 자료 수집 과정에서 앞 시대 역사의 미진한 기사라든지 신기한 얘깃거리들을 챙겨 모아 수십 편의 '후전(後傳)'을 지었던 일이 있다. 이제 문학 분야에서는 신함광이 이를 시도한 셈이 되었다.

신함광은 명말 청초의 이름난 문학가로 자는 부맹孚孟, 호는 부맹鳧盟 또는 총산聰山이다. 어려서부터 영오穎悟하여 경전과 역사를 넓게 살펴보았더니, 시문으로 문명文名이 점차 알려졌다. 청나라가 들어서면서 문명 높은 그를 천거하고 초빙하였으나 그는 명나라를 지켜 일체의 환로宦路에 나가지 않았다. 벼슬에 뜻을 버린 은둔거사가 되어 관사觀社를 창립하고 기남畿南의 명사들을 대거 불러 모으매, 은악殷岳·장개張蓋와 더불이 '기남삼재자畿南三才子'로 불리었다. 동시에 산서성·하북성 및 산동성 일부 황하 이북의 땅인 하삭河朔을 중심으로 한 시인 문인들 그룹인 하삭시파河朔詩派의 우두머리 역할도 했다. 이 하삭시파란 명칭은 신운설神韻說의 주창자이면서 유민시인

河朔詩派의 제창자 왕사정

遺民詩人의 중심 위치에 있던 왕사정王士禎(1634~1711)이 처음 제창한 것이라 한다. 기남삼재자인 은악과 장개를 포함하여 유봉원劉逢源·월담越湛 등으로 결성된 이들은 고국 명나라에 대한 고뇌 어린 사념들의 표출과 백성들의 근심 고통을 반영하는 데 주력했던 바, 비장하고 맑고 굳센 풍격을 지녔다. 39세 때인 1657년엔 그 시대 이학理學의 큰 인물인 손기봉孫奇逢을 찾았다가 즉석에서 심열성복心悅誠服하였다. 그 바람에 일시 시문詩文 활동을 접고 오로지 이학에 전심하기도 하였다. 만년에는 와저노인臥樗老人으로 자호하였다고 한다. 명말의 항청抗淸 문인인 진자룡陳子龍·하윤이夏允彛·하완순夏完淳, 또 청나라가 들어선 이후 명나라의 유민遺民 문인학자로 활약한 고염무顧炎武·부산傅山 등과도 필생의 친교를 맺었다. 저서로 『총산시선聰山詩選』 8권과 『총산집聰山集』 3권, 『형원소어荊園小語』·『형원선어荊園選語』, 그리고 두보의 작품을 연구한 『설두說杜』 등이 있다.

그의 문학상 기조는 시가에 있고, 구체적으로는 도연명과 두보를

조종祖宗으로 삼고 있다 함이 정설이다. 도연명의 고답高踏과 담원淡遠 그리고 두보의 근실勤實과 침욱沈郁을 흡수하여 자기화하는 일면, 고적高適·잠삼岑參·왕유王維·맹호연孟浩然들의 장점까지 융통성 있게 수용하여 독창적인 풍격을 이뤄냈다는 평가를 받기도 한다. 시의 내용은 크게 옛 명나라에 대한 서리黍離의 탄식, 청나라 초기의 계급 문제 및 민족 정체성의 모순 등을 포함하는 사회 현실적 고발, 그 밖에 은거 생활의 고요함과 편안함에 대한 것들이다.

앞서 교유한 인물 중에 13년 연장의 부산傅山(1607~1684)과는 더욱 그 정의情誼가 각별하였던가 보다. 부산을 그리워하여 지은 〈회태원부청주懷太原傅青主〉 한 작품이 그것을 증거해 준다.

傅山

曾約溪村訪釣竿	우리 일찍 계촌에서 낚시하기로 약속했기에
數年設榻待君歡	여러 해 긴 의자 준비해 기꺼이 기다렸지요.
亂離苦恤良朋少	난리통의 고역 속에 좋은 벗 찾기 힘들고
衰病應愁遠道難	쇠약코 병든 몸에 험한 먼길이 근심이군요.
晉國山川容白髮	고향 산천 진晉 땅에선 자연 늙어갈 뿐이나
中原天地此黃冠	중원 천지는 죄 이런저런 정치꾼 세상입니다.
幸將卷帙傳高迹	책 속의 세상처럼 고상한 덕과 행적 전파되어
日向晴窓展畵看	밝은 창에 그림 펼쳐 볼 그런 날은 언제일까요.

부산은 명나라 말엽 청나라 초기의 문인으로 자는 청주青主, 호는

진산眞山이다. 굴 속에 살며 의술로 직업을 삼으면서 시와 서화에 전념한 바 산서문단山西文壇의 영수가 되었고, 글씨 분야에서의 분방한 서풍은 왕탁王鐸과 쌍벽을 이루었다. 청나라가 들어선 뒤에 신함광과 의기투합하니, 종신 벼슬을 마다하며 명나라 사람으로 죽을 것을 굳게 맹서했다 한다. 유작으로 시를 묶은 『상홍감집霜紅龕集』 등이 있다.

관련하여 이 마당에 신함광의 대표작으로 손꼽히는 〈춘설가春雪歌〉를 들지 않을 수가 없다. 이는 언뜻 제목만으로 상대하면 낭만적인 서정시처럼 보이나, 기실은 청조가 권력을 장악하면서 빚어진 사회적 도탄塗炭을 풍자한 노래이다. 4행 한 단위로 운韻이 갈마들면서 모두 네 개의 운자를 구사하고 있다. 옛날 가뭄과 홍수의 천재天災가 있었더니, 이제 와서는 민생의 고통과 굴욕, 시름같은 가혹한 인재人災가 일었음을 춘설春雪 등의 자연 대상물에 비의하였다.

北風昨夜吹林莽	간밤의 모진 바람 수풀에 건듯 불더니
雪片朝飛大如掌	아침녘 날리는 눈송이 주먹만 하구나.
南園老梅凍不開	남쪽 동산 늙은 매화 얼어 피지 못하고
飢鳥啄落靑苔上	주린 새는 이끼 쪼아먹으려 내려앉는다.
破屋寒多午未餐	무너진 집 모진 추위에 끼니 챙길 길 없고
擁衾對雪空長歎	눈보라에 이불만 껴안고 부질없는 장탄식.
去年雨頻禾燒死	지난해 잦은 비에 벼란 벼는 다 타 죽었기
冰消委巷生波瀾	눈 잦아든 길목마다 아수라장 되었구나.
吳楚井干江底坼	오·초의 옛 우물은 강 아래로 가라앉고
北方翻作龍蛇宅	북녘은 인재들의 은둔지가 되고 말았네.
豪客椎牛盡殺人	소 몽둥이질 탕아들은 대낮에 살인도 해

彎弓笑入長安陌	활 당기며 희희낙락 장안거리로 짓쳐 든다.
長安畵閣壓氍毹	장안의 호화 누각은 담요로 들어차 있고
猎罟高懸金仆姑	개 잡는 높은 그물엔 노파가 쓰러져 있다.
歌聲日夜華灯暖	밤낮 없는 노랫소리에 화롯불 찬란한데
不信人間有餓夫	세상에 굶어서 죽는 사람도 있더냐 한다.

　그리하여 이것이 나타내는 내용이 흡사 저 당나라 때 시인인 두보가 장안에서 봉선현에 이르기까지의 길에서 지었다는 〈자경부봉선현영회自京赴奉先縣詠懷〉의 4번째 시 가운데 '朱門酒肉臭'로 읊었던 일과 함께 대비되기도 한다.

朱門酒肉臭	부잣집에선 술과 고기 썩는 냄새
路有凍死骨	길가에는 얼어 죽은 시체가 뒹군다.
榮枯咫尺異	영화와 빈천이 지척간에 판이하거니
惆愴難再述	비통한 마음 다시금 형언키 어렵구나.

　'朱門'은 지위가 높은 벼슬아치 부귀한 집의 붉은 칠 한 큰 대문을 일컫는다. 대문을 경계로 한 안팎의 대조를 통해 긍휼이 어린 애민愛民의 충정과 당시 권력자들의 부패 내지 사회의 모순을 극명히 나타낸 명구이다. 이와 함께 〈석호리石壕吏〉·〈신안리新安吏〉·〈동관리潼關吏〉 등 이른바 '삼리三吏' 및, 〈무가별無家別〉·〈신혼별新婚別〉·〈수로별垂老別〉 등 이른바 '삼별

두보

三別’ 시 같은 곳에서도 관리의 탄압과 백성들의 고난에 대한 생생한 반영이 드러난다. 나라와 백성을 걱정했던 두보를 평생 귀감으로 삼았기에 ‘학두學杜’의 시인으로 불리기도 했던 신함광 역시 자신의 시 안에다 안타까운 애국 연민愛國憐民의 심사를 유감없이 토로했던 것이다.

신함광은 “한 가지 재능에 오로지해야만 효험을 이루는 바가 있다(專攻于一藝 有所進益)”라고 한 자신의 직접 천명처럼 거의 시에 온 정력을 기울이다시피 하였다.

하지만 이것이 산문 쪽에 그의 역량이 적게 발휘되었다는 뜻일 수 없다. 이를테면 시우詩友이자 친한 벗인 은악殷岳(字; 宗山)을 기린 〈은종산선생행장殷宗山先生行狀〉은 산문 가운데도 대표성을 지닌 글이다. 32년 동안 의기투합으로 사귄 친구에 대한 행장行狀에서 그는 몇 가지 세부 묘사만으로 은악의 개성을 잘 표현해 내었다. 은악이 급제 후 강소성 수녕睢寧 현령에 취임했을 때 신함광이 편지로 “그대 성격이 곧아서 세상과 부딪히리라(性質直多迕)”면서 관리 사회에 오래 섞이지 말고 빨리 돌아올 것을 강력히 권고하였다. 그러자 친구는 이 글월을 보고, “어찌 일개 벼슬자리 따위로 나의 신자申子(신함광을 말함)와 바꿀까 보랴!(豈以一官易吾申子哉)”하고 외쳤다 한다. 이어 곧장 관직을 버린 채 당나귀를 타고 고향에 들어오면서, “옛 친구를 아주 못 보나 했네(恐無以見故人也)”라 했다고 한다. 벗 은악의 바르고 곧은 성품과 관료로서의 청렴한 성격, 그리고 친구로서 정을 중요시하는 성정을 성공적으로 묘사한 바, 심금을 울릴 만큼의 감화력을 지닌 작품이라는 평을 듣는다.

신함광은 또한 그의 문학적 영향력과 폭넓은 교유로 인해 주변에서 문집의 서문이라든지, 전기·행장·비문·묘지명 같은 글들을 요청

荊園小語序
小語者申子兒盟之所著也夫語豈有小大哉語期於當
理而已矣理豈有小大哉灑掃應對卽精義入神之事鄕
黨一篇記聖人衣服飲食揖讓寢處而聖人之精神面目
合盤托出卽曾子所稱江漢以濯秋陽以暴子貢有若自
生民以來未有夫子宰我賢於堯舜夫豈有加於此哉理
固無小大也兒盟生平極力自淑以淑其兩弟今兩弟皆
自立而兒盟之苦心積慮閱歷深而動忍熟荊園一編雖
小語實至語也語不從自己心性中經涉懸鍊而徒爲高
遠深微之論以誘人聽聞此最學人之所當痛戒也兒盟

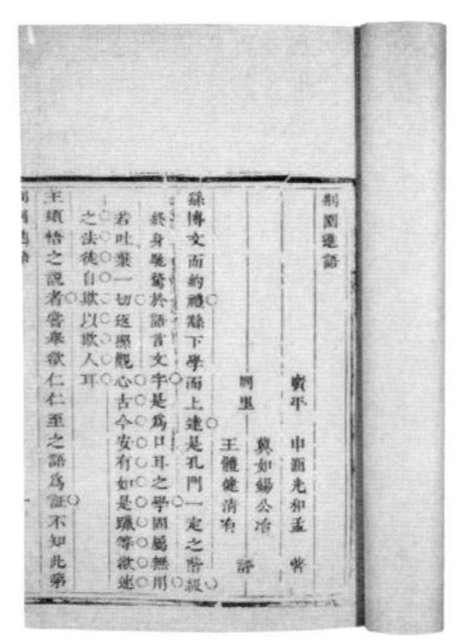

『형원소어』와 『형원선어』

받은 바람에 망외望外로 상당수의 산문 일작까지 남기는 호재를 얻었
다. 유명한 사람을 위해 전기를 써 주었을 뿐만 아니라, 잘 알려지지
않았지만 훌륭한 여인들, 혹은 명나라 유민의 일생을 그린 전기와 묘
지명을 쓰기도 했다. 〈여절부전呂節婦傳〉·〈양열부전楊烈婦傳〉·〈왕림창
묘갈王霖蒼墓碣〉 등은 그 반영이라 할 수 있고, 이같은 경우를 통해
작가의 신분 지위를 초월한 인품 위주의 인물관을 엿볼 만하다.

한편 산문 쪽에서 신함광이 기꺼이 주력했던 또 다른 형태의 글
쓰기 분야가 더 있었다. 『형원소어荊園小語』·『형원선어荊園選語』 같은
저작 형태가 그것으로, 모두 『총산집聰山集』 안의 『총서집성초편叢書
集成初篇』에 실려 있다. 제목의 '소어小語'나 '선어選語' 등은 다름 아닌
작가의 간단한 사유들을 담았다는 말이다. 크게는 천문 지리로부
터 유불도 3교와 제자백가에 관한 내용, 시문 및 서화, 작게는 꽃과
새와 벌레·물고기 등에 이르기까지 아무런 구속이나 제약 없이 포
괄적으로 다루었다. 이른바 '청언淸言'·'청화淸話'에 속하는 수필 류의
문장에 든다고 할 것이다. 특히 신함광은 작문 안에 삶에 이바지가

되는 지혜를 담고자 하였다. 따라서 그의 글은 밖으로는 나라와 민족, 안으로는 사람 또는 사물과의 관계에 있어서 세밀한 관찰과 진지한 사유가 돋보인다.

그런데 사실 이러한 일종의 소품小品 글을 짓는 풍조는 이미 신함광보다 약 한 세기 이전에 명대의 반골 문인으로 이름 높은 이탁오李卓吾(1527~1602, 名; 贄)가 계몽 글을 쓰기 시작한 것을 필두로 한다. 그리고 이런 분위기는 대략 청나라 중기까지 이어졌다. 따라서 신함광의 위와 같은 저작들 역시 그 같은 분위기의 숙성 안에서 야기된 산물이라고 해야 할 것 같다. 오늘날 격언·명언이라 할 내용들이 꽤 들어 있으매, 그 중 잘 알려진 것 몇 가지만 들어 보인다.

畏友勝于嚴師　　　경외할 만한 벗은 엄한 스승보다 낫고
群游不如獨坐　　　무리지어 노닒은 호젓이 정좌함만 못해.

冷暖無定　　　　　추위와 더위는 항상성이 없나니
驟暖勿棄綿衣　　　더위 왔노라 솜옷을 버리지 마라.
貴賤何常　　　　　귀하고 천함이 항상 같기만 하랴
驟貴勿捐故友　　　귀해진단들 옛 벗을 버리지 마라.

行天下而後知天下之大也 我不可以自恃
行天下而後知天下之小也 我亦不可以自餒
세상을 두루 다녀 세상이 만만 너끈해 보여도 스스로 자만해서는 아니 되네.
세상을 두루 다녀 세상이 암만 빡빡해 보여도 또한 스스로 위축될 일 아니네.

이 밖에도 '이기려고만 하는 자는 반드시 패하고, 힘을 자랑하는 자는 병에 걸리기 쉽다', '무릇 책은 천하 고금에 으뜸가는 보배인지라 쌓아 둔 지 오래면 필경 분산케 함이 의당한 이치이다. 화재나 침수만이 책의 액운이랴. 깊숙이 감춰 모아 내놓지 않고, 몇 해가 지나도록 읽지도 않는 까닭에 썩거나 해지거나 좀먹거나 쥐가 쏠아 좋은 물건 단번에 못쓰게 만듦 또한 액운이니, 이런 사람들은 그 무슨 억하심정인지 모르겠다. 좋은 책이 있으면 사람들에게 빌려 주어 널리 읽히도록 하는 것이 군자다운 일이다' 등의 말을 남기기도 했다. 책이 무척이나 귀했던 시대의 말인지라 크고 넓게 생각하는 그의 금도襟度를 짐작할 만하다.

뒷시대의 문사들 가운데 이같은 주타珠唾의 능력을 잘 발휘한 인물로 신함광보다 30년 뒤의 사람인 장조張潮(1650~1709)가 유명하다. 바로 청대 초기에 종이의 열전 〈저선생전楮先生傳〉을 쓴 당사자이기도 하려니와, 동시에 명언·가사嘉辭로 수놓아진 문학적 격언집인 『유몽영幽夢影』을 써서 인구에 널리 회자된 사실이 특기할 만하다. 그리하여 과연 명말 청초의 시절야말로 이런 종류의 산문이 난만했던 시기임을 거듭 확인해 볼 나위가 있다.

전傳 분야에서 앞서 든 여러 '가전家傳' 해당의 전기들을 남긴 신함광은 또한 사마천의 열전列傳 내지 한유의 의인 열전인 〈모영전〉을 도습蹈襲하여 〈모영후전〉 한 작품을 더 보태었다. 바야흐로 모영이 약 850년 만에 다시금 주인공이 되어 작품상에 되살아난 셈이다.

앞서 〈모영전〉은 그 시간 배경을 진시황의 시대로 설정하였다. 한편 〈모영후전〉은 급기야 진 제국의 국체가 흔들리면서 초패왕 항우項羽와 패공沛公 유방劉邦이 천하를 놓고 다투는 판국에 유방이 먼저

함곡관函谷關에 진입했을 당시의 소란과 격변의 시기를 이야기의 단초로 잡았다. 이때 유방의 막하로 있던 소하蕭何가 진나라의 율령 및 도서를 몰수한 사실에 대해 비판을 가하고 있는 점이 특이하다. 하지만 이것이 진시황의 진나라에 대한 정체성을 인정한다는 의미로 읽혀지진 않는다. 단지 한고조와 소하가 진을 멸망시키는 과정에서 지성의 표상인 책들을 함부로 다뤘던 일에 대해서 비판한 뜻이 배어난다.

한유의 의안意案인 〈모영전〉 마지막 장면에서 주인공 모영이 진 황제에게 버림 받은 상황으로 끝맺음 되었다. 그런데 신함광이 그 후일담을 썼으되, 버려져 죽고 말았다든가 또는 당唐의 승려 서법가였던 지영智永의 〈필총筆冢〉이란 글에서처럼 몽당붓 신세로 땅에 묻혔다거나 하지 않고, 거듭 세상에 나가 좀 더 활동한다는 발상 또한 이채롭다. 하기는 그렇게 최후를 맞았다고 했을 것 같으면 애당초 이렇듯 전작前作에 이은 속편 격의 후전後傳을 쓰지도 않았을 터이다.

하지만 그 뒤의 행적과 역할은 산발한 광인狂人에, 떡장사나 술집 주모의 장부 정리나 하는 신세가 되었다고 하였다. 학문과 문필에 깊이 종사했던 모영을 위시한 네 지식인 현자가 버려져 황폐해지는 삶을 그려내고 있음은 다른 문방 전기에서 보기 어려운 특이한 현상이다.

이 마당에 작가 신함광이 붓 인격화 열전을 쓰고자 생심生心한 저의가 무엇이었는지 은근 상기되는 바가 있다. 문관의 신분으로 있던 모영이 임금의 총애를 잃었다고 했으니, 이는 유자로서 세상을 경륜할 수 있는 자격과 명분의 일대 상실을 의미한다. 누렸던 먼젓번 세계에서 밀려나고 다른 세상으로 나와 전혀 뜻을 잃은 채 살아가는 모영의 형상은, 흡사 명明이라는 옛 국체의 망실 뒤의 다른 국체인

청조淸朝 안에서 뜻을 잃고 만 신함광의 모습을 연상케 하는 바가 있다. 자신이 가치 있다고 여겼던 세상을 잃고 난 뒤에, 원래부터 추구해 왔던 가치에 대해 자포자기로 빠져드는 태도에서 양자 사이 어딘가 동일 유감類感이 야기된다. 모영이 일체의 정치적 자아를 스스로 포기하는 삶으로 갔듯, 신함광 또한 모든 정치적 경륜을 포기하고 종신토록 은둔의 삶을 살았다. 신함광이 꾸민 이야기 속의 모영이 왠지 자꾸만 글쓴이 당사자의 투영처럼 보이는 이유이다.

자손들 이야기로 들어가서는 모영이 자신이 쫓겨났던 일을 계훈 삼아 자손들을 열 명 한 동아리로 합쳐 다니게 함으로써 신상을 보전케 했다는 것은 붓 열 자루를 일러 '붓 한 동'이라고 하는 붓의 셈 단위를 암시한 것이겠다. '동'이란 물건을 묶어 세는 단위명사로 먹의 경우 열 장, 붓의 경우 열 자루, 백지는 100권을 묶어 '한 동'이라고 한다.

하지만 여기에는 단순한 숫자 이상의 깊은 은유를 담고 있는 듯싶다. 앞서 『형원소어荊園小語』·『형원선어荊園選語』를 통해 엿볼 수 있었던 것처럼 촌철의 경구를 끌어 펼치기를 좋아하는 신함광이었다. 그렇다면 붓 열전에서 제시한 묶음과 단합은 한낱 붓이라는 사물의 숫자 계산 같은 표면적 골계 표현만으로 국한될 성 싶지 않다. 그 이상의, 인간 사회의 단합을 강조하는 내포적 함의일 수 있다. 종족과 겨레의 흥망성쇠는 여럿이 함께 단합하는 데서 굳건한 힘을 얻을 수 있다는 신함광 나름의 진지한 은유적 묵시록은 아닐까 하는 뜻이다. 그렇게 다가오는 이유는 신함광이 평생에 문학을 어떻게 바라보며 또 다루었는가 하는 문제와 직접 관계 있다. 다름 아닌 감성보다는 이성에 입각하고, 즐거움의 추구 대신 그것의 교훈성과 지시적 기능에 충실했던 작자의 문학관과도 잘 맞아 떨어진다.

모영후전毛穎後傳

　모영毛穎[1]이 늙고 병들어 중서中書[2]의 직책에서 물러나고 돌아온 다음에는 연산硏山[3] 길 위를 왕래하면서 방풍防風[4]의 산수를 사랑하더니, 드디어는 그리로 옮겨 살았다.

　이때에 진현陳玄[5]은 천도天都[6]로 은거하였고, 저선생楮先生[7]은 섬剡[8]에 있었으며, 도홍陶泓[9]은 단주端州[10]로 옮겼지만, 이따금 서로 만나 방외方外[11]의 사귐을 하였다.

　마침 장안長安에서 왔다는 사람이 말하기를, 패공沛公[12]이 함곡관函谷關[13]에 들어왔을 때 소하蕭何[14]가 진秦의 승상과 어사가 감추라고 명했던 율령 및 도서圖書를 모조리 몰수하였다고 하였다. 이에 모영은 그윽이 탄식하면서 진현들에게 이르기를,

---

1. '붓'의 별칭. 여기의 모영(毛穎)은 당나라 한유(韓愈)가 쓴 붓의 가전(假傳) 〈모영전(毛穎傳)〉의 주인공을 지칭한다.
2. 임금의 조명(詔命) 및 기무(機務) 등을 맡은 관리.
3. 산수 모양의 벼루. 이후주(李後主)·미불(米芾) 등이 비장(秘藏)했다 한다. 연산(硯山).
4. 원래 절강성 무강현(武康縣) 땅을 다스리던 하나라 때의 제후이나, 여기선 그 지명을 지시한다. 전(轉)하여 연병(硯屛)이거나 병풍(屛風)을 의미할 수도 있다.
5. '먹'의 별칭.
6. 감숙성(甘肅省) 소재의 산 이름.
7. '종이'의 별칭.
8. 절강성(浙江省) 승현(嵊縣) 소재의 섬계(剡溪). 이 물로 만든 종이가 빼어나고, 특히 등지(藤紙)는 가장 유명함.
9. '벼루'의 별칭. 만드는 도제자(陶製者)와 오목 패인 곳[泓]이 있기에 생긴 이름이다.
10. 광동성(廣東省) 고요현(高要縣)의 옛 수나라가 세운 주(州) 이름. 이곳 동남쪽 난가산(爛柯山) 서쪽 기슭의 단계(端溪)는 단계연(端溪硯)의 산지(産地)로 유명하다.
11. 세속에 구애받음 없는 자유로운 세계.
12. 한고조 유방(劉邦). 그가 처음 패(沛)에서 기병(起兵)하였기에 붙여진 이름이다.
13. 하남성 영보현(榮寶縣) 황하 유역의 험준한 골짜기인 함곡(函谷) 소재의 관문(關門).
14. 한고조의 공신(功臣)으로 찬후(酇侯)가 되니, 진(秦)의 법률을 버리고 한(漢)의 율령을 제정하였다. 여기의 승상은 이사(李斯), 어사는 어사대부 풍겁(馮劫) 인듯.

한 고조가 된 패공 유방(左)과 그를 도와 한 나라 건국의 일등공신이 된 소하(右)

"우리들이 평생을 바쳐 기록을 다 했음은 장차는 죽백竹帛[15]과 더불어 가이 없으리라 했던 것인데, 결국 지금에 와서는 그 모든 것을 다른 이가 차지하게 되었구나!"

하고는 느껴 울면서 스스로를 가누지 못하더니 드디어는 미치고 말았다. 항상 맨 머리로 산발한 채 사대부들과 만나질 아니하니, 사대부들도 꺼리면서 팽개쳐 두고는 다시 돌아보지 않았다.

어쩌다가 떡 장사나 주모酒母가 보고는 불러다가 장사한 장부의 정리나 기록하도록 시키면 기꺼이 글씨나 쓰곤 하였다. 그러나 글씨가 또한 괴발개발이어서 사람들 마음에 들지 못하였다.

그 뒤 모영이 죽고 자손들이 나날이 벋어나 번성했거니와, 하나같이 문장에 능하고 글씨에 재주가 있었다.

---

15. 책을 말한다. 종이 발명의 이전에는 대쪽이나 비단 천에 글씨를 썼다.

오의烏衣[16]·상복象服[17]·패옥珮玉[18]·습자襲紫[19]·기구綺裘[20]가 강좌江左[21] 땅에서 빛을 발휘하자 사방의 현달한 자들이 그 소문을 듣고는 다투듯이 불러다가 서기書記를 맡기었다.

2011년 8월 11일자의 경향신문, 신홍근의 칼럼 공부味樂에서

앞서 모영은 자신이 고립되고 쫓겨났던 일을 삼가 반성하면서 자손 열 명씩 한 동아리가 되게 하여 상황마다 임무를 교대토록 하였다. 그랬던 까닭에 자손들은 총애와 신임이 오래도록 시들지 않았다.

그럼에도 사방의 약빠른 자들은 모영의 갈래 혈족들에게 함부로 했고, 식견 있는 이들은 금세 그것을 분별할 줄 알았다. 결국 중산의 겨레는 쇠미하여지고, 방풍防風의 쪽이 천하에 으뜸가게 되었다.

사씨史氏는 이르노라.

「초나라와 한나라가 차례로 흥할 때부터 세상의 능력 있는 자들은 모두 일어나서 한 가닥 재주를 드러냈다. 그러나 모영만은 늙고

---

16. 검게 물을 들인 옷. '身被烏衣 手執未耟.' [三國志, 魏志, 鄧艾傳]
17. 그림을 그려 장식한 옷. 왕후(王后)나 부인(夫人)같이 법도를 따지는 존귀한 이의 장식을 말한다.
18. 패옥(佩玉). 큰 띠에 장식하여 허리에 차는 옥으로, 특히 조복(朝服)의 끈에 늘여 달아 차는 옥.
19. 상사(喪事) 때에 어린 양으로 만든 털옷인 고구(羔裘)의 위에 덧입는 옷.
20. 화사한 갖옷.
21. 양자강(揚子江)의 동쪽 지방인 강동(江東). 지금의 강소성(江蘇省) 등지.

병들었던 까닭에 스스로를 온전히 하였으니, 그 남다른 우뚝함과 불굴함이야말로 어찌 옛날 고죽孤竹[22]의 끼친 풍도를 기리었다고 아니할 것인가. 그렇게 일신을 감추었지만 자손들이 기용되어 집안에 부귀를 끊이지 않게 하였던 바, 가히 명분과 실상을 잘 다스린 이라 할 것이다.」

백이 숙제가 수양산에서 고사리 캐는 장면을 그린 선면도

---

22. 고죽(孤竹)은 은(殷)나라 때의 제후국임. 그런데 여기서 고죽의 유풍(遺風)이라 함은 절의(節義)의 표상인 백이(伯夷)·숙제(叔齊)가 고죽군(孤竹君)의 두 아들이었음을 의식한 표현으로 보인다.

毛穎後傳

穎以老病 謝中書事 歸而往來硏山甬上 愛防風山水 遂移居焉 是時陳玄隱天都 楮先生在剡 陶泓遷於端州 時時相遇 爲方外交 適有人自長安來 言沛公入關時 蕭何盡收丞相御史律令圖書 乃歎謂玄等曰 吾輩竭生平纂錄 將與竹帛垂無窮 今遂爲他人有耶 因歔欷不自勝 遂發狂 常科頭散髮 不與士大夫相見 士大夫亦厭之 擲不復顧 餠師酒媼 或見而呼之 命登記所業籍 欣然爲書 然書又潦倒 不稱人意 其後穎死 而子孫繁衍日益盛 皆能文工書畵 烏衣象服珮玉襲紫綺裘 照耀江左 四方達者聞之 爭聘掌書記 先是 穎懲己孤立被廢 命子孫十人爲曹 所至遞用事 故寵任久不衰 四方黠者 亦拂飾冒穎支庶 識者輒能辨之 於是中山之族微 而防風甲天下

史氏曰 自楚漢遞興 能者皆起效一技 而穎獨以老病自全挺立不屈 豈慕孤竹之遺風歟 然身晦而子孫用 使當貴不絶 可謂善處名實者矣.

『古今滑稽文選』

毛穎君後傳

穎以老病謝中書事黃帽歸管城往來硏山雨上暇則兼簪以自娛久之秦亡國除乘冢游吳越愛防風
山水遂居焉見時陳元隱天都褚先生在剡陶泓家於端州時時相過爲方外交私述始皇遺事爲審樂
名山一日有人自長安來言沛公入關時蕭何盡收丞相御史律令圖書乃嘆韻元等曰吾輩鋒生平纂
錄將與竹帛垂無窮今遂爲他人有耶因歘歔不自勝遂發狂常科顛散髮不與士大夫相見士大夫亦不
厭之師不復顧餅師醫婦或見而呼之命記所棄籍欣然爲畫畫又潦倒不釋人寵一眷卽斥去穎亦不
顧也其後子孫繁衍日益盛嘗能文工書畫鳥衣象服韈綦綺裘照耀江左穎老善忘邅不能盡識劇書
其名於穎四方諸侯聞之爭聘掌賓記穎懲己孤立被廢命十人爲賓所至遞用事故寵任久不衰四方
點者亦拂飾冒穎支庶識者輒能辨之於是中山之族徹而防風甲天下又數年無疾卒骸骨空洞人以
爲仙去所常與周旋者爲立塚製文以祭之陳元褚先生皆不知所終陶泓學道鍇溪上久而益堅柙傳
至今尚在云

史氏曰吾讀昌黎公傳常怪不詳穎歸後事第云終於管城何哉已乃知毀名避世如其時東陵侯寢故
中原人無知之者楚漢遞與能者效一技而穎以老病自金挺立不屈豈有慕於孤竹之遺風歟然身晦
而子孫用使富貴不絕可謂善處名實者矣

呂節婦小傳

郡丞呂公去其家三十年乃知孺人死節事哭莫如初異骸于閭之俏然以其壯也遭顛沛激湍濺剛之氣多
在鬖流然或事難陡發大辱當前不忍憒憒以死者恆有若乃知微慎始割情就義事介可以然未必然
之域而奉身如稀寧若辦況焉此其才智過人不只一勇決也節婦姓劉氏年十七歸呂公歸十有六年,
而遭左多事當是時重足一趾骿首就戮者相望節婦聞公嘗遠去不去禍且及己公唯唯未決節婦大
傷曰嗟乎宗嗣之任在君與幼子幼子不能自達而君又蹋躇屬下相隨以沒何靈豈以闔中少婦他日
爲君羞嗟乎瞠乎行矣我不負君公乃醬子酉去去未幾而節婦挺縕烈烈死矣公以期絰起冢歷往爲

현대 활자본 『총산집』에는 〈毛穎君後傳〉으로 되어 있다.
그 내용에도 굴절이 많아 완연히 異本의 형태를 나타낸다.

13

묵가와 유가의 갈림길에서

— 당학징唐鶴徵 : 진현전陳玄傳

문방열전 – 중국편

묵가와 유가의 갈림길에서
– 당학징唐鶴徵 : 진현전陳玄傳

먹을 인격화한 〈진현전陳玄傳〉 한 작품이 정군방程君房(1541?~1616)이 편編한 『정씨묵원程氏墨苑』 3책의 안에 수록되어 있음에 문방사우 관계 열전 작품의 하나로서 크게 주목된다.

본 작품의 소개는 명나라 신종神宗의 만력萬曆(1573~1619) 연간에 자란당滋蘭堂 간행의 채색투인본彩色套印本을 영인한 『정씨묵원』 상하 각 6책의, 12책 전질을 일사一史 구자무具滋武 선생이 근일 저자에게 혜서惠書하면서 그 책 갈피 중에 당학징唐鶴徵(1538~1619)의 〈진현전〉 한 존재를 지남指南한 데 말미암은 것이다. 이 새로운 자료의 발견이 꼭 '창해유주滄海遺珠'라는 말처럼 저 너른 바닷속에 남아 있던 진주 일과一顆를 찾아 얻은 느낌이다.

12책으로 된 정군방의 『程氏墨苑』.
1609년 재판 때 추가한 '附錄'까지
총 12권으로 구성되어 있다.

정군방은 지금의 안휘성인 신안新安에 거주했던 명나라 때의 학자요, 서적 및 골동품 수장가이자 먹의 명장名匠이다. 본명은 정대약程大約이고 호는 소야筱野·홍몽씨洪濛氏·현거사玄居士·현현자玄玄子 등등 여럿 있으되, 군방君房·유박幼博이라는 자로서 훨씬 익숙하다. 과거에 여러 차례 고배를 마신 뒤 귀향하여 제묵制墨에만 전념, 마침내 정통의 일가를 이루었다. 그가 제조한 먹의 광택이 촘촘 반드르르하고 겉 장식의 꽃 문양은 변화 다양하였기에 당시 문인 사대부들이 대단히 애호하였다고 한다.

그의 이전에 나소화羅小華라는 이가 있어 묵장墨匠으로 이름이 있었으되 급기야 군방이 이를 능가하게 되었다. 이때는 정군방 뿐만 아니라 방우로方于魯·소격지邵格之 등의 거장들이 저마다의 적치赤幟를 세웠던 시절이었다. 궁극 흡현歙懸과 휴녕休寧의 두 파가 제묵制墨으로 서로 경합을 이루는 바람에 만들어낸 먹의 문질文質이 최고의 수준에 도달하고, 그 명성이 길이 유전되었다.

이 무렵 최고의 묵장墨匠들이 다투듯 저서 출간에도 주력하였다. 심계손沈繼孫의 『묵법집요墨法集要』가 오직 글만으로 먹 제조법을 기술한 저서라고 한다면, 방우로의 『방씨묵보方氏墨譜』와 정군방의 『정씨묵원程氏墨苑』, 그리고 방서생方瑞生의 『묵해墨海』 등은 먹 관련의

정군방의 赤水珠墨(左)과 방우로의 七香圖墨
- 권도홍의 『文房淸玩』에서

글 외에 삽도挿圖까지 포함시킨 저서로 꼽을 수 있다.

이들 중에 특히 정군방과 방우로는 심각한 숙적宿敵 관계로 알려져 있다. 원래 우로는 군방이 공방에서 일 부리며 먹 만들기를 가르치던 수하였다. 그러다 군방이 어떤 형사상의 문제로 누명을 입고 감옥에 갇혔다. 그 사이 우로가 그의 비전秘傳을 먼저 선수 써서 발표한 책이 『방씨묵보』(1583)요, 감옥에서 나온 군방이 그 원분怨憤을 딛고 필생의 의지로 만들어낸 책이 『정씨묵원』(1605)이라는 것이다. 그러기에 군방의 이 책 편술에 대한 집념은 비상한 바 있었다. 먼저 간행된 『방씨묵보』를 십분 참계參稽했음은 물론, 자기 시대 이름난 화가인 정운붕丁雲鵬·오정우吳廷羽, 판각가인 황린黃鏻과도 의기투합하여 만들었다는 사실이다. 뿐만 아니라 1605년(만력 33년)에는 북경에 머물던 이태리 선교사 마테오리치利瑪竇(1552~1610)를 고향 안휘에서부터 찾아가, 작업 중인 『정씨묵원』에 수록할 작품을 요청하였다. 그렇게 마테오리치가 이에 4부의 동판화를 제공한 덕분으로 이 책은 중국 최초의 유채색 목판 삽화가 들어간 채색투인본 서적으로 자리매김하게 되었다. 바로 이 해 1605년에 '묵도墨圖' 12권에다, 당시대 명사들의 시문을 총집한 '인문작리人文爵里' 8권을 합쳐 그 출간을 보기에 이르렀다. 판각을 시작한 지 11년 만의 성거盛擧였다.

정군방이 이 책을 완성했을 때 당학징은 67세였다. 두 사람은 동시대에 활동한 인물인바, 다름 아닌 정군방이 바로 자기 시대의 학자가 쓴 의인 열전 작품을 자신의 저술 안에 옮겨 놓았던 것이다.

그런 반면, 의외로 훨씬 이른 시대인 당대 문숭文嵩의 먹 의인화 전기인 〈송자후역현광전松滋侯易玄光傳〉은 함께 올려져 있지 않다. 이는 대개 같은 시대의 명사들 작품을 위주로 한 때문이겠다. 그러면 당학징보다 3년 아래의 저명한 문인인 초횡焦竑(1541~1620)의 먹 의인 열전인 〈적도후전翟道侯傳〉은 이 안에 함께 실려 있을 법하나 또 그렇지도 않았다. 아마도 초횡의 것은 더 나중에 창작된 것으로 짐작된다.

당학징唐鶴徵(1538~1619)은 명대의 문인이자 양명학자로 자는 원경元卿·현경玄卿, 호는 응암凝庵이다. 강소성 상주常州 출신으로 당시대 이름난 문관이자 왜倭에 항거한 영웅인 당순지唐順之(1507~1560)의 아들이기도 하다. 융경隆慶 5년(1571), 33세에 진사가 된 이래 1579년 회시會試에서 장원으로 급제하였다. 이후 벼슬이 예부주사禮部主事·공부랑工部郎·상보사소경尙寶司少卿·광록시소경光祿寺少卿·태상시소경太常寺少卿·남경태상南京太常·정3품 도어사都御史에 이른 과정을 명사明史『신종실록神宗實錄』의 안에서 찾아 볼 수 있다. 그러나 종국에는 환관들의 불법적인 행위들을 밝혀낸 일을 빌미로 박해를 당해 고향 상주로 귀향하였고, 동림東林에서 강학하다 81세로 졸하였다.

문장이 준수한 데다 『주역』에도 일가를 나타낸 바, 『독역법讀易法』과 『주역상의周易象義』(4권) 등의 저서를 쓰기도 했다. 『명사明史』 권

98 藝文 3의 12자류子流 중 첫 번째인 유가류儒家類(140부, 1230권)의 안에는 『헌세편憲世編』·『보세편輔世編』 등의 저서가 나란히 소개되어 있기도 하다. 또 선대로부터의 땅인 상주의 제도 문물 및 경제 일반을 다룬 『상주부지常州府志』를 편찬하기도 했다. 글씨도 잘 썼다 함에, 전통적인 공력을 갖춘 청려淸麗한 서법은 가승家承에 기인한 것이라 한다.

그는 양명陽明 왕수인王守仁(1472~1528)의 학문인 양명학陽明學을 신봉했는데, 이에 관하여는 『유교백과사전』 안에 보다 자세히 설명돼 있기에 그대로 인용해 보인다.

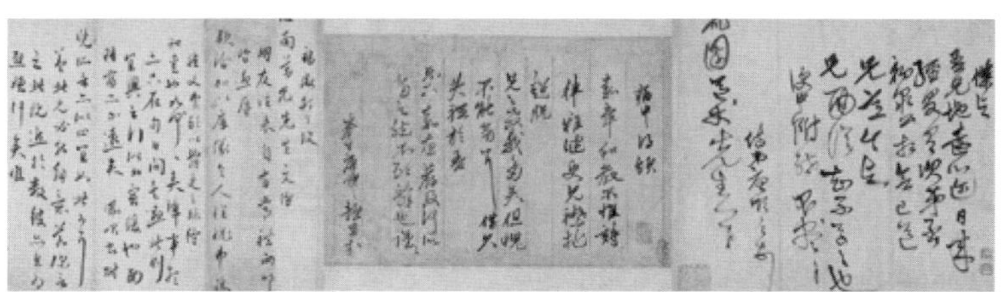

당순지와 당학징 父子의 手札 合卷

아버지 당순지唐順之는 왕기王畿와 친교가 있었는데 이 점은 그에게 사상적으로 상당한 영향을 끼쳤다. 그의 사상은 왕수인 학파에 연원을 두어 '남중왕문南中王門'에 속하였지만 양명학과 다소 차이가 있었다. 그는 천지 사이에 가득 차 있는 것은 일기一氣이며, '생생불이生生不已'하는 작용도 기氣 때문이라고 하였다. 또 그 근원인 태극太極도 기氣라고 주장하면서 태극을 이理라고 하는 주희朱熹의 설에 반대하였다. 이는 기의 조리條理에 불과하므로 기를 떠난 이는 존재하지 않고, 또 기를 떠난 성性도 존재하지 않으며, 기의 왕래往來·굴신屈伸으로 성에 강유剛柔·강약强弱·

혼명昏明의 차이가 생긴다고 하였다. 또한 맹자가 말한 양기養氣의 학설을 지지하여, 양기는 청명淸明의 기를 기르는 것이며, 이理·성性·신神이 모두 그에 해당한다고 하였다. 격물치지格物致知의 지知는 양지良知이고, 격格은 격식格式 곧 법칙이라고 하여 격물은 사물마다 '칙則'을 얻고자 하는 것이라고 하였다. 수양론으로는 신독愼獨을 강조하여 일념一念이 발하기 전에 삼가는 것이 중요하다고 하였다. 그는 남중 왕문학파에 속하기는 하였지만 장재張載의 기일원론 철학을 계승 발전시켜 양명학의 폐단을 극복하려고 하였다.

왕양명

양계초梁啓超(1873~1929)는 황종희黃宗羲(1610~1695)의 『명유학안明儒學案』을 계기로 중국에 비로소 학술사가 시작되었다고 하였다. 바로 그『명유학안』을 참고로 하여 설명을 보탠다면 왕양명의 심학心學을 해석하는 학문인 소위 왕학王學은 그 입장에 따라 지역별로 자못 다양한 갈래를 나타낸다. 곧 요강학파姚江學派·절중왕학浙中王學·강우학파江右學派·남중왕문南中王門·초중왕문楚中王門·북방왕문北方王門·월민왕문粵閩王門·태주학파泰州學派·동림학안東林學案·숭인학파崇仁學派·백사학파白沙學派·삼원학파三原學派 등으로 분파를 보인다. 이 중 남중왕문은 소蘇·완晥 일대의 왕문 후학을 가리키니 그 대표적인 인물로 황성회黃省曾·주득지朱得之·당순지唐順之·당학징唐鶴徵·서계徐階 등이 있다고 입언해 놓았다.

이렇듯 이 무렵 가정嘉靖(1522~1566) 후기에서 만력萬曆(1573~1619) 전기에 걸치는 전후 약 50년 간은 학자나 문인들이 제각기 자기 도취적인 '구왈여성具曰予聖'을 외쳤던 풍운의 세월이었다. 저 멀리 춘추전국시대의 백가쟁명이 재연再燃된 것 같은 시기에, 그 역시 왕학 중 '남중왕문' 계열의 일원으로 나름의 사상과 문학을 펼쳐 나갔다.

하지만 아버지인 당순지보다 정치나 학문에 있어 그 이름이 크지는 못했던가 보다. 당순지는 1529년 회시會試에서 장원 합격한 이래 정3품 도어사都御史에 이르렀으며 전국적인 명성을 이룩하였으니 『명사明史』 권205 열전 93 안에 그 행적이 상세히 소개되어 있다. 그에 비해 당학징의 열전은 따로 없고 다만 당순지 열전 안에,

子鶴徵 隆慶五年進士 歷官太常卿 亦以博學聞.

아들 학징은 융경 5년에 진사를 하고 태상경을 지냈다. 또한 박학으로 알려졌다.

『명사(明史)』 당순지 열전. 아들 당학징은 단 한줄만 서술되어 있다.

이 한 줄의 서술이 전부이고 그만이다.

이들 부자는 서법에서도 일정한 명성을 얻었는데, 당순지의 유묵遺墨이 상당수 전해지는 반면 당학징의 것은 찾아보기 어렵기만 하니 예술 면에서도 그다지 광명光名을 나타냈다고 보기 어렵다.

그런 한편 조선 후기에 많은 수효를 남긴 사행록使行錄의 틈바구니 안에서도 당학징의 이름이 잠깐 비친다. 선조 10년인 1577년에 학봉鶴峰 김성일金誠一(1538~1593)이 사은사 서장관으로 명나라에 갔을 때 이른바 '종계변무宗系辨誣'를 강력히 요청한 바 있다. 명나라의『태조실록太祖實錄』과『대명회전大明會典』에 조선 이성계가 고려의 권신 이인임李仁任의 아들로 되어 있어 잘못된 세계世系를 여러 차례 바로 고쳐달라고 주청했던 일이다. 이는 명明·청淸에 사신 가면서 기록한 조천록朝天錄 및 연행록燕行錄들 중에서도 특필할 만한 업적의 하나로 전해진다. 실제로 김성일이 쓴 명나라 외교 일지인『조천일기朝天日記』의 안에는 홍수언洪秀彦이 귀국 후 당시 명나라 예부禮部 산하의 주객사主客司에서 벌어졌던 상황에 대해 보고한 대목이 있다.

그대 나라(조선; 필자주)의 종계宗系에 관해 전 제독錢提督이 낭중郎中 심현화沈玄華에게, "조선의 사신들이 종계 문제에 소홀한 부분이나 빠질 것을 염려하여 다시금 예부 상서禮部尚書 앞으로 글을 올리려 한다"고 하였다. 이 명을 받은 심 낭중이 가정嘉靖 42년(1563, 명종18)과 만력萬曆 원년(1573, 선조6)에 올린 제본을 가져다가 자세히 상고해 보았다. 서리에게 "더 참고할 만한 자료가 없는가?"고 하자, 서리가 "의제사儀制司에 또『황명조제皇明詔制』가 있나이다" 했다. 심 낭중이 곧바로 가져오게 하여 전 제독의 지시 사항을 예부상서에게 아뢰었다. 이에 예부상서가 새로 찬수

된 『대명회전大明會典』을 가져다 보더니 말하기를, "당학징唐鶴徵이 찬수한 것이 과연 지나치게 소략하고 뒤바뀐 곳도 있으니 고쳐야겠다"고 하였다. 그리고는 임 시랑林侍郞에게 고칠 것을 청하였으나 임 시랑이 사양하였다. 그러자 상서가 다시 심 낭중으로 하여금 조사해서 개찬케 하고는, "찬수를 마치면 내가 보고 정하리라" 하였다. (머릿점 필자)

김성일이 끊임없이 밀어붙임에 따라 명나라 관리들이 조선의 종계를 재검토하는 과정에 대한 생생한 묘사이다. 결과 종계가 잘못된 부분은 개찬을 승인 받았으나, 『대명회전』이 그럼에도 예전 오류를 그대로 답습하므로 김성일이 일행과 함께 예부상서 마공馬公과 낭중 심현화를 움직여 개찬에 이르게 하였다.

그러한 와중에 당학징의 이름이 거론돼 있다. 다름 아닌 바로 앞에 그가 『대명회전』을 찬수한 바 있는데, 그 해놓은 작업이 '지나치게 소략하고 뒤바뀐 곳도 있다'는 지적을 받았던 것이다. 급기야 회전會典을 수정하여 반포하기는 했지만, 당학징의 입장에서는 체면이 서지 못한 상황이었던 것만은 틀림없는 사실이다. 뿐만 아니라 학자로서 별로 주도면밀하지 못하다는 인상을 남겼다.

또 우리 조선의 사신과 관련하여 제법 흥미롭다 할 뒷이야기 하나가 『상촌선생집象村先生集』 안에 들어있어 당학징의 인물됨을 엿보는데 일조가 될 법하다. 이 책의 제25권 묘지명墓誌銘 중에는 유천柳川 한준겸韓浚謙(1557~1627)의 생애를 기록한 〈증영의정한공묘지명贈領議政韓公墓誌銘〉이 있다. 이 글 중에 바로 묘지명의 주인공인 한준겸의 비상한 재능을 칭선稱善코자 하는 과정에서 다음과 같은 일화를 담고 있다.

한준겸이 질정관質正官으로 성절사聖節使를 따라 경사京師에 조회 가면서 그를 포함한 조선의 사신 일행이 회동관會同館에 머물렀다. 때마침 제독주사提督主事인 당학징으로부터 이제 막 조선의 종계宗系 관련 기록을 신증新增 찬수했다는 소식을 듣고 일행은 그 고본稿本을 보여 줄 것을 요청하였다. 그러자 제독인 당학징은 우리 사신들을 앞으로 나오라고 한 다음 마주 선 채 잠깐 내보여주고는 이내 책을 덮어버렸다. 이때 다른 이들은 모두 창황 중에 그 글을 제대로 살피지 못했지만, 한공이 유독 거기 있는 글을 단 한 글자 틀리지 않고 다 외웠다 했으니, 사람들이 그의 천재적인 기억력에 탄복했다는 이야기이다.

삼가 성급한 일반화는 견제해야 하는 입장이나, 이 일화를 통해서 당학징이 대인관계에서 별반 여유롭다거나 너그러워 뵈지 않는 인간적 측면을 틈지할 수 있다.

위에 소개한 당학징의 행적이나 저술 등으로 알 수 있듯 그는 양명학자 본색이니, 같은 시대 양유정楊維楨이나 문징명文徵明·서위徐

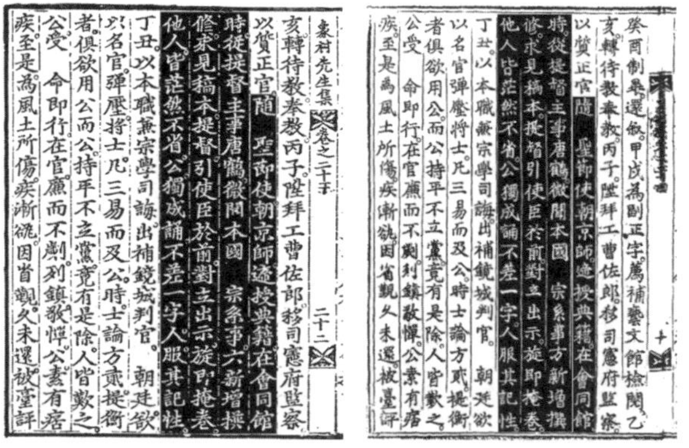

당학징의 행적에 대해 『상촌선생집』 판본(左)에는 권25, 한국문집총간의 『상촌고』에는 권24에 실려있으나, 내용 면에서는 동일하다.

渭·초횡焦竑·동기창董其昌 같은 문학 관계의 이른바 '문원文苑'의 인물들과는 거리가 있었다. 그럼에도 문학 방면까지 관심하여 〈진현전〉 한 작품까지 남겼다는 것은 그 자체 기특奇特한 일이라고 볼 수 있다.

그런데 이 일이 문방구의 하나인 먹에 대한 순수한 기호 취상趣尚에 의한 것 같지는 않다. 그보다는 양명학자로서 공자·맹자·묵자·장자와 같은 춘추전국 시대의 대표적인 사상가들에 대한 일분一分의 견해를 표명하기 위한 의도 쪽에 더 우선성이 엿보인다.

하지만 역시 전공이 전공인지라, 비슷한 시기의 문학에 주력하던 문인들과 같은 면모를 기대하기는 어려운 측면도 고려할 수 있다. 곧 문학에 공력을 들인 인물들이 쓴 의인 열전에 비해 훨씬 자기 고백을 표방한 사변적인 내용이 압도를 나타낸다는 것이다. 실제로 총 580자 중에 앞부분 214자만 다른 의인전기와 같은 서술 형식을 취하여 있고, 나머지 366자는 주인공 진현의 독백과 작가의 논평으로 이루어져 있다. 소설을 사건 중심의 '행동소설'과 주인공의 성격을 중심 삼은 '성격소설'로 나누는 수가 있는데, 이 경우면 두말할 것도 없이 후자에 속한다고 하겠다. 이렇게저렇게 이 창작이 왕양명의 철학을 탐색探賾하는 사람 손에 의해 만들어졌기에 그런 것인가, 허구적 상상을 에너지원으로 하는 조구력造構力 면에서 큰 힘을 발휘하지는 못했다는 감을 떨치기 어렵다.

주인공 진현의 선조가 석주石州에 살면서 몸을 연마하고 검은 물을 들였는데, 자기한테 굳센 불변의 절개 없음을 괴로워했다고 한 것은 송연묵松烟墨이 발명되기 이전 돌가루에 옻을 섞어 만들었으되 단단하지 못한 '석묵石墨'을 암시한 표현으로 다가온다. 석묵의 시대는 인식이 보편화되지 않은지라 그다지 이름을 드러내지 못하였다고 말하는 일이 당연하다. 이윽고 송양松陽으로 옮기고는 공을 이뤄

송자후松滋侯에 봉해졌다고 함은 급기야 문방사에 '송연묵松煙墨'이 발명된 일을 나타낸 뜻이다. 다만 얼마 안 있어 죄를 입는 바람에 봉해 받은 나라를 잃게 되었다고 한 것의 내포적 의미는 다소 난감해 보인다. 죄를 입었다는 자체가 혹 송연묵의 취약점을 시사하는 뜻이거나, 아니면 송연묵의 재료인 소나무 채취 과정에 화재 발생 등을 의미한 것은 아닌지 모르겠다.

진현은 등주登州 사람이라고 했다. '등登'은 '등燈'의 언어 유감類感을 살린 표현인 듯싶다. 유연은 등잔에 기름을 넣고 심지에 불을 붙인 다음, 그 위에 잔을 얹어놓고 잔에 부착된 그을음을 긁어모아 만든다. 이때 등잔불[燈]은 아주까리·피마자 등을 원료로 쓰는 바, 이와 함께 먹 만드는 과정에서도 대개 갖가지 식물성 기름을 태워 만드는 것이 '유연묵油燃墨'이기에 이를 암시하고자 쓴 표현으로 보인다. 축융祝融·교주膠州·칠원리漆園吏 등은 모두 먹이 제조 완성되는 과정을 인명과 지명, 관명을 통해서 형상화한 것이다.

이상 제묵制墨을 암시하는 일련의 내용들이 주인공의 '외적 속성'을 위해 묘사되었다고 한다면, 그 이하에 전개된 논변조의 문장들은 주인공의 '내적 속성'을 알리기 위한 일에 전적으로 이바지된다. 그리고 내적 속성은 달리 '성격character'이라는 말로 대체가 가능하다.

대개 소설과 희곡 같은 이야기 문학에서 주인공의 성격을 나타내기 위한 방식에 대해 이상섭 편의 『문학비평용어사전』에서는 세 가지 기본 방법이 있다고 설명한다. 1) 저자가 직접 인물을 소개하고 설명을 가하는 방식, 2) 인물의 행위만을 직접 보여서 그것으로부터 독자가 그 인물의 성격을 추정케 하는 방식, 3) 저자가 한 인물의 내부를 보여주고자 그 인물의 심리 과정을 재현하는 방식 등이 그것이다.

그런데 이러한 방식이 하필 소설이나 희곡에만 한정돼 보이지 않는다. 의인열전에서도 주인공의 성격을 구현하는 과정에 똑같이 적용 가능하니, 알고 보면 이 방식은 모든 '이야기 문학' 전반에 공통된 사항이라고 볼 수 있다. 그리고 지금 이 〈진현전〉 후반의 자기 고백적인 내용들이 취하고 있는 방식은 위의 세 가지 중에서 세 번째 것에 해당된다고 하겠다. 의인열전들이 말미에 거의 철칙처럼 지키고 있는 '태사공太史公은 이르노라', 혹은 '사신史臣은 이르노라' 같은 부분도 저자가 자기 자신의 내부를 보여 주는 대목이 아닐 수 없다.

궁극에 당학징의 이 작품은 해당 사물의 특성을 구현하는데 충실한 의인열전의 전형적인 한 사례로 의미 있어 보인다. 아울러 그 계기는 평생 양명학 본색 구현을 철칙으로 여기며 살던 작가의 생애관과 관련 있어 보인다.

진현전陳玄傳

진현이라는 이는 등주登州[1] 사람이다. 그 선조 가운데 석주石州에[2] 살던 이는 몸을 연마하고 검은 물을 들였지만, 간혹 자신에게 불변의 굳센 절개 없음을 괴로워했다. 따라서 당연히 별반 이름을 드러내지는 못하였다. 이윽고 송양松陽[3]으로 옮기고는 공을 이뤄 송자후松滋侯[4]에 봉해졌으나, 얼마 안 있어 죄를 입는 바람에 봉해 받았던 나라를 잃게 되었다.

이에 현玄에게 벼슬을 주어 축융祝融[5]을 따라 나서게 하였다. 그의 아들들과 자손들은 모두 잦아들어 남지 않게 되었지만, 현 만이 맑고 산뜻한 부상浮上의 기운을 얻어 너끈히 그 전통을 이을 수가 있었다.[6] 그는 겨레들을 한 군데 모아 거록鉅鹿의 교주膠州[7]로 옮겨가서 눈에 띄게 고상한 이들을 가려 뽑고 상제上帝 앞에 기도를 드렸다. 꽤 오랫동안 몸이 닳고 깎여 나갔지만 꿋꿋이 뿌리치지 않았거

---

1. 원래 지금 산동성 소재의 당나라가 세웠던 고을 이름이나, 여기서는 아주까리 피마자 등을 원료로 하는 등잔불[燈]처럼 주로 식물성 기름을 태워 만든 '유연묵(油燃墨)'을 암시하고자 쓴 표현으로 보임.
2. 원래는 북주(北周) 때 세워진 지금 산서성 소재의 고을 이름이나, 여기서는 송연묵이나 유연묵이 발명되기 이전의 '석묵(石墨)'을 암시하기 위한 듯하다.
3. '소나무'를 암시코자 끌어 온 표현인 듯. 원래는 절강성 소속의 역대 고을 이름.
4. 먹의 별칭. 청송(靑松)을 태운 연기에서 먹을 자아내는 까닭이다. 당나라 때 문숭(文嵩)이 먹을 의인화하여 〈송자후역현광전(松滋侯易元光傳)〉을 지은 것이 있다. 송자(松滋) 또한 원래는 현(縣)의 이름.
5. 축융의 '祝'은 기원·시작이고, '融'은 밝힘의 뜻. 하늘의 덕과 땅이 가진 생육의 기능을 비로소 천하에 밝혔다는 뜻.
6. 화염과의 거리로 그을음[煤煙]의 등급이 결정되니, 그 거리가 멀어 연통 쪽에 붙은 것을 양질로 본다.
7. '아교(阿膠)'를 표현코자 이 글자 들어간 지명을 쓴 것임. 아교는 사슴뿔·우피(牛皮)·어피(魚皮)·설피(屑皮) 등에서 정제한다.

니, 드디어 나왔을 때 그 모습이 광채를 발하였고 그로 인해 칠원리
漆園吏[8]를 대신해서 정사를 맡았다.

현은 양씨楊氏[9]와는 길을 달리하면서 도덕과 학술을 다스렸거니,
그 표출하는 언어가 나란히 세상을 덮었다. 양씨는 자기 만을 위하
기에 온 세상이 이롭게 될 바가 없었지만, 현은 겸애를 내세우니 저
왕공 관리로부터 시골 서당, 저잣거리 가게거나 수공업 종사의 장인
및 의술인에 이르기까지 그 향기에 배고 그 은택에 젖지 않음이 없
었다.

전국戰國시대에 온 세상이 힘의 정치를 다투는 상황이 되자 현은
뜻을 얻지 못하였다. 하지만 군사의 격문이 빗발칠 때는 그의 힘을
빌리지 않을 수 없었기에 오히려 객경客卿의 벼슬을 하기도 했다.

한무제가 유儒를 높이고 문文을 숭상하면서 그는 비로소 크게 현
달하였다. 현이 언젠가는 이렇게 말한 일이 있다.

"나는 진정 정수리부터 닳아 발꿈치에 이르도록 온 세상을 이롭
게 하는 일에 노력을 아낀 적이 없다. 구류九流[10]에 드는 수많은 학
자들의 언론이 간책簡册[11]에 펼쳐진 것이 한우충동汗牛充棟[12]을 이루
거니와, 그 내용을 밝히며 독서하는 일에 암만 긴 세월 지난대도 싫

---

8. 칠원(漆園) 땅의 관리(官吏). 춘추시대 도가 철학자인 장자(莊子)가 칠원리(漆園吏)를
지냈다는 사실로 인해 장자를 지적하는 뜻이기도 하다. 일면 장자가 몽읍(蒙邑)에서
옻나무 심기와 옻칠 생산을 감독하는 주독칠사(主督漆事)로 있었다는 설도 있다. 본
문에서 검정의 칠(漆)을 거론한 것은 먹의 검은 속성을 나타내기 위함이다.

9. 양주(楊朱)를 일컫는다. 자기의 터럭 하나를 뽑아 천하가 이롭게 된다 하더라도 하
지 않겠다는 극단의 이기주의 사상가로, 겸애·박애를 표방하던 묵자와 대립했다.

10. 한나라 때 아홉 가지 학파. 유가(儒家)·도가(道家)·음양가(陰陽家)·법가(法家)·명가
(名家)·묵가(墨家)·종횡가(縱橫家)·잡가(雜家)·농가(農家)를 이른다.

11. 대쪽을 엮어 맨 책.

12. 짐으로 실으면 소가 땀을 흘리고, 쌓으면 들보에까지 찬다는 뜻으로, 가지고 있는
책이 매우 많음을 이르는 말.

중나지 않을 터, 내게 맞는 일이다. 저 붓 다루는 선비들이 글씨를 연습할 때 들쑥날쑥 일정치 않아 그 변화를 헤아릴 수 없으니 차라리 나 자신의 문제가 무엇인지 생각해 두는 편이 더 나으리라. 무릇 희고 깨끗한 것은 더러운 것처럼 보이고[13] 하얗게 빛나는 것은 더러워지기 쉬운지라[14] 항시 흑黑을 지켜 골짜기처럼 낮은 곳으로 흘러드는 덕을 이루면서 공을 나타내려 하지 않으면 될 뿐이다. 옛 기록에 이르기를, '나라에 도가 바로잡혀 있을 때는 나의 말이 받아들여져 족히 효험을 일으킬 테요, 나라에 도가 없을 때에는 오히려 침묵해 있어도 비난 받지 않고 용납될 수 있다'고 했다.[15] 까닭에 비록 분서갱유焚書坑儒의 세상을 당했을 때도 나는 스스로의 기량을 감춘 채 오직 때를 기다렸으니, 이렇게만 한다면 끝내 버림받고 단절되어 대를 잇지 못하는 지경까지는 가지 않을 것이다!"

또 말하기를,

"사람들은 내가 시커먼 그을음을 받아들이는지라 말쑥함은 바랄 엄두도 못낸다는 사실은 잘 알고 있다. 반면에 내가 자기만 위한다는 문제에서만큼 누구보다 깨끗해서 가는 티끌에조차 참담해져 얼굴빛이 달라진다는 사실은 알지 못하니, 이를 어쩌면 좋은가! 법가를 따르는 자들은 얼굴에 자자刺字[16]할 일이 생기면 내 이름을 가져다 쓰고, 욕심 사나운 자가 재화를 탐내는 상황에도 내 이름을 거들먹대니 내가 어찌해야만 이걸 벗어날 수 있을는지!"

---

13. 『노자』 41장 안의 말을 그대로 인용하였다.

14. 『후한서』 열전의 〈황경전(黃瓊傳)〉 안에 나오는 말이다.

15. 『중용』 27장 출전.

16. 얼굴 등 인체의 살을 따고 홈을 내어 먹물로 죄명을 찍어 넣던 벌. 경면(鯨面), 삽면(鈒面), 또한 그러한 처벌 행위 자체를 '묵(墨)'이라고도 부르는 까닭에 본문에 '내 이름을 가져다 쓰고' 운운한 것이다.

다시 이런 말도 하였다.

"일천 년 이래 나를 높여 준 이는 양자운揚子雲[17]이요, 나를 완성시켜 준 이는 위중장韋仲將[18]과 이정규李廷珪[19]라. 옛말에 '날 알아주는 이가 드물수록 내가 귀해진다'고 했지만, 하늘이 나의 도를 변화케 할 마음이 없다면 또한 나를 바꾸지는 않으실테니 장차 하늘과 더불어 다함이 없으리라!"

진현은 마침내 세상으로부터 덕망 높은 노인으로서의 두터운 명성과 인망을 받았다. 그 뒤 자손들이 가끔 인간 세상에 떠돌기도 하고 현달하기도 하고 은둔하기도 하면서 지금에 이르렀다. 묵가의 바른 도리를 제대로 가려낼 줄 아는 이들은 흡歙 땅의 정향程鄉[20]에 머물렀다고 한다.

태사공太史公은 이르노라.

「현생은 쓰임새를 따라 활용하는 역할엔 능했지만 공로를 숨겨 간직하는 쪽에는 어두웠으니, 암만해도 역시 때를 잘 포착하는 데 있는 것이다. 먹줄[21]을 당겼다 퉁기는 식으로 비뚤어진 것을 구부려

---

17. 양웅(揚雄). 중국 전한의 학자·문인. B.C.53~A.D.18. 자는 자운(子雲)이다. 궁정 문인으로서 성제(成帝)의 사치를 풍자한 문장을 남겼다. 후에 신(新)을 일으킨 왕망(王莽)의 정권을 찬미하는 글을 써 비난을 받기도 하였다. 〈감천부(甘泉賦)〉·〈하동부(河東賦) 등의 문학과 『태현경(太玄經)』·『법언(法言)』 등의 저서가 있다.

18. 위탄(韋誕). 위(魏) 시대의 명필. 중장은 자(字)이다. 먹의 발명자로 전설되기도 한다. 명제(明帝)가 조성한 능운전(凌雲殿)의 대들보에 글씨를 쓰고 내려왔더니 머리와 수염이 하얗게 세었다고 하는 바, 흡사 양나라의 주흥사가 하룻밤 사이 〈천자문〉을 짓고 머리가 백발이 되었다는 야화를 방불케 한다.

19. 당나라 말기에 아버지인 이초(李超, 본래는 奚超)와 함께 처음 송연(松烟) 먹을 제조하여 크게 이름을 떨치었다. 남당(南唐)의 이후주(李後主)가 징심당지(澄心堂紙)와 이정규 묵에 흡주연으로 한묵(翰墨)을 즐겼다고 한다.

20. 남제(南帝)가 세운 현(縣) 이름. 이 시대 정수(程收)라는 이가 고을에서 신의를 행했던 일로 붙여진 이름이라 한다. 지금 광동성 매현(梅縣) 소재이다.

21. 먹통에 딸린 실줄. 먹을 묻혀 곧게 줄을 치는 데 쓴다. 승묵(繩墨).

펴는 자는 마음 먹은 대로 되지 못하리니 조화를 다잡을 수가 없다. 맹가孟軻는 능히 양楊·묵墨을 배척해야 한다고 말하는 이가 세상의 사표가 될 훌륭한 인물들22)이라 했거니, 이 무슨 뜻인가? 이단 타파를 논하는 이들의 위상이 종당 훌쩍 올라 공자와 나란해지리란 것이다. 그러니 어찌 훌륭한 인물의 저술이 세상에 드러나지 않을까 보랴!」

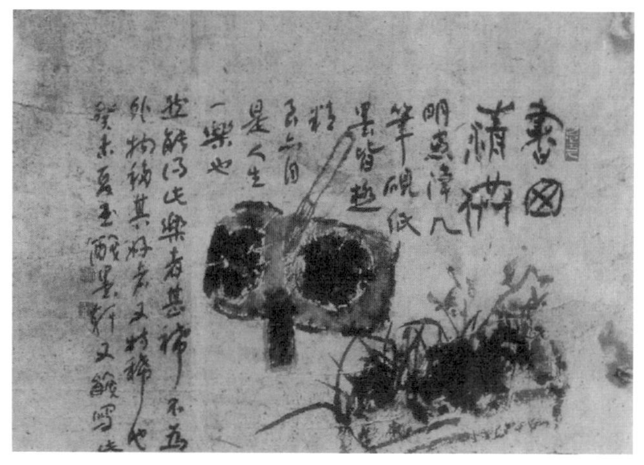

醉墨軒 인영선의 〈書窓淸供〉

---

22. 『맹자』 등문공(滕文公)·下 9장의 '能言距楊墨者 聖人之徒也'를 인용한 것이다. 양묵은 양주(楊朱)와 묵적(墨翟)이니, 극단의 이기주의 및 이타주의 사상가들이다.

陳玄傳

陳玄者 登州人也 其先有居石州者 磨磷涅緇 或病其無特操也 故
不甚顯名 旣而徙居松陽 以功封松滋侯 未幾 有罪失侯國 除玄出祝
融之後 其庶孼俱煨燼無遺 惟玄得其輕淸上浮之氣 能世其傳 聚族
而徙鉅鹿之膠州 採珍集芳 以自禱于上帝 久而不厭磨礱 而出之 其
光瑩然 因代漆園吏爲政 又與楊氏 分塗而治道術 其言並盈天下 楊
氏爲我 天下無所利焉 玄特兼愛 自王公大人 以至鄕塾市肆工匠醫藥
罔不沾其馥 而濡其澤者 方戰國時 天下競於力政 玄雖不得志 然羽
檄交馳 未嘗不有賴焉 猶得仕爲客卿 漢武尊儒右文 玄始大顯 嘗曰
我誠不惜摩頂放踵 以利天下 卽九流百家言 布諸簡冊 汗牛充棟 俾
瞻明洛誦 守之無斁 猶吾副也 若夫操觚染翰之士 臨池而揮灑 出無
入有 變化莫測 其孰與我顧吾惡 夫太白若辱 皦皦者易汚 常守黑爲
谷 不欲以其功顯爾 記云 國有道 其言足以興 國無道其默足以容 故
雖當坑儒焚書之世 吾未嘗不藏器以待 時卒不至於廢絶 而不嗣也 又
曰 人知我之茹垢納汚 而不求白也 不知我之潔於自愛纖塵微膩 入
之則黯慘失色矣 奈何 法家者 流剠其面 則借我爲名 貪者 黷于貨
則 借我爲名 吾曷知其解也 又曰 千載而下 尙我者揚子雲 善成我者
韋仲將李廷珪而已 故曰 知我者稀 則我貴 然天不變我之道 亦不變
我 其將與天無極哉 玄終以耆宿 見重于世 其後子孫往往流落人間
或顯或隱 迺今巨子 則在歙之程鄕云

太史公曰　玄生周於濟用　晦於藏用　然亦有時乎　引繩而彈之　俾欹

傾卷曲者　無以自容　未可以執一槪之也　孟軻氏迺以能言距之者　爲聖

人之徒　何歟　論者終躋之　與孔子並　豈以聖人之書　不得之不著.

『程氏墨苑』

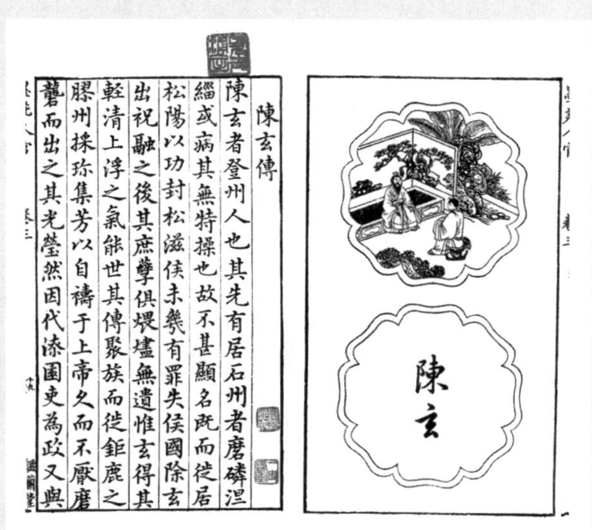

陳玄傳

陳玄者登州人也其先有居石州者磨磷涅緇或病其無特操也故不甚顯名既而徙居松陽以功封松滋侯未幾有罪失侯國除玄出祝融之後其庶孼俱煨燼無遺惟玄得其輕清上浮之氣能世其傳聚族而徙鉅鹿之膠州採珍集芳以自禱于上帝久而不厭廬蠹而出之其光瑩然固代漆園吏爲政又興

『程氏墨苑』에 수록된 당학징의 〈진현전〉

| 저자소개 |

景游 **金昌龍**

평양 원적, 서울 출생
연세대학교 문과대학 국어국문학과 졸업 (1976)
연세대학교 대학원 국어국문학과 문학석사 (1979)
연세대학교 대학원 국어국문학과 문학박사 (1985)
한성대학교 인문대학장, 민족문화연구소장 역임
한성대학교 한국어문학부 교수 (현재)

• 저서

『한중가전문학의 연구』 (개문사, 1985)
『한국가전문학선』 (정음사, 1985)
『우리 옛 문학론』 (새문사, 1991)
『한국의 가전문학 · 상』 (태학사, 1997)
『한국의 가전문학 · 하』 (태학사, 1999)
『중국 가전 30선』 (태학사, 2000)
『가전문학의 이론』 (박이정, 2001)
『고구려 문학을 찾아서』 (박이정, 2002)
『한국 옛 문학론』 (새문사, 2003)
『가전 산책』 (한성대학교출판부, 2004)
『인문학 산책』 (한성대학교출판부, 2006)
『가전을 읽는 방식』 (제이앤씨, 2006)
『가전문학론』 (박이정, 2007)
『교양한문100』 (한성대학교출판부, 2008)
『인문학 옛길을 따라』 (제이앤씨, 2009)
『고전명작 비교읽기』 (한성대학교출판부, 2009)
『우화의 뒷풍경』 (박문사, 2010)
『한국노래문학의 의혹과 진실』 (태학사, 2010)
『대학한문』 (한성대학교출판부, 2011)
『시간은 붙들길 없으니』 (한성대학교출판부, 2012)

문방열전 – 중국편

초판 인쇄 ㅣ 2012년 7월 30일
초판 발행 ㅣ 2012년 8월 15일

저 자 김창룡
책임편집 윤예미

발 행 처 도서출판 지식과 교양
등 록 제2010-19호
주 소 132-908 서울시 도봉구 창5동 262-3번지
전 화 02-900-4520 / 02-900-4521
팩 스 02-900-1541
전자우편 kncbook@hanmail.net

ISBN 978-89-94955-94-0 93820   정가 19,000원

본 저서는 한성대학교 연구장려금 지원 과제임.

이 도서의 국립중앙도서관 출판도서목록(CIP)은 e-CIP홈페이지(http://www.nl.go.kr/ecip)에서
이용하실 수 있습니다. (CIP제어번호: CIP2012003550)